KB265329

김재화, 나의 어머니
내가 원하는 곳으로 나를 보내주신 당신께

화내지 않고
핀란드까지

스무 살 때는 알 수 없었던 여행의 의미

박정석 지음

시공사

여행자를 위한 기도

하늘에 계신 아버지, 가엾은 저희들, 이 지구를 여행하고, 사진 찍고, 엽서 보내고, 기념품 사고, 속옷이 젖도록 헤매고 다닐 착한 종들을 굽어 살펴주소서.

오늘도 호텔을 잘 고를 수 있도록 이끌어주옵소서. 예약이 제대로 들어가고, 방이 준비되고, 수도꼭지에서는 더운물이 콸콸 나오도록 돌봐주시옵소서. 전화가 작동하고, 전화교환원이 저희와 부디 언어가 통하도록 기도드리옵나이다.

주님, 부디 저희를 저렴하면서도 맛있는 식당, 웨이터가 친절하고 이왕이면 와인 값이 식사대에 포함된 그런 식당으로 인도하여 주시옵소서.

잘 모르는 현지 화폐로 팁을 적당히 줄 줄 아는 지혜를 주시옵소서. 무지해서 팁을 조금 주거나, 눈치 보느라 지나치게 후하게 주는 것을 용서해 주시옵소서. 현지인들이 저희를 봉이어서가 아니라 저희 자체로서 사랑하게 해주시옵소서.

가이드북에 '꼭 가 봐야 할 곳'이라고 나와 있는 박물관들, 성당들, 그리고 궁전과 성들을 방문할 기력을 주시옵소서. 혹시 낮잠 자느라 유적지를 건너뛰거나 하는 일이 생기면 저희의 육신이 약한 것을 자비로이 보아주시옵소서.

– 필리핀 사가다^{Sagada} 샴록 카페^{Shamrock Café}에 적혀 있는 낙서

Prayers for Tourists

Heavenly Father, look down on us your humble obedient tourist servants, who are doomed to travel this earth, taking photographs, mailing postcards, buying souvenirs and walking around in drip-dry underwear.

Give us this day divine guidance in the selection of our hotels, that we may find our reservations honored, our rooms made up and hot water running from the faucets.

We pray that the telephones work, and the operators speak our tongue.

Lead us, dear Lord to good inexpensive restaurants where the food is superb, the waiters friendly and the wine included in the price.

Give us the wisdom to tip correctly in currencies we do not understand. Forgive us for undertipping out of ignorance and overtipping out of fear. Make the natives love us for what we are, and not for what we can contribute to their worthy goods.

Grant us the strength to visit the museums, the cathedrals, the palaces and the castles listed as a "must" in the guidebooks.

And if by chance we skip a historic monument to take a nap after lunch, have mercy on us for our flesh is weak.

목 차

동네 미장원도 일 년 넘게 못 가고 있는데 핀란드에 간다니.
핀란드는 미장원이 아니지.
세상의 끝.
내 여정의 끝.
동네 미장원도 일 년 넘게 못 가고 있는데 핀란드에 간다니.
핀란드는 미장원이 아니지.
세상의 끝.

핀란드의 의미

　서울을 떠나 동해안의 시골 마을에 집을 짓고 산 지 1년 반이 넘어서면서 예상치 못한 변화가 일어나기 시작했다.

　처음에 이것은 원래 있던 좋지 않은 증세-되는 일 없이 이 나이쯤 먹게 되면 흔히 호소하는 초조함과 집착, 분노-의 점진적인 완화처럼 보였지만 결국 그것과는 완전히 다른 증상, 전자보다 결코 낫다고 볼 수 없는 또 다른 병적 증상의 심각한 진행에 불과함을 깨닫게 됐다.

　간단히 말해서 나는 식물 비슷하게 변해버렸다.

　"저 소 보이지? 눈만 끔벅거리면서 온종일 저렇게 드러누워 꼼짝도 하지 않아. 풀을 뜯어 먹고 잠을 자긴 하지만 스스로 동물이라고 여기지 않는 거야. 주변에 피어 있는 꽃이나 나무처럼, 점점 식물을 닮아가고 있는 거지. 송아지 때는 저렇지 않았는데…."

　오래전 안데스산맥 어디쯤에서, 콜롬비아 인 목동이 초원에 누워

있는 소들을 가리키며 해준 말이다. 동물로 태어난 생명의, 소위 식물화 현상.

중증의 게으름과 동력 상실, 무감각의 합체쯤으로 설명할 수 있는 퇴행이었다.

"고등어와 시금치를 많이 먹어봐. 틈나는 대로 햇볕을 쐬고 비타민 B를 충분히 섭취하면…."

이런 조언을 들었다. 햇볕을 쐬라고? 시골에 내려온 이후 거의 매일 마당일을 하느라 일광욕은 충분히 하고 있었다.

마당에 깐 잔디가 자리를 잡아가고 구석에 닭장까지 지으면서, 내 증세는 악화일로를 걷고 있었다. 태평스러운 전원생활에 익숙해졌고, 그 결과 인지적인 병신 비슷한 존재가 되고 말았다.

자기 집 정원 가꾸기에 몰두하면 할수록 바깥세상에 대해서는 점점 무관심하게 된다. 아침에 일어나면 세수를 한 후 다음의 일들을 차례대로 수행했다. 화단에 물 주기, 개와 닭들에게 밥 주기, 닭이 낳은 알 수확하기, 개똥 치우기, 잡초 뽑기.

다음날 아침이 되면 똑같은 일을 반복했다. 그렇게 1년이 지나니 이 모든 일을 눈감고도 할 수 있을 듯했다. 물 주기, 밥 주기, 알 거두기, 개똥 치우기, 잡초 뽑기. 겨울이 되면 채소밭 신경 쓸 일이 없고 닭들이 알을 낳지도 않으니 더욱 단순해진다. 밥, 똥, 밥, 똥, 밥….

기계인가, 사람인가.

살면서 누구나 한 번쯤은 이런 회의를 느끼리라 생각한다. 잔잔한 강물처럼 조용하지만 꾸준하게 흘러가던 어느 날 오전, 화장실에서 손을 씻고 문득 거울을 들여다보는 순간, 점심을 먹고 물컵 또는 커피잔을 딸그락 테이블에 내려놓는 순간, 외출 후 집으로 돌아와 어제 입었던 편한 옷으로 갈아입는 순간, 지친 몸으로 침대에 누워 머리맡의 스탠드 불을 딸깍 끄는 순간, 바로 그 순간 데자부를 경험하고 있음을 깨닫고 이 상황에 깃든 작지만 무시무시한 비극을 짧게나마 인식하게 된다.

수없이 했던 일을 고스란히 반복하고 있으며 내일 역시 똑같으리라는 것을. 어서 빨리 변화가 일어나지 않으면 평정심을 유지하기 어려울 것 같은데, 사실 광기에 휩쓸리지도 않을 것을 이미 잘 알고 있기에 그래서 지금 이 순간, 더욱 참기 힘들다는 것을.

어느 날 일간지에서 '코쿤Cocoon족'이라고 명명된 사람들에 대한 기사를 읽었다.

"외부 세상으로부터 도피하여 남과 가까이 하지 않고 자신만의 안전한 공간에 머물려는 칩거증후군의 사람들. 이들은 외부로 나가는 대신 자신만의 공간에서 안락함을 추구한다. 자동차에 특수 오디오를 장착하고 음악을 감상하면서 드라이브를 한다든가, 방에 음악감상실 수준의 고급 음향기기를 구비하고 음악 감상을 즐기는 것 등을 예로 들 수 있다. 또한 자신의 방에서 컴퓨터를 통해 세상과 접촉하고 배달시킨 음식을 홀로 먹으며 여가를 즐기는 등의 행동 양식을 보인다. 코쿤족은 안정된 수입원이 있으면서 업무 능력이 뛰어나고, 스트레스 등 외부 자극으로부터 확실한 해결책을 가지고 있는 것이 특징이다."

안정된 수입원, 뛰어난 업무 능력, 확실한 해결책 등 마지막 문장만 빼면 내 이야기처럼 느껴졌다. 나는 코쿤족. 고치에서 살고 있다.

농부들이 대부분인 이 마을에서 내가 주로 대화하는 상대는 옆집에 사는 교사 부부다.

"요즘 날씨가 참 좋지요? 배추 심어놓은 것이 하루가 다르게 쑥쑥 크네요."

"그 집 수탉 우는 소리가 아주 듣기 좋습니다. 목청이 대단한 녀석이에요."

"닭똥을 썩혀 거름을 만들었는데 양이 꽤 많아요. 좀 드릴까요?"

무념무상의 이 상태가 평화라는 생각은 들지 않았다. 폭풍 전 정적과 폭풍 후 고요를 반반씩 닮은 진공 상태. 너무 팽팽하게 당겨져 끊어질락 말락 하는 밧줄을 보는 듯 아슬아슬한 기분이 들었다. 뭔가 해야만 할 텐데.

꽃피고 새 우는 아름다운 마당을 바라보면서 나는 중요한 뭔가를 까맣게 잊고 있는 사람처럼 어딘지 모르게 편치 않았다. 날마다 충분한 것 이상으로 잠을 잤지만 깨어났을 때 행복하다는 생각은 들지 않았다. 행복하지 않다. 그 증거로 술을 점점 더 많이 마시고 있었다.

"손님들이 자주 오나 보오. 쓰레기봉투 내놓은 것을 봤는데, 왜 그리 빈 술병이 많소?"

까치처럼 눈이 밝은 이웃 노인에게서 이런 말을 듣고야 문제의 심각성을 깨닫게 됐다.

이런저런 일을 해야지 생각했지만 정작 실행에 옮기지는 못했다. 무슨 일이 있어도 내일부터는 다이어트를 시작하리라 매일 아침 새롭게 결심했다. 운동을 위해 가격 비교 사이트를 뒤져 가며 구입한 스트라이다(접이식 자전거)는 뽀얗게 먼지로 뒤덮인 채 차고 구석에서 잊혀져 버렸다.

무기력한 생활이 부끄러웠지만 수치심은 잠깐뿐이다.

최악은 바로 그 부분이다. 인지적 병신에 이어 도덕적인 병신마저 되어간다는 것. 언젠가부터 부끄러움도, 슬픔도, 예전처럼 강렬하지 않았다. 자정 넘어 라면 한 그릇 먹어치우고도 별 죄책감 없이 쿨쿨 잠이 들었다.

만일 아직도 일기를 쓰며 하루를 반성하는 노인이 있다면 존경을 넘어 그를 사랑할 것이다.

"여행을 가 보지그래? 세상 구경도 하고 재충전도 할 겸…."

이런 조언은 운동이나 연애를 해 보라는 말 이상으로 흔한 충고일 듯하다. 그 말이 옳다고 생각하면서 봄날이 스르르 지나가고 있었다.

여행을 가라고? 고양이 목에 방울을 다는 격이다. 무기력증에 빠져 허우적거리는 사람이 짐 챙겨서 먼 곳으로 훨훨 여행을 떠나는 것은 치료법이 아니라 치유 그 자체가 아닌가.

낯선 곳에 가고 싶지 않다. 세상 구경이라면 이미 할 만큼 했다.

집 떠나면 고생이라는 엄마의 말씀도 있고, 파랑새 찾아 세상을 헤매다 돌아오니 그 깜찍한 새는 얌전히 집에 있었다는 치르치르와 미치르 동화의 교훈도 있고, 내가 사라지면 당장 살아가는 데 커다란 곤란을 겪게 될 닭들이 있었다. 마당 구석에 심어놓은 각종 꽃과 채소에도 물을 줘야 했다. 몹시 중요한 일이다.

이 모든 일을 갑자기 중단하고 멀리 여행을 가라고? 날마다 하던 것을 그만두고 하지 않던 것들을 시도해 보라고?

귀찮고, 싫고, 무서웠다.

"아하! 너도 별수 없구나! 가라고 멍석 깔아줘도 못 가는 날이 드디어 왔네!"

동족을 환영하는 듯 좀 지나치게 반가워하는 엄마의 목소리가 아니었더라면 떠날 생각은 영영 하지 않았을지도 모르겠다.

닭과 개는 내 상전이 아니고 가축이다. 채소밭? 어차피 몽땅 장에 내다 팔아도 1만 원어치나 될까 말까 한 상추와 케일이다. 긴 여행을 떠나지 못할 이유가 없다. 좋습니다. 가지요. 그런데 대체 어디로 가야 할까요?

벽장에 쑤셔 넣어둔 세계지도를 꺼내 펼쳤다.

파란 바다에 떠 있는 몇 개의 대륙들. 그중 한 나라를 고르자면 가장 먼저 떠오르는 곳은 멕시코나 브라질이지만 거리상으로도 너무 멀고, 돈 많이 들고, 마음의 준비-스페인어 공부를 그만둔 후 너무나 오랜 시간이 지났다!-가 필요한 곳을 이렇게 무기력한 상태로 가고 싶지는 않았다.

사실 그 지역이라면 이미 오래전에 다녀온 것이다. 10년 전 남미 여행. 단순히 생활의 활력을 되찾기 위한 것이 아니라 그보다 조금 더 고차원적인, 현학적으로 들릴 각오를 하고 말하자면 존재의 증명을 위한 먼 여정쯤 되는 여행이었다.

길고 험난했던 그 여행에서 지금도 잊지 못하는 점은 지구 위를 진짜로 이동하고 있다는 것, 가로지르고, 북상하고, 남하하고 있다는 것을 온몸으로 느끼던 순간이었다.

그리운 쾌감이다. 생활 반경 20km를 벗어나지 않고 뱅글뱅글 맴도는 일상에서는 도저히 경험할 수 없는 광활한 공간적 경험, 또한 소중한 시간과 맞바꾼 성취감이기도 했다. 비행기를, 버스와 기차를, 배를, 말을, 당나귀를, 오토바이를, 자전거를 타고, 두 발로 걷고 걸어 너른 땅을 가로질러 마침내 목적했던 바로 그 땅에 도달했다는 느낌, 그것이 좋았다. 여행다운 여행. 그때 그 여행은 정말 그랬다.

'먼 곳에 가봐야겠다. 나라 하나가 아니라 여럿. 국가보다 큰 지역을 여행하고 있다는 느낌이 확실히 들 정도로 많이. 그렇게 하고 싶어졌어. 아주 오랜만에.'

둘리틀-동물을 좋아해 붙은 별명으로 영국인 휴 로프팅Hugh Lofting의 동화 〈둘리틀 선생 이야기〉에 등장하는 주인공의 이름이다.-에게 말했다. 직업과 의지, 그리고 취미 덕분에 그는 지금껏 세상의 여러 곳을 구경할 수 있었다. 나미비아와 에티오피아, 포르투갈과 리투아니아, 그리고 브라질을 모두 가 본 사람은 그전에도 이후에도 만난 적이 없다.

여행지를 결정하기 위해 그의 조언을 구했다.

"우간다는 어때? 아프리카에서 인기 있는 여행지는 아니지만 열대우림이라 밀림이 멋지고 보호구역에 가면 귀여운 고릴라도 볼 수 있지."

"몰타도 좋아. 그리스랑 연계해 가도 되고, 아니면 키프로스도."

"고생은 좀 하겠지만 아프리카 모리타니나 말리도 괜찮지 않을까? 여자 혼자 가긴 험한 곳이긴 해도 영원히 기억에 남을 모험이 될 거야. 일정을 무사히 마치고 돌아오면 세상의 어떤 일도 어렵지 않게 느껴질 텐데.”

이국적인 지명들이 잇달아 등장했다. 마운트 엘곤, 코르푸, 크레타, 로도스, 지브롤터, 발레타, 마요르카, 론다, 코르도바, 산티아고 델콤포스텔라, 탕헤르, 라바트, 사하라, 폴리사리오, 팀북투, 니제르, 부르키나파소, 세네갈….

어떤 곳도 그다지 끌리지 않았다. 혼자 마요르카에 가서 뭘 하라고? 사하라? 낙타와 사람의 해골이 나란히 누워 있는 불타는 사막? 폴리사리오? 거긴 대체 어디야?

여행지를 결정하는 요인은 여러 가지다. 예산, 시간, 취향, 편견, 환상, 그리고, 우연.

“그럼 핀란드를 가지그래. 사람들이 잘 몰라서 그렇지, 괜찮은 곳이야.”

“핀란드?”

“그래, 좋았다고 내가 몇 번이나 말했잖아. 기억 안 나?”

기억 난다. 지도의 북쪽. 핀란드가 거기 있었다. 핀란드. 수오미. 오로라. 산타클로스. 노키아. 북유럽.

둘리틀은 오래전 핀란드를 여행한 적이 있었다. 조용하고, 평화로우며, 분위기가 색다르다고 했다. 휘바 휘바 핀란드!

그러나 북유럽은 내 취향이 아니다. 너무 비싸거나 단정한 것 앞에서는 어쩐지 주눅이 든다. 내가 좋아하는 것은 저렴한 물가에 후끈한 날씨, 수영할 수 있는 바다, 그리고 무엇보다도 적당한 느슨함이다. 길에 침 좀 뱉었다고 해 당장 잡혀가서 몽둥이로 볼기짝을 맞는 곳이라면 마음 편히 다니기 힘들지 않을까. 침을 뱉을 생각이 없다고 해도 말이다. 북유럽은 너무 비싸고, 춥고, 빈틈없어 보였다. 끌리지 않았다.

이에 생각이 미치자 갑자기 핀란드를 가야만 한다는 논리가 성립됐다. 지금까지와는 다른 여행을 하고 싶었다. 안 하던 것을 시도하는 여행. 두려움의 근원을 밝히는 여행. 편견을 극복하고 취향의 스펙트럼을 넓히는 여행.

세상 끝까지 가는 게 여행을 떠나는 목적은 아닐 것이다. 그보다 중요한 것은 자신의 끝에 닿는 일이다. 이번 여행은 예전과 여러모로 정반대가 됐으면 좋겠다. 그런 의미에서 북유럽행은 매우 옳게, 거의 필연적인 선택으로 느껴졌다. 축하합니다, 핀란드! 당첨이에요!

핀란드에서 출발해 또 어디를 갈까. 그 지역 물가가 몹시 비싼 것은 사실이다. 세계 최고의 물가를 자랑하는 북유럽.

"핀란드는 그나마 저렴한 편일 걸? 스웨덴, 덴마크, 노르웨이, 심지어 아이슬란드도 요 몇 년 새 물가가 엄청나게 올랐다고 들었어. 맥도날드에서 햄버거로 대충 때워도 한 끼에 몇 만 원은 나올 거야."

치안이 훌륭하고 복지제도가 완벽했지만 아무래도 핀란드는 여행의 시작지로 적당한 곳이 아니었다. 핀란드 다음으로 어디를 간단 말인가. 살인적인 물가에 결국 굴복, 여비를 몽땅 써버리고 다음 목적지로 가지도 못한 채 귀국하는 사태가 발생할지도 모르겠다.

다시 지도를 살펴보는데 적당한 여정이 하나 떠올랐다.

핀란드는 이번 여행의 시작이 아니라 끝이 될 것이다.

핀란드에 가면 하고 싶은 일.
호숫가 오두막에 투숙하기.
숲에서 딸기랑 버섯 따기.
사우나, 수영, 또 사우나, 깊은 잠.

굿바이, 닭들!

이번 여정의 끝을 핀란드로 정했을 때 시작이 그로부터 동남쪽으로 약 2300km 떨어진 터키가 되는 것은 지극히 논리적인 선택으로 보였다.

일상을 떠나는 것이 여행이라고 할 때 논리는 어쩌면 여행이 추구해야 할 맨 마지막 가치인지도 모르겠다. 그러나 낯선 곳에서 마주칠지 모르는 수많은 비논리를 떠올릴 때 시작만큼이라도 가능한 한 합리적이어야 하겠다는 생각이 들었다.

핀란드는 유럽 대륙의 북쪽 끝 한 조각이다. 완벽한 여정을 만들기 위해 나머지 한쪽 끝, 즉 이번 여행의 시작이 될 지점을 찾아야 했다. 유럽의 끝에서 여행을 마칠 경우 그 입구에서 여행을 시작한다는 것, 다시 말해 이스탄불, 아시아와 유럽의 접점에 놓인 그 오래된 도시를 출발점으로 삼는 것은 매우 당연한 귀결처럼 느껴졌다. 상서로운 시작이 될 것이다.

터키의 이스탄불에서 출발, 불가리아와 루마니아를 거치면서 북상하여 폴란드, 그리고 발트해 해안의 3개국, 즉 리투아니아, 라트비아, 에스토니아를 차례로 통과하여 배를 타고 바다를 건너 마지막 목적지 핀란드에 닿는다.

이것이 이번 여행의 계획이었다. 이슬람, 중부 유럽과 발칸, 발트, 러시아, 스칸디나비아의 문화가 혼재된 여덟 나라를 거치는 일정이다. 무기력증에 빠져 집을 떠날 엄두를 못 내고 닭 밥이나 주던 사람이 어느 날 갑자기 떠올린 것치고는 몹시 야심 찬 여정이다. 두 달에 걸쳐 이 방대한 지역을 돌아보려면 꽤 속도감 있게 이동해야 했다. 대학생 때 배낭 하나 달랑 메고 떠나던 그런 여행. 한 달간 유럽 전역을 샅샅이 보고도 남을 듯한 기세로 팽이처럼 돌아다니던, 빠르고,

터프하고, 거침없는 여행.

"잘됐다. 예전에 참고했던 〈론리플래닛^{Lonely Planet}〉을 아직 가지고 있으니 빌려줄게."

둘리틀의 이 말도 여정의 타당성을 1%가량 높여주었다. 가이드북을 새로 장만할 필요가 없다니, 좋은 일이다.

초여름으로 접어들며 떠날 날이 다가왔다. 닭과 개는 이웃집 할머니에게 부탁했다.

"아마 어디 멀리 외국이라도 가는가 보구먼."

할머니는 혼잣말처럼 중얼거렸다.

"일전에 중국을 갔는데, 음식은 매끼 기름 범벅에 이상한 냄새가 나고, 숙소에서 어쩌다 유리컵을 하나 깼는데 글쎄 그 망할 것들이 3000원이나 물어내라고 하는 바람에…"

단체관광으로 중국에 다녀온 이야기는 할머니의 레퍼토리 중 하나다. 할머니에게 해외여행은 곧 중국 여행이었다.

"닭들 밥 주다가 힘에 부치시면 복날에 몇 마리 잡아서 드세요. 날은 점점 더워질 텐데, 아무래도 마릿수가 너무 많으니까요."

말은 의연하게 했지만 정작 나 없이 남겨질 닭들, 주인이 먼 길 떠날 것을 꿈에도 모르고 꼬꼬거리며 열심히 밥을 먹는 새들을 보자 마음이 무거웠다.

인터넷으로 주문한 〈아타튀르크 전기〉나 오르한 파묵의 〈눈〉, 〈핀란드 경쟁력 100〉 등을 읽으면서 하루에도 몇 번씩 떠나지 말까 하는 생각이 들었다.

터키, 동유럽, 핀란드, 모두 까마득하다. 지루하던 마당일이 갑자기 할 만하게 느껴지고 밥 주기 귀찮던 닭들도 새삼 통통하고 장해 보였다. 밤이 되어 침대에 누울 때마다 이런 아늑한 곳이 세상에 또 있을까 생각이 들었다. My sweet, sweet home….

여행 계획을 취소하고 지금까지 하던 것처럼 조용하고 평화롭게 여름을 보내면 어떨까.

D-데이를 앞두고 누구나 한 번쯤 생각이 변하는 것 같다. 여행은 무슨 여행. 떠나지 않으면 말이 안 통해 답답할 일도 없고, 복잡한 지도를 들여다보며 낯선 거리를 발이 부르트도록 헤맬 필요도 없다. 무더운 여름에 기다리는 사람 하나 없는 곳을 찾아가 내 돈 들여가며 고생하느니 집에서 에어컨 틀어놓고 라면 먹으며 야구 중계 보는 편이 몇 배 더 현명하지 않을까. 눈 딱 감고 몇 만 원만 손해 보고 이제라도 항공권을 취소해 버리면 그만이다. 마침 여행 짐을 꾸릴 가방도 없다. 너무 작거나 어딘가 고장 난 가방들뿐이다. 새로 사자니 시간이 없다.

가방이 없도다. 여행 가지 말라는 강력한 계시처럼 느껴졌다. 떠나야 하는 이유가 까맣게 잊혀지고 집을 지켜야 할 마땅한 핑계들이 잇달아, 그것도 매우 설득력 있게 떠오르는 이 순간.

"옆집에서 빌려 왔다. 그 집 가장이 출장 다닐 때마다 쓰던 것이라던데. 산 지 20년도 넘었다니 좀 오래되긴 했지만 관리를 잘해 그런지 아직 이렇게 멀쩡하구나."

어머니가 트렁크를 하나 구해다 주었다. 웅크리면 사람도 한 명 들어갈 듯 커다랗고 한쪽에만 바퀴가 두 개 달린 구식 하드케이스다.

이제 떠나지 않을 수가 없다. 긴급 사태가 벌어진 것도 아닌데 애

써 예약한 항공권을 돌연 취소하고 수수료 몇 만 원을 허공에 날린다
니, 나는 여태 그런 해괴한 행동은 해본 적이 없는 사람이다.

구구거리는 닭들을 뒤로한 채 이스탄불로 날아갔다.

멀리 가는 게 무섭지만 좋기도 해.
나만을 위해 뭔가를 한다는 생각 때문에.
공포, 피로, 고독, 다 무릅쓰고 오래오래 걸어야지.
닭들이나 너, 사회를 위해서가 아니라
나만을 위해.

남자들만의 도시

마음에 드는 터키 인을 두 명 만났다.
한 명은 기념품 가게 점원, 다른 한 명은 요리사.
"응, 한국에서 왔다고요?"
악수도 했다.
마음에 드는 남자와 손까지 잡다니.
한국에선 평생 몇 번 못해봤는데.

"나는 이스탄불을 순수하기 때문이 아니라 복잡하고,
불완전하며, 폐허가 된 건물들의 더미이기 때문에 사랑한다."
- 오르한 파묵, 〈이스탄불〉

여기는 이스탄불이다.

원대한 여행의 출발점이 되기에 이렇게 적당한 곳은 없을 듯하다.
상반된 것들의 경계에 자리 잡고 있는 의미와 상징, 이정표로 가득
찬 도시, 이스탄불. 동양과 서양, 아시아와 유럽, 이슬람과 기독교,
현대와 과거, 서로 대칭을 이루는 두 가지 모습이 층층이 포개져 있
는 이 전설적인 도시는 낯설면서도 친숙하고, 복잡하고 어려워 보이
면서도 의외로 쉬운 곳이다.

이스탄불은 이국적인 도시이지만 몇천 년간 지속된 유명세 때문
에 처음 도착한 이방인에게도 언젠가 와본 듯 익숙하게 느껴지는 부

분이 있다. 누구나 한 번쯤 들어봤음 직한 블루모스크와 아야소피아, 톱카프 궁전. 그곳 주차장에는 세계 각국의 관광객들을 싣고 온 대형 버스들이 수십 대 늘어서 있다.

한국인이 갖고 있는 터키에 대한 환상은 이국적인 풍경 외에 하나가 더 있다. 형제의 나라, 즉, 현지인이 우리에게 따뜻한 호의를 보여 줄 것만 같은 기대감이다.

"조심해야지. 화가 나더라도 어떻게든 꾹 참고."

오랜만에 먼 길을 떠나는 나를 향해 둘리틀이 거듭 당부한 말이다.

"걱정된다. 사소한 일로 현지 남자들과 큰 싸움이라도 벌어지게 될까 봐. 그러다 혹시 무슨 사고라도 생기면….."

나 또한 그런 위기감을 부쩍 느끼던 참이었다. 30대 중반-편의상 35세라고 치자.-까지, 세상 어디를 가든 이성과 심한 싸움에 말려들 걱정은 하지 않아도 좋았다. 내 안에는 만능의 부적처럼 여성성이 있었으니까.

그 여성성이 상대의 남성성과 만났을 때 일어나는 긴장의 불꽃은 웬만한 분노보다는 훨씬 더 강렬해서 과도한 폭력을 미연에 방지하는 훌륭한 완충막이 되어주었다. 예를 들어 〈죄와 벌〉에 등장하는 악덕 고리대금업자가 늙어빠진 추물 노파가 아니라 아직 그럭저럭 여성성이 남아 있는 참한 여인네였더라면 주인공 라스콜리니코프가 아무리 정의감에 불타는 열혈청년이라고 해도 그런 잔인한 도끼살인극을 차마 실행에 옮길 수 있었을까.

결정적인 것은 시간이다. 시간은 모든 것을 파괴한다. 서른 살을 훌쩍 넘기면서 세상일-물론 여행도-과 인생은 이전과는 차츰 다른 국면으로 접어들기 시작한다. 여행은 이전보다 고단해질 것이고, 돈도 더 많이 필요하게 될 것이다. 배시시 웃거나 눈물을 짜는 시늉을 하는 것만으로 간단히 용서되고 호감을 사던 시절은 진작 막을 내렸다. 히치하이크는 언감생심 시도조차 하지 않는 것이 좋겠다.

그런 여행자에게 터키는 좋은 곳이다. 길 가는 행인을 붙잡고 뭔가 물어봤을 때 영어가 서툴러 당황하긴 해도 곤경에 처한 여행자를 완전히 외면하는 사람은 아무도 없다. 난처한 표정을 짓고 있으면 누군가 성큼 다가왔고 때론 묻지 않아도 먼저 가르쳐 주었다. 이슬람 문화의 영향 때문이기도 하고, 관광대국의 시민으로서 오랫동안 몸에 밴 매너 때문이기도 하다.

이보다 한층 더 적극적인 사람들도 많다. 100% 남자들이다.

"안뇽하쎄여? 한국에서 왔죠? 아님 일본? 곤니찌와! 싸랑해요!"

"아, 당신! 잠깐 나랑 대화 좀 할래요? 나를 어떻게 생각하시나요? 우리 손 한 번 잡아볼까요? 난 당신 같은 동양인 녀성동무를 친구로 사귀는 게 소망이었는데!"

백주대낮에 상냥한 눈웃음을 치며 이렇게 접근하는 남자들을 한 열 명쯤 만나게 되면 안 그래도 TV 기행 프로그램이나 영화, 소설로나 접했던 이 고색창연한 도시, 인근 유럽에 비해 물가가 저렴하고 사람이 다정하다고 소문난 이스탄불이 꽤 멋지게 보일 것이다. 그 남자들 대부분이 인근 양탄자 가게에서 파견 나온 영업사원들이라는 것을 알게 되는 건 그다음 일이다.

이슬람 국가답게 터키는 남자들의 나라다. 이스탄불과 같은 대도시, 특히 탁심 광장을 중심으로 한 신시가지나 대학가의 모습은 유럽

의 도시들과 큰 차이가 없는 듯 보이지만 지방으로 내려가면 상황이
달라진다.

터키의 시골에서는 거리에서 여자들을 찾아보기 어렵다. 여자들
은 보통 일찍 결혼하여 주로 집 안 등 실내에서 머물고 외출할 때는
예외 없이 얼굴을 가린다.

"난 이제 곧 카파도키아로 갈 거야. 가방이 무거워지는 것은 싫으
니까 쇼핑은 할 수 없어."

이스탄불에서 처음 만난 남자는 숙소 근처 기념품 가게에서 일하
는 하린이라는 이름의 청춘이었다. 열여섯 살? 열일곱 살? 아주 예쁘
장하게 생겼다. 생수 살 곳을 찾지 못해 헤매던 나를 본 그는 내 팔을
잡고 근처 잡화상까지 직접 데려다 주었다.

"남자친구 있어요?"

"남자친구는 없고 남편과 자식들이 있단다."

깜찍하게도, 소년은 가슴에 손을 얹고 실망한 표정을 지었다. 내리
깔면 눈동자가 보이지 않을 만큼 길고 숱 많은 속눈썹, 오랜 시간을
두고 동과 서에서 흘러온 사람들 사이에서 반복적으로 피가 섞여 최
초의 근원이 모호해진 피부색과 이목구비, 그리고, 그 미소!

"터키가 아주 좋아요!"

터키 여행이 좋았다고 하지 않는 여행자는 거의 없다. 그들은 십중
팔구 하린 비슷한 터키 인의 웃음을 본 적이 있는 것이다. 그가 선물
가게 점원이든, 카펫 가게 호객꾼이든, 아니면 그냥 길을 걷다 우연
히 마주친 누구이든 간에.

주변의 남성성masculinity이 갑자기 커지니 쇠퇴일로를 걷고 있던 나

의 여성성femininity에도 뭔가 변화가 일어난 것일까. 즐거운 여행을 해야겠다는 마음속 결의와 합쳐져 집 떠나기 전과는 다른 사람처럼 명랑하고 수다스러운, 흡사 사교의 여왕처럼 행동하고 있는 나를 발견한다. 강원도 시골에서 꼬꼬거리는 닭들만 대하다 상냥한 남자를, 그것도 갑자기 너무 많은 수의 남자를 대하게 되니 나도 모르게 흥분하고 만 것이다.

"내일 앙카라로 떠나는데, 그곳에 대해 뭔가 아는 게 있어요?"

평소의 나라면 호텔 직원에게 이런 질문을 하지 않았을 것이다. 리셉션을 맡아보는 덩치 큰 직원은 과묵하고 듬직한 인상이었다. 필요한 자료를 출력해 내 방으로 직접 가져다주겠다고 한다.

"아니, 그렇게까지는 필요 없어요."

분명히 사양했는데도 그 직원은 5분 후 내 방을 찾아와 똑똑 노크했다. 손에는 달랑 프린터로 뽑아낸 종이 한 장을 들고.

"정보를 준다더니. 그게 전부예요?"

"주요 정보는 여기 있고, 나머지는 지금부터 말로 상세히 보충해줄게요."

1층에 있을 때는 친절하고 유능한 직원이었다. 방에 들어오자 마술처럼 그의 눈빛이 변한다. 너무 노골적이고도 재빠른 변화라 도저히 믿기지 않는다. 필경 재미없는 농담이겠지?

"아직 옷을 안 갈아입었군요. 원한다면 편한 옷으로 갈아입어도 되는데…."

스트립쇼를 하라고? 농담이기에는 재미가 없고 진담이기에는 어처구니가 없다.

농담이 아니다. 그가 숨을 몰아쉬기 시작한다. 마치 내 방이 참을 수 없는 열기로 가득 찬 사우나라도 되는 것처럼. 헐떡헐떡.

"아니, 이거 왜 이러시나?"

어떤 경우에도 침착하기. 여행 전 둘리틀과 약속한 한 가지다. 무슨 일이 일어나든 화내지 말기.

호텔 직원은 아직 법적으로 문제가 될 만한 어떤 짓도 저지르지 않았다.

"앙카라에 가면 스위소텔이 있는데, 거기 수영장이 있고 사우나탕도…."

그의 숨소리가 점점 더 가빠진다. 허억허억. 혹시 지금 어디 아픈 건 아니겠지?

"스위소텔에 사우나탕이 있다고요? 유니섹스인가요? 아님 남녀 각각?"

분위기를 바꾸기 위해 이렇게 물었는데 별로 좋은 생각이 아니었던 것 같다. 직원은 유니섹스란 단어에 재각 반응을 보였다.

"당신은 뭘 원하는데? 유니섹스 아니면 남녀 따로?"

"아니, 사우나가 유니섹스면 좀 불편할지도 모르니까. 그러니까 목욕하러 들어갔는데 남자들이 있으면…."

"왜? 남자가 싫은가요?"

"아니, 남자가 싫은 건 아니지요. 왜냐하면 나는 여자니까 당연히 남자가 싫지 않지. 아니, 그러니까 내 말은 인간으로서 여자와 남자는 서로 끌리도록 만들어진 존재이긴 하지만 굳이 목욕탕에서까지 섞어놓을 필요는 없다는 뜻이에요."

고운 말로 그를 내보내는 데 5분쯤 걸렸다. 다음날 1층 리셉션에서 만난 그는 다시 친절하고도 사무적인 직원으로 돌아와 있었다.

"앙카라에서 즐거운 시간 보내시기 바랍니다."

이스탄불 곳곳에서 뚜렷하게 감지되는 남성성은 이런 어처구니없는 에피소드가 전혀 충격적이지 않을 만큼 대단히 강력하다. 터키 동쪽의 완Van 지역, 중동과 국경을 마주한 보수적인 강경 무슬림들의 지역까지 가지 않더라도, 거대한 터키는 이미 남자들만의 나라다.

무례한 상황에 대한 나의 관용 또한 이스탄불에 도착한 이후 부쩍 고조된 여성성 덕분으로 돌려야겠다. 내가 할머니였더라면 그는 그러지 않았을 것이고, 내가 소녀였다면 나는 엄청나게 상처받았을 테니까.

호텔 매니저 앞으로 직원의 재교육을 요구하는 메모를 쓸까 생각했지만 의미 없는 행동이라 생각해 그만두었다. 터키는 형제의 나라이기 이전에 남자들의 나라다. 성희롱이란 죄목은 아직 존재하지 않는다.

터키 여행 중 겪게 되는 이런 암울한 일화는 유쾌하게 빛나는 수많은 에피소드들에 가려 잘 알려져 있지 않다.

"1리라에 두 개요."

갈라타 다리 근처에서 찐 홍합을 사 먹는데 점원이 나에게만 하나 더 준다.

"1리라에 두 개라며 왜 세 개 줘요?"

"그야 예쁘니까!"

간접 경험의 수단으로 독서와 여행은 모두 유효하지만 독서로는 이런 상황을 상상할 수 있을지언정 직접적인 감동을 느끼는 것이 불가능하다. 이것이 바로 터키가 낳은 세계적인 작가 오르한 파묵의 아름다운 자서전이자 그가 태어난 이 진귀한 고도에 대한 애정 어린 메모라빌리아 〈이스탄불〉보다 이스탄불행 항공권 값이 100배 이상 더 비싼 이유일 것이다.

이스탄불은 터키에서 가장 서구화, 현대화, 국제화된 도시다. 신시가지에는 머리와 얼굴은 물론 다리마저 시원하게 드러낸 여성들이 아무렇지도 않게 지나다닌다. 이런 과감함은 시골로 가면서 깨끗이 자취를 감춘다. 도처에 수염 왕창 기른 남자들뿐이다.

터키를 여행하는 내내 많은 남자를 만나고 그들과 통성명을 나눴다. 이 나라와 사랑에 빠진 여성 여행자들이 많은 것은 매우 당연한 일이다. 내 나이의 여자가 이렇게 인기 절정일 수 있는 곳은 지구상에 흔치 않다.

그들은 내 친구를 자청하며 유적지를 안내하고, 과일과 차를 끊임없이 내어왔다. 그중에는 데이트라고 부를 만한 것도 한 번 있었다.

야신. 그는 카파도키아 괴레메^{Göreme}의 어느 동굴 호텔에서 일하는 스물한 살짜리 청년이다. 오토바이에 나를 태우고 언덕 꼭대기까지 데려가서 멋진 석양을 보여줬다. 그 답례로 내가 그에게 저녁을 사기로 했다.

"너, 향수를 뿌렸구나!"

내가 킁킁거리자 청년은 얼굴을 붉혔다. 터키 인들은 향수를 사랑한다. 음식에는 향신료를, 몸에는 향수를. 이것이 아나톨리아의 모토인 것 같다.

"기회를 봐서 이 마을을 떠나 안탈리아^{Antalya}로 가려고 해요. 거긴 큰 리조트가 많아서 일자리를 구하기도 쉽다고 하니까."

야심찬 청년이다. 손목에는 헤비메탈 가수에게 어울릴 법한 금속 팔찌를 차고 있었다. 은이냐고 물으니까 스틸이라고 대답한다. 싸구려라는 수줍은 설명과 함께.

그의 왼손에 커다란 상처가 있었다.

"빵을 썰다가 다쳤는데, 아무것도 아니에요. 이젠 다 나았어요."

방이 열 개 남짓한 조그만 숙소에서 청소와 손님 픽업은 물론 세탁이며 아침밥 준비까지, 혼자 거뜬히 해내는 아이였다. 테이블에 올려놓은 커다란 손은 습진 때문에 불그스름했다.

"안탈리아로 가는 것도 좋겠지. 여기보단 규모가 훨씬 큰 곳이니 기회가 많을 거야. 그런데 넌 대체 몇 살이니? 솔직히 말해봐. 아마 한 열여덟 살쯤?"

"아까 스물한 살이라고 했잖아요."

"그렇게는 안 보이는데. 왜 아직 여자친구가 없지?"

"이 동네엔 마땅히 사귈 만한 여자가 없으니까요. 여자 자체가 아예 없어요. 다들 아주 일찍 결혼해 버리니까. 스무 살이 되기도 전에 시집가 버려요. 내 누나 두 명도 모두 그랬어요. 안탈리아에 가면 적당한 여자가 있을지도 모르지요."

"그래. 아마 거긴 다를 거야."

내 권유에도 그는 맥주를 사양했다. 대신 콜라를 마셨다. 나이 때문이 아니라 종교적 이유 때문에 터키 인들은 공개적으로 술을 마시는 것을 꺼린다.

옆 테이블에는 한국 학생들 대여섯 명이 왁자지껄 모험담을 이야기하며 저녁을 먹고 있다. 터키는 오랫동안 유럽의 '태국' 역할을 해온 관광지다. 한국에서도 인기가 높다. 괴레메에도 한국에서 온 여행자들이 많이 보였다.

"그거 알아요? 터키시 나이트^{Turkish Night}라고, 저녁식사를 하면서 벨리댄스를 구경하는 프로그램이 있어요. 단돈 50리라인데 여행사에 갈 것 없이 내가 예약해 줄 수 있으니까 원한다면 내일 밤에라도 구경할 수 있어요."

야신은 카파도키아의 하늘처럼 새파란 눈동자로 나를 쳐다보았다. 친척 아줌마뻘인 나에게 전혀 관심이 없었고, 그것이 그날 내가 기꺼이 저녁식사를 산 이유였다. 터키에서 영원히 머물 생각이 아닌 이상 현실 감각을 되찾을 필요가 있다.

길을 잃고, 시공간을 잊고, 스스로를 잃거나 잊는 것을 여행의 목적으로 삼고 떠나온 사람들에게, 터키는 완벽한 곳이다.

어떤 노력도 필요가 없는.

이스탄불의 하루

마침내 말로만 듣던 도시에 도착했다는 흥분이 차츰 가라앉으면, 아크빌Akbil을 충전해 트램과 지하철, 페리를 타는 방법을 터득하고 길거리 가게에서 케밥을 주문하는 일에 자신이 붙게 되면, 이스탄불이 한국에서 상상하던 것보다 한층 회색빛을 띠고 있다는 사실을 문득 깨닫게 될지 모르겠다. 골목, 모스크, 허물어진 옛 건축물, 그리고 사람들.

이스탄불. 겨울이 아니라 여름에도, 노란 태양이 강렬하게 내리쬐는 한낮에도 우울한 회색의 느낌이 완전히 걷히지 않는 도시다. 걷는 곳 어디든 그 느낌이 남아 있다. 시내 여기저기 솟아 있는 오래된 모스크의 칙칙한 색깔과 행인들의 검은 머리카락 때문만은 아니다.

이제는 아득하게 멀어진 과거의 번영, 세계의 중심에서 밀려나고 방치되어 결국 변방의 한 도시로 전락하고 말았다는 슬픔-오르한 파묵은 자서전 〈이스탄불〉에서 후준huzun:비탄이라는 단어를 반복해 사용한다.–이 도시 곳곳에 체취처럼 배어 있다.

다양한 언어가 오가는 시끄러운 블루모스크의 중정이나 혼잡한 톱카프 궁전의 입구, 술 달린 모자에 전통 의상을 차려입은 수비병과 나란히 서서 기념사진을 찍는 외국인의 모습에서, 관광객들의 숫자가 현지인의 열 배를 넘어서는 그랜드 바자르 한복판에서, 한때 강성했던 이 도시가 현재가 아닌 죽은 과거에 매달려 살아가고 있음을 느낄 수 있다.

위대한 오스만튀르크 제국의 수도였던 콘스탄티노플은 퇴락을 거듭한 끝에 이제 그 흔적을 팔아 생계를 유지하는 관광 도시가 됐다. 아시아 인들에게 방콕이나 파타야가 그러하듯, 이스탄불은 유럽 인들에게 가장 만만한 여행지, 4박 5일짜리 저렴한 패키지 투어의 목적지가 되어버린 지 오래다. 예나 지금이나 세상의 중심에서 찬란하게 빛나고 있는 파리나 런던과는 달리 이 도시는 이미 지나가 버린 머나 먼 과거, 다시는 돌아갈 수 없는 아득한 시절의 빛바랜 영광을 내세 워 사람들을 유혹한다.

이스탄불의 상징 중 하나인 갈라타 다리. 지하철과 버스정류장, 페 리 선착장이 한데 모여 있어 밤낮없이 떠들썩한 곳이다. 길 가는 행 인을 향해 열심히 유혹하는 식당의 호객꾼들, 금빛과 빨강이 섞인 전 통 복식에 반달 모양으로 휘어진 칼을 휘두르며 고등어샌드위치와 케밥을 파는 상인들, 지하철역에서 빠져나온 퇴근 인파, 트램에서 내 려서는 승객들, 페리에 오르거나 도착한 배에서 썰물처럼 쏟아져 나 오는 사람들, 그리고 콘크리트 부둣가에 서서 가느다란 낚싯줄을 바 닷속에 드리운 채 물고기 입질을 끈기 있게 기다리는 사람들….

나는 그들의 뒷모습을 카메라에 담기 위해 종종 뒷걸음을 치는 관 광객이다.

"보스포루스 해협 관광이요! 지금 떠납니다! 지금, 지금, 지금, 바 로 지금!"

늦은 오후, 쾌활한 호객꾼에게 이끌려 유람선에 오른다. 디지털카 메라와 가이드북을 손에 든, 한눈에도 나와 비슷한 행색의 관광객들 이 수십 명 타고 있다.

뿌아앙! 기적이 울린다. 배는 미끄러지듯 유연하게 바다를 향해 나아간다. 도시를 보기 위해 바깥으로 나가는 것이다.

이스탄불이 뿜어내는 회색빛 아우라는 파란 바다에 나와 바라보 니 더욱 뚜렷하다. 완만하게 언덕진 작은 산처럼 생겼다. 거무스름하고, 누르스름하고, 엄청나게 낡아 보인다. 먼지 뽀얗게 내려앉은 녹슨 골동품 더미처럼.

골든 혼Golden Horn을 지배하는 일곱 개의 언덕. 그중 하나에 쉴레마니예 사원이 솟아 있다. 오스만 제국 술탄 쉴레이만 대제 시절의 천재 건축가 시난Sinan의 역작인 회색 사원이다. 가까이에서 보면 산처럼 커다랗고 위압적인 사원인데 바다에서 바라보니 이스탄불이라는 거대한 무덤에 대충 꽂힌 작은 돌비석 하나처럼 보잘 것 없다.

바람과 파도에 배가 계속 흔들린다. 죽은 듯 잠잠한 옛 도시와는 달리 보스포루스는 지금도 살아 있다. 이스탄불의 혼이자 원천. 수천 년이 지났지만 젊음이 시들지 않은 새파란 바다에는 태초와 다름없는 에너지가 용솟음친다. 애초에 이 도시의 영광이 바다에서 비롯됐음을 누구나 믿게 만드는 압도적인 생명력이다.

이제 배는 물살을 헤치며 다시 이스탄불로 돌아간다. 아까는 너무 멀어 보이지 않던 모습들이 연달아 나타난다. 크거나 더욱 커다란 특급 호텔들, 잘 가꿔진 대저택의 푸른 잔디밭, 카페의 테이블에 앉아 차를 홀짝거리는 사람들, 허물어져 담벼락만 반쯤 남은 건물, 베란다에 색색 빨래를 걸어놓은 허름한 아파트, 아파트, 아파트….

석양이 시작된다. 수평선에서 어둠이 파도처럼 밀려든다.

도시는 곧 검푸르게 가라앉는다. 사원과 집들이 검은 실루엣으로 변하는가 싶더니 곧 노란 불빛을 받아 환하게 떠올랐다.

조명 덕분에 이스탄불은 그 자체가 거대한 궁전처럼 변했다. 칙칙한 사원들은 불빛으로 섬세하게 치장되어 보석을 단 듯 화려해졌다.

관대한 밤이 돌아왔다. 검은 시간은 상처이자 영광, 허물어져 가는 흔적들로 뒤덮인 이 오래된 도시를 포근하게 감싸 안았다. 낮보다 한결 새롭고 신비로운, 수백 년 전 과거보다 당장 내일 아침 모습이 더 궁금한 곳으로 바꿔놓았다.

톱카프 궁전의 벽을 장식한 모자이크.
이스탄불 어느 관광지를 가나
여기 들어간 선과 점만큼 관광객이 많았다.

삼계탕 나이트

메마르고, 뜨겁고, 희한한 그곳.
카파도키아.
아름다운 말의 땅.
열기구 대신 커다란 말을 탔다.
바위산을 옆에 두고 초원을 달렸다.

이국에서 맨손으로 간단히 만들 수 있는 한국 요리는 뭘까. 고춧가루도, 된장도 필요 없는, 간단하지만 구수한 고향의 맛을 느낄 수 있는 요리, 삼계탕.

통통한 닭 한 마리, 마늘 한 줌, 양파, 고추 몇 개, 쌀 한 컵, 쓸 만한 부엌이면 충분했다.

인삼을 구하지 못해 아쉽긴 해도 삼계탕을 만들 나머지 재료는 괴레메의 '블루문 모텔' 매니저인 제밀이 제공해 주기로 했다. 그는 장을 보기 위해 괴레메에서 15km 떨어진 소도시 네브셰히르^{Nevşehir}를 주기적으로 찾았다.

"닭은 중닭 이상으로, 쌀은 찹쌀, 없으면 자포니카종이 좋지만 그마저 없다면 아무 쌀이라도. 고추는 가능하면 매운 것으로. 그리고 감자, 감자도 몇 개 꼭 좀 구해다 줘요."

세상에서 가장 구경거리가 많은 나라 중 하나인 터키의 관광지는

크게 셋으로 나뉜다. 역사박물관과도 같은 이스탄불, 거대한 내륙에 흩어진 유적지와 자연경관, 그리고 지중해와 에게 해를 끼고 발달한 해변 휴양지.

이스탄불과 더불어 사람들이 많이 찾는 한 곳을 뽑자면 에페수스와 파묵칼레, 그리고 카파도키아 정도가 2위 자리를 다툴 것 같다.

그중에서 카파도키아를 골랐다. 카파도키아는 초기 기독교 고난의 현장이자 풍화작용을 거쳐 괴이한 모양새로 변한 바위들이 가득한 지역이다. 영화 〈스타워즈〉의 촬영지로 세계적 명성을 얻기도 했던 곳이다.

카파도키아를 구경하는 거점이 되는 마을, 괴레메.

사막처럼 메마르긴 했지만 분위기 좋은 동네다. 이 지역을 유명하게 만든 기암괴석들이 병풍처럼 늘어서 있고 거리 양쪽으로 여관, 식당, 기념품 가게, 여행사들이 밀집해 있다.

"한국인은 10% 할인해 드립니다."

이렇게 써 붙인 식당도 있다. 한국인 배우자와 함께 영업하는 터키인도 있다. 문제는 극심한 경쟁이다. 괴레메에 몰려드는 관광객 중 상당수는 최대한 경비를 아끼기 위해 분투하는 알뜰 여행자들이다.

노자를 절약하는 가장 쉬운 방법은 굶는 것이다.

"하루 중 아침식사는 거르지 않고 꼭 먹는 편이에요. 터키 어느 숙소에서든 아침은 공짜로 제공하고, 특히 빵은 얼마든지 무제한으로 먹을 수 있으니까."

괴레메 인근을 돌아보는 당일 투어에서 20대 초반의 한국 여자 두 명을 만났다.

"한국을 떠난 지 열흘인데 한 달도 더 지난 느낌이에요. 빨리 여행을 끝내고 집에 갔으면 좋겠어요."

그들은 입을 열 기력도 없어 보였다. 거의 불가능한 목표를 향해 매진하고 있으니 그럴 만했다. 최소한의 돈으로 최대한 많은 것을 보고 경험하리라.

"맥주는 격일로 마시는데, 오늘은 그날이 아니거든요."

여학생들과 나는 '그린투어'에서 만났다. 카파도키아의 특징적인 풍광을 돌아보고 강을 따라 1시간가량 트레킹도 포함된 투어다. 세계 각국의 여행자들이 모인 가운데 커다란 버스가 가득 찼다. 점심시간이 되자 가이드는 우리를 양떼처럼 몰고 인근 식당으로 안내했다.

점심식사는 투어 가격에 포함되어 있지만 음료수는 따로 시켜야 한다. 밀려드는 손님들을 상대하느라 정신이 반쯤 나간 듯한 주인이 볼펜과 종이를 들고 허둥지둥 다가왔다.

"음료수는 뭘로?"

"에페스Efes:터키의 대표적 맥주 하나."

내가 주문했고 옆자리의 아르메니안 커플은 소다를 시켰다. 스페인 노인들은 와인을, 미국인들은 맥주와 생수를 시켰다. 오렌지 주스 두 병! 다른 외국인들도 즐겁게 외친다.

음료수를 시키지 않은 사람은 한국 여학생 두 명뿐이다.

"여기 아가씨들에게 맥주 한 병씩 주세요."

주문을 다 받고 돌아서려는 주인을 향해 말하자 어린 동포들, 주춤한 것도 잠시 기쁨에 넘쳤다.

"정말, 정말 마셔도 돼요?"

　알코올의 위력으로 분위기가 반짝 좋아지긴 했지만 두 사람은 심신이 고달프기 때문인지 통 말이 없었다. 내가 뭔가 물으면 수줍음에서 비롯된 무뚝뚝함이라고 받아들이기에는 조금 의아할 만큼 무례한 태도로 대답하기 일쑤였다.

　"저는 말이지요…."

　나는 당황한 나머지 그들과의 나이 차를 고려할 때 예의 바르기보다는 어처구니없다는 것이 더 적당할 만큼 비굴한 말투까지 썼다. 여러분, 누군가 이렇게 괴상한 식으로 더듬거리는 노땅을 보면 하던 일 멈추고 무조건 다정하게 대해 주시라. 그는 단지 세대가 다른 어린 것들을 어떻게 대해야 할지 모를 뿐 아무 잘못 없으니까.

　자신과 너무 다른 상대방을 만났을 때 가장 쉬운 선택은 그냥 각자 가던 길을 따라 조용히 다시 가는 것이다. 예전의 나라면 그렇게 했을 것이다. 이번에는 그러지 말아야겠다.

　"괜찮으면 내일 저녁에 내 숙소로 와요. 백숙을 만들 건데 혼자서는 다 먹지 못할 것 같으니까."

　백숙? 여학생들은 서로 얼굴을 마주 본다. 닭 한마리를 통째로 푹 삶아 뜨끈한 국물과 함께 냠냠 먹는 한국 요리? 여름의 대표적인 보양식? 처음 보는 우리한테 그걸 요리해 주겠다고? 공짜로? 왜?

　"그런데 저는요,"

　아까부터 좀 더 무례한 태도를 고수하던 한 여학생이 말한다.

　"모처럼 이런 외국을 여행할 때는 입에 안 맞아도 현지 음식을 먹는 게 의미가 있다고 생각하거든요. 한국 음식은 집에 돌아가면 얼마든지 먹을 수 있으니까요. 며칠만 더 참으면 되는데 이렇게 멀리 여행 와서까지 지지고 볶고…."

"그래. 맞는 말이에요. 여행 오면 가능한 한 현지 음식을 먹는 게 좋지. 하지만 케밥이나 쾨프테^{köfte:터키식 고기경단}라면 이미 충분히 먹었을 테니까. 여행 중이라도 가끔 직접 요리해 먹으면 재미도 있고 돈도 아낄 수 있지. 집 떠난 지 꽤 됐다고 하니 이쯤에서 한국 음식을 한 끼 먹는 것도 괜찮을 거야. 아무튼 준비해 놓을 테니 다른 약속이 없으면 오도록 해요."

카파도키아의 매력 중 하나는 개성 넘치는 숙소다. 지형적 특징을 살려 동굴을 숙소로 개조해 아늑하게 꾸민 이국적인 호텔이 많다. 로마의 박해를 피해 이곳으로 피신해 동굴을 파고 숨어산 초기 기독교인들의 생존 방식이 현대의 관광객을 위해 변주되고 있는 셈이다.

블루문 모텔은 동굴은 아니지만 100년쯤 된 옛 건물을 그대로 쓰고 있었다. 바람둥이 기질이 엿보이는 싹싹한 매니저 제밀보다는 아직 순진한 그의 사촌 동생 하룬이 내 눈길을 끌었다. 곰처럼 몸집이 크고 뚱뚱한 청년이다. 젊디젊은 이마와 불룩한 뺨, 짙은 눈썹 아래 순박한 미소가 귀여웠다.

"하룬은 마호메트의 말 이름이야."

영어가 능숙한 제밀이 사촌 대신 설명해 주었다.

"아니, 누가 사람 이름에 말 이름을 붙이지?"

"그냥 말이 아니라 마호메트의 말 이름이라니까. 나도 몇 달 뒤에 아내가 첫 아들을 낳으면 마호메트의 말 이름 중 하나를 붙여줄 생각인데, 이상하게 들리나?"

2층 옥상 구석에 있는 작은 부엌을 빌려 요리를 했다. 하룬은 한국 여학생들이 온다는 말에 흥분, 안절부절못했다. 그가 뿌린 향수 냄새에 호텔 전체가 터져나갈 듯했다.

어둠이 내린 옥상 위에서, 나는 저 멀리 두 여자가 다가오는 것을 보고 있었다. 하룬이 그들을 안내해 옥상으로 올라왔다. 덩치는 집채만 한 남자가 날씬한 여학생들 옆에 서서 어쩔 줄 모르는 모습이다.

"이쪽은 앙카라에서 공대를 다니는, 전공이 뭐라고 했더라, 하룬?"

"도시공학."

"그래, 도시공학. 이쪽은 어제 투어에서 만난 한국 여학생들."

여학생들은 하룬에게 전혀 관심이 없었다. 그는 저녁을 같이 먹자는 나의 제안을 극구 사양한 채 쓸쓸히 아래층으로 퇴장했다. 향수 냄새의 진한 잔향을 남긴 채. 아피예트 올순afiyet olsun:맛있게 드세요….

"성실하고 괜찮은 사람이에요. 앙카라에서 방학을 맞아 아르바이트하러 왔다는데…."

여학생들은 내 말에 관심이 없었다. 불과 5m 거리에서 부글거리며 끓고 있는 삼계탕 냄새를 감지했다면 지금쯤 이 동네 식당에 앉아 퀴퀴한 향신료에 절은 케밥을 뜨고 있을 어떤 한국인이라고 해도 마찬가지였을 것이다.

나는 모든 것을 세심하게 준비했다. 잘 삶은 닭, 그 국물로 끓인 쌀죽, 그리고 죽에 뿌릴 소금과 고추, 후식으로 깨끗이 씻어 차갑게 보관한 체리와 자두 몇 알.

"우와!"

커다란 접시 위에 벌렁 나자빠진 닭과 김이 모락모락 나는 감자를 보자 여자아이들은 벌어진 입을 다물지 못했다.

"집에서 먹는 것보다는 못하겠지만 없는 재료로 대충 만든 것이니 그러려니 하고 먹어요."

닭은 컸지만 그들의 식욕은 그보다 더 컸다. 이어서 내온 닭죽까지 깨끗이 먹어치웠다.

첫 번째 유럽 여행에서, 나도 저 두 사람과 다를 바가 하나도 없었다. 최소한으로 쓰면서 최대한 구경하는 것이 목표였다. 가이드북에서 미리 점찍어둔 값싼 숙소를 찾느라 무거운 배낭을 멘 채 걷고 또 걸었다. 모처럼 도착하니 방이 없다는 말에 낙담하던 기억, 어디로 가야 할지 몰라 머뭇거리던 순간, 빵과 물로 대충 때우던 아침과 점심, 그리고 저녁식사. 기차역에 쭈그리고 앉아 열차가 도착하기만을 초조하게 기다리던 일, 부슬비 내리는 새벽녘 터벅터벅 걷던 좁고 추운 골목길, 불안과 상념 때문에 잠들 수 없던 덜컹거리는 기차에서 보낸 많은 밤들.

"나도 오래전에 친구와 배낭을 메고 여행한 적이 있어요."

디저트로 자두를 먹고 있는 여학생들에게 말했다.

"서로 잘 모를 때여서 많이 다투기도 했는데, 지금 이런 곳에 같이 올 수 있다면 정말 그 애에게 잘해주고 엄청 재미있게 지낼 수 있을 것 같은데, 이젠 각자 생활이 있으니 그럴 수는 없는 거야. 어떤 좋은 일은 일생에 한 번이니 처음이자 마지막인 그때 충분히 즐겼어야 하는데, 그러지 못한 게 아쉬워요."

괴레메의 밤은 평온하다. 카파도키아는 사막성 기후라 여름철에는 비가 거의 내리지 않는다. 바삭바삭 메마르고 서늘한 바람이 불어왔다. 동네 숙소와 식당에 켜진 불빛들이 검은 바위산에 별처럼 총총

박혀 있었다. 불빛은 기억을 깨우는 힘이 있다. 첫 여행 후 시간이 이렇게 흘렀다는 것이 놀랍기만 했다.

여학생들은 기분이 좋은지 조잘조잘 떠들었다. 즐겁지 않을 이유가 없었다. 배는 부르고, 여행할 날은 많이 남았고, 인생의 끝을 알고 절망하기에는 그날 또한 아직 너무 멀리 놓여 있었다. 실수를 몇 번이나 하든 얼마든지 만회할 기회가 있다. 이번 여행이 힘들었다면 다음은 덜 힘들 것이다. 경험처럼 확실한 선생님은 이 세상에 없다.

검은 우단처럼 깊고 부드러운 하늘에 별들이 맑게 빛났다. 바람에 닭고기 냄새가 풍겼다.

시간은 빨리 가고 소녀는 금세 어른이 되니, 이 글을 읽는 청춘들은 하고 싶은 일이 있다면 내일로 미루지 말고 오늘 하실 것.

지금, 당장 하실 것.

예쁜 풍경, 저렴한 물가, 항상 쾌청한 여름날.
괴레메가 사랑받는 데에는 이유가 있다.
저 세 가지가 행복의 요인이라면
괴레메에 사는 것이 행복하겠지.
그렇지 않다면 여행과 생활이 같지 않다는 증명이 된다.
아니면 영속적인 행복의 가능성에 대한 반증이거나.

보스포루스 해협를 건너는 페리 안에서, 이스탄불 (위)
쾨프테를 먹기 위해 들른 블루모스크 근처 식당, 이스탄불 (아래)

카파도키아는 '아름다운 말들의 땅'이라는 뜻이다. (위)
리조트 타운 쿠샤다시의 기념품 가게 (아래)

괴레메의 오너셰프 톱켁, 카파도키아

갈라타 다리와 탑, 이스탄불 (위)
아야소피아가 보이는 방에 머물다. 이스탄불 (아래)

터키식 아침식사, 괴레메 블루문 모텔 (위)
관광객들은 스쳐 지나가고 상인들은 남는다. 카파도키아 (아래)

풍광에 압도되어 가이드 말은 안 들린다. 카파도키아 (위)
괴레메 꼭대기에서 본 글래머러스한 풍광, 카파도키아 (아래)

터키는 너무 쉽다. 클리셰^{cliche}가 곧 매력이 되는 곳이다.
어려운 세상에서, 이렇게 쉬운 곳도 가끔 있어야 한다.
그래서 사랑받고 있고,
앞으로도 오랫동안 그럴 것이다.
블루모스크, 이스탄불.

여행과 생활 사이

　이스탄불에 돌아와 지낸 며칠간은 편했다.

　정말 그랬다. 먹고, 자고, 돌아다니는 모든 일이 물 흐르듯 막힘없이 흘러갔다. 배가 고프면 눈에 띄는 식당에 들어가 남들이 많이 먹는 메뉴를 시키고, 저렴하지만 딱히 불편할 것도 없는 호텔에서 쿨쿨 잠을 잤다. 전차가 닿는 곳이면 전차를, 지하철이 통하면 지하철을, 그렇지 않은 곳은 택시를 타고 찾아갔다. 가까운 곳은 지도를 보며 걸어갔고 너무 멀거나 가기 힘든 곳은 그냥 가지 않았다.

　아타튀르크 박물관, 쉴레마니예 사원, 카리예 박물관, 그리고 마르마라 해에 있는 프린스아일랜드 등을 구경했다. 남는 시간은 구시가지 카페와 야외찻집, 항구와 귈하네 공원, 신시가에 있는 쇼핑몰과 영화관에서 보냈다. 하루에 일곱 시간 반씩 자고, 세 끼 빠짐없이 먹었다. 가끔 네 끼 먹기도 했다. 바깥에 나갈 때면 잊지 않고 선크림을 발랐고, 인터넷도 날마다 했다. 이렇다면 집에서 지내는 것과 다름이 없다.

　여행과 생활의 경계가 모호해지는 것은 바로 이 시점이다. 세계 건축사에 길이 남을 만한 사원이나 화려한 궁전, 수천 년의 역사를 간직한 유적보다 동네 카페나 레스토랑의 세트메뉴를 적어놓은 칠판 글씨가 더 눈에 잘 들어오고 슈퍼마켓만 보면 문을 밀고 들어가 선반 위의 상품을 하염없이 살펴보고 싶은 충동이 드는 시점 말이다.

여행인가, 생활인가.

낯선 곳을 탐구한다는 점에서 이국에서의 생활을 여행이라 부를 수도 있겠지만 여행과 생활이 같아진다면, 그래서 서로 구별할 수 없게 된다면 여행의 고유한 의미는 더 이상 존재하지 않게 된다. 출발점과 목적지가 있다는 점에서 인생도 결국 긴 여행이겠지만 인생을 굳이 여행이라고 부르지 않듯 집이 아니라는 이유만으로 이국에서 생활하는 시간을 모두 여행이라 부를 수는 없는 것이다.

여행과 생활의 가장 큰 차이점이라면 전자는 후자에 이르러서는 사라지고 마는 낯섦이 아직 존재한다는 것, 그리고 그것으로부터 비롯되는 동력의 유무다.

이스탄불에서 어느 날 문득, 모든 것에 매우 능숙해졌음을 깨달았다. 편안함이기도 하고 권태이기도 했다. 이런 느낌은 여러모로 지금과 정반대였던 대학 시절의 유럽 여행, 두 달 내내 생활이 아니라 그야말로 여행 그 자체였던 그 시간을 떠올리게 했다. 여행이 즐거움이 아니라 완수해야 하는 과업이고 전투이며 모든 것이 처음이라 서툴고 불안하던 여름날의 첫 번째 여행.

그 시절보다 거의 모든 면에서, 나는 빠르고 아주 능숙해졌다. 반복과 경험, 훈련이란 그런 것이다. 같은 것을 여러 번 해본 사람답게, 신속하고 유연해졌다.

예전과는 달리 이젠 어려운 일이 하나도 없다. 혼자 식당에 들어가 밥을 먹는 것, 행인을 붙잡고 다짜고짜 길을 묻는 것, 물건값을 흥정하는 것, 뭘 하든 누워서 떡 먹기였다. 더 이상 부끄럼을 타지 않았고, 눈치는 어느새 9단이 됐으며, 무엇보다도 이제는 사소한 일로 낭비할 시간이 없음을 알고 있었다.

스무 살 적 유럽에는 뭐 하나 쉬운 일이 없었다. 나와 친구는 기차 자리 하나 예약하는 것조차 난감해했다.

"가위 바위 보를 해 진 사람이 물어보는 걸로 하자."

길 가는 사람을 붙잡고 더듬거리는 영어로 뭔가 묻는 것이 창피한 나머지 저런 짓까지 서슴지 않았다. 상상해 보라. 다 큰 대학생 두 명이 길 한복판에 마주 보고 서서 심각한 얼굴로 가위, 바위, 보!

이스탄불의 아침은 블루모스크를 찾아가는 것으로 시작했다. 비탈진 언덕길이다. 한쪽으로는 완만한 곡선을 그리며 전차가 올라가는 그 길을 계속해 올라가면 작은 공원이 펼쳐진다.

꽃과 나무, 분수와 벤치를 지나 모스크가 서 있다. 이스탄불의 상징과도 같은 블루모스크. 다른 이름으로는 술탄 아흐메드 사원. 맞은편에 있는 아야소피아—6세기 세워진 이래 15세기까지 기독교 세계에서 가장 커다란 교회였다-보다 훨씬 작지만 한층 더 완벽한 조형미를 자랑하는 건축물이다. 아야소피아의 거대한 내부에서 느껴지는 장엄함을 외부의 균형미를 통해 구현한 건물이다. 블루모스크는 미적인 완벽함에 있어 일본의 금각사보다 못할 것이 없지만 긴 세월 동안 이 사원에 불을 지르려는 사이코가 있었다는 말이 없는 것을 보면 터키 인들의 안정적인 심리 상태, 그리고 일본의 종교와는 강도의 차원을 달리하는 무슬림의 종교적 경외심을 엿볼 수 있다. 어쩌면 단순히 목조와 석조의 재질 차이 때문일 수도 있겠다.

멋진 건축물이지만 매일 아침저녁으로 비슷비슷한 각도에서 한 시간씩 감상하고 나자 충분하다는 생각이 들었다. 길거리에서 파는 케밥도 양껏 먹었고, 서론이 무엇이든 결론은 카펫 보러 가자는 호객꾼을 물리치는 일에도 진력이 났다.

이제 떠날 시간임을 알게 된 결정적인 계기는 이 거대하고 혼란스러운 이슬람 도시가 마치 집처럼 친근하고 편안하게 느껴지기 시작했다는 사실이다.

여행만이 줄 수 있는 특유의 감정들, 우리가 여행을 두려워하고, 동경하고, 다시 떠나는 주된 이유, 즉, 낯설음, 불안, 호기심, 흥미로움, 신비감 등이 점점 사라지고 있었다. 어느 순간 이곳이 나를 위해 미리 준비된 일종의 롤플레잉게임 속 배경처럼 느껴졌다. 난이도가 제일 낮은, 너무 쉬워 더 이상 계속할 의미를 찾을 수 없는 게임.

좀 더 자세히 말하자면 이렇다. 내 예상에 따르면 카파도키아의 괴레메에서 이스탄불로 돌아오는 길은 꽤나 멀고 고생스러워야 마땅했다. 이스탄불까지 직행편이 없으니 우선 버스를 타고 앙카라^Ankara로 가야 했다. 거기서 다시 기차역을 찾아가서 두어 시간 기다렸다가 이스탄불행 밤기차를 잡아타고 열 몇 시간 보내야 한다.

그 과정에서 많은 시행착오가 있을 것이다. 지방 도시이다 보니 영어가 안 통해 낭패를 볼 수 있겠고, 사기꾼에게 속을 수도 있겠고, 무거운 여행 가방을 들고 터미널이나 기차역을 헤매는 것은 육체적으로 힘이 드는 일임이 당연했다.

그런데 실제로는 전혀 그렇지 않았다. 앙카라에서 내려 지하철을 타고 기차역을 찾아가는 길에 우연히 터키 대학생을 한 명 만났다. 몇 번을 사양해도 그는 내 짐을 대신 들고 앞장서 기차역까지 데려다 주었다. 사기꾼이 아닌가 싶었는데 다행히 아니었다. 기차표를 사는 일을 대신 해주는 것은 물론 여자 화장실을 찾는 것까지 도와주었다.

예상보다 너무 수월하게 이스탄불행 야간열차에 올랐다. 내 침대가 있는 컴파트먼트로 들어가니 나 외에 두 명의 여자 승객이 더 있다. 어머니와 딸이라고 했다.

침대칸은 신기할 만큼 편안했다. 깨끗하게 빨아 눈처럼 희디흰 두꺼운 면 시트가 씌워진 침대. 규칙적으로 덜컹거리는 소리를 자장가 삼아 금세 잠에 빠져들었다. 눈을 뜨자 다음날 아침, 어느새 이스탄불에 도착했다.

햇살에 눈을 비비자 옆 침대에 걸터앉아 있던 젊은 딸이 기다렸다는 듯 과자를 하나 건넨다.

"먹어요, 먹어."

과자를 먹으니 목이 메었다. 내 마음을 읽은 듯 딸의 어머니가 물을 한 잔 따라준다.

"마셔요, 마셔."

손님을 대하는 방식에 있어 터키 인은 유럽이 아닌 아랍과 특정을 공유한다. 기차에서 내리려는데 어떤 노부부가 내 가방을 옮기는 것을 도와주었다. 노부인은 나를 연신 키짐^{kizim:딸}이라고 불렀다. 가족의 호칭으로 이방인을 아우르는, 이 또한 아랍 문화권에 속한 관습이다.

이스탄불의 여름 태양은 여전히 이글이글 뜨거웠지만 나는 서쪽에서 부는 산들바람을 타고 날아온 듯 가볍게, 기차에서 만난 모녀가 준 과자와 물로 배도 적당히 부른 상태로, 일주일 전에 떠났던 술탄 아흐메드 거리의 야스마크 술탄 호텔 앞에 다시 나타날 수 있었다. 관대한 신의 왼손에서 오른손으로, 세상에서 가장 거대한 컨베이어벨트 몇 개를 이리저리 두어 번 슬쩍 옮겨 탄 끝에 머나먼 중부 아나톨리아에서 서쪽 끝 이스탄불로 가뿐이 날아왔다.

무거운 가방을 애써 질질 끄는 일도 없이, 잠이 부족하거나 배를 곯는 일도 없이, 집 떠난 사람이 당연히 겪을 것으로 예상되는 고통이나 망설임, 불안감이라고는 단 한 조각도 경험하지 못한 채.

천국인지 덫인지 알 수 없었다. 심지어 호텔의 리셉션 직원은 마침 빈방이 없다는 이유로 일반 객실보다 두 배 이상 비싼 스위트룸을 같은 가격으로 내어주기까지 했다.

창문으로 웅장한 아야소피아가 한눈에 내려다보이는 커다란 방이다. 침대 머리맡에 웰컴 초콜릿이 놓여 있었다. 카드를 열자 이렇게 적혀 있다.

"즐거운 체류가 되기를 직원 일동은 진심으로 기원합니다."

청결하고 폭신한 침대에서 한숨 달게 자고 일어나 초콜릿을 까먹고 나자 이제야말로 터키를 떠나야 할 때라는 생각이 들었다. 케밥은 싸고 맛나고, 남자들은 다정하고, 나는 일반 객실 가격으로 스위트룸을 차지하고 있었다. 뭔가 잘못됐다는 생각이 들었다.

　이 이상 머무르면 어디에도 가지 못하게 될 것이다. 생활이 되면 여행은 더 이상 불가능하다. 좋은 게 좋은 거라고, 핀란드고 뭐고 집어치우고 편안한 터키에서 남은 일정을 모두 보내는 것도 괜찮지 않겠느냐고?

　그렇다면 애초에 강원도를 떠날 필요조차 없었던 것이다. 알 잘 낳는 닭들을 팽개치고 결연하게 떠나온 여행인데 겨우 첫 번째 나라에서 모든 일정을 취소할 수는 없다. 야심차게 연예계에 진출한 신인 배우, 데뷔 작품 찍고 매니저와 결혼해서 은퇴하는 격이다.

　부랴부랴 기차역에 가서 불가리아로 가는 기차표를 사고 그날 밤 아홉 시, 예정대로 기차에 올라탔다.

밤기차는 잠자기 좋은 공간이다.
덜컹덜컹, 리드미컬하다.
거대한 누군가가 나를 안고 걷는 것처럼.

유럽 여행 vs. 기차 여행

"불가리아 기억 나?"
14년 전 다녀온 둘리틀에게 물었다.
"응, 좋았어."
"나쁜 건 없었어?"
"없었어."
"뭐가 좋았어?"
"사람, 음식, 경치, 전부."
천성이 무난한 것인지, 14년의 시간이 마술을 부린 것인지.

“형식이 곧 내용이다.”

미디어학자 마샬 맥루한^{Marshall Mcluhan}의 이 한마디는 세상의 진리가 보통 그러하듯 미디어에만 국한된 명제가 아닌 것 같다.

여행도 마찬가지다. 여행의 방식이 곧 여행의 내용을 결정한다. 이동 방법을 예로 들어보자. 목적지가 같더라도 비행기, 버스, 기차, 혹은 배를 타고 여행한 내용이 서로 같을 수는 없다. 자전거로 여행하면 비행기보다 느리지만 대신 비교할 수 없을 만큼 많은 것을 보고 들을 수 있다.

그런 점에서 기차는 예나 지금이나 흥미로운 여행을 보장하는 이동수단이다. 영화에서처럼 차장의 표 검사를 피하려고 화장실에 몰래 숨는다든지, 쫓아오는 암살자로부터 벗어나기 위해 달리는 기차에서 바깥으로 펄쩍 뛰어내리지 않는다고 하더라도.

기차는 비행기와 달리 일방적이지 않다. 배처럼 느리고 답답하지

도 않다. 앉았다 벌떡 일어나 체조를 할 수도 있고 중간에 마음을 바꿔 내릴 수도 있다. 같은 칸, 혹은 다른 칸의 누군가와 이야기를 나누며 친구가 될 수도 있다. 게다가 액자처럼 큼직한 창문은 흘러가는 경치를 감상하기에 최적의 프레임을 선사한다.

이스탄불 중앙역에서 떠나는 불가리아행 밤기차는 동유럽에 온 걸 실감케 했다. 엄연히 국제 열차인데도 다른 세상에서 굴러들어온 것이 확연히 느껴질 만큼 낡고 을씨년스러운 모습을 하고 있다. 몸통의 색깔은 말라붙은 핏빛을 떠올리게 하는 탁한 빨강이다.

출발을 앞둔 기차의 안팎은 이별하는 사람들로 붐볐다. 동유럽이 고향인, 안색이 창백하고 우물처럼 깊은 눈을 가진 사람들과 그들의 꾸러미로 어지러웠다.

"우리 남편이 짐을 올려줄 거예요. 잠깐만 기다려요."

내가 있을 곳은 4인이 한 컴파트먼트를 쓰는 침대칸이다. 같은 침대칸을 쓰게 된 여자는 아주 어린 아기를 안고 있었다. 터키에서 일하는 남편을 만나고 고향인 루마니아로 돌아가는 길이라고 했다.

아내가 창문 너머로 손짓하자 플랫폼에 서 있던 남편이 성큼 침대칸으로 들어와 고맙게도 내 가방을 올려주었다.

뿌아아앙! 기차는 요란하게 경적을 울리며 출발했다. 불이 꺼져 컴컴한 2층 침대 위에 누워 창밖을 보고 있었다. 기차는 내가 알지 못하는 곳으로 덜컹거리며 달려가고 있다.

이동도 여행이다. 물론 그렇다. 낯선 곳으로 향하는 행위는 집 아닌 곳에서 잠드는 것, 생소한 음식을 입에 넣는 것, 다른 언어를 가진 사람들과 소통하는 것만큼이나 여행의 일부다. 사실 이동만큼 여행

의 본질에 가까운 것도 없다. 여행하기 위해서는 우선 어디로든 가야
만 할 테니까.

이런 장거리 기차 여행은 한국인인 나에게 특별한 의미를 준다. 삼
면이 바다이고 나머지 한 면이 막힌 작은 나라에서 이렇게 밤새도록
달리고 또 달리는 먼 거리의 이동은 불가능하니까.

그런 점에서 나는 영원히 유럽 인의 감수성을 이해하지 못할지도
모르겠다. 나와는 너무나 다른 공간적 경험을 하며 사는 사람들이다.
기차를 타고 훌쩍 국경을 넘는 일, 한 나라를 넘어 다른 나라로 들어
서는 것은 이들의 일상이다. 유럽에서 국경은 끝인 동시에 새로운 시
작을 의미한다. 경계를 넘을 때마다 위도나 경도에 따라 끊임없이 변
화하는 언어, 음식, 사람들의 생김새, 날씨, 그리고 풍경들.

사회주의의 몰락과 EU의 탄생으로 유럽은 이전보다 훨씬 더 동질
적인 지역으로 변해 가고 있다.

"터키는 유럽이 아니야. 미디어에서는 몇 년 안에 EU에 받아들여
질 것처럼 말하고 있지만 10년 내로는 어림도 없지. 워낙 넓고 인구
가 많은 지역이라 구조 기금을 엄청나게 할당해 줘야 할 테니까. 유
럽의 어느 나라도 그걸 원하지 않거든."

터키에서 만난 현지인들의 공통된 말이다.

터키는 유럽이 아니다. 그들의 말대로라면 이스탄불을 떠난 기차
가 밤새 달려 다음날 오후에야 도착한 불가리아의 벨리코 투르노보,
그곳이야말로 이번 여행에서 내가 발을 디딘 첫 번째 유럽 도시였다.

눈을 뜨니 한밤중.
기차는 멎어 있었다.
차장이 뛰어 올라와 쾅쾅 문을 두드렸다.
터키와 불가리아의 국경.
사무실로 가서 여권 검사를 받았다.
오래 걸렸고, 기분이 좋지 않았다.
자다 깨서 그랬는지도 모르겠다.

79   Bulgaria

골동품 가이드북

인간 사고의 효율성을 위해 불가항력적으로 생겨난 것이 편견이라면 낯선 곳을 여행할 때 이와 유사한 역할을 하는 것이 바로 가이드북이다.

가이드북! 모르는 곳에 갈 때 필요하다고 예상되는 정보를 미리 알려주는 책이다. 시간과 정력의 낭비를 막아주는 대신, 그 대가로 우연성이 줄 수 있는 즐거움을 앗아가 버린다. 어쩌면 우리가 경험할 수도 있었을 수많은 기회가 시도도 해보지 못한 채 허공에서 소멸하고 마는 것이다. '꼭 가 봐야 할 곳' 또는 '반드시 먹어 봐야 할 명물들'이라는 제목의, 친절하나 매우 폭력적인 리스트들 때문에.

가이드북에서 부정적으로 말하거나 아예 언급도 하지 않는 곳을 굳이 찾아갈 만큼, 시간과 돈, 자신감이 있는 여행자가 몇이나 될까.

얀트라Yantra 강을 끼고 있는 중세 도시 벨리코 투르노보. 불가리아

굴지의 관광지라는 이 고도에 도착했을 때, 나는 실로 오랜만에 아무런 편견 없이 여행을 즐길 준비가 되어 있었다. 다시 말해서 가이드북이 없었다. 둘리틀이 빌려준 것이 있긴 했다. 14년 묵은 〈론리플래닛〉.

"시내에서 제일 저렴한 수준의 여관. 교통은 불편하지만 가격 대비 성능 뛰어남."

"가족이 운영하는 가정적인 분위기의 숙소. 작고 청결한 방에 전통식 아침식사도 먹을 수 있음."

"중급 호텔 중에서는 단연 최고의 가격 대비 성능 우수. 시내 중심에 있으며 근처에 적당한 식당과 술집도 많음."

그 〈론리플래닛〉에 소개된 숙소들은 모조리 사라지고 없었다. 사회주의체제 붕괴 이후 거센 변화의 소용돌이에 놓였던 동유럽에서

14년은 상당히 긴 시간이리라.

불가리아는 사흘만 머물 예정이라 가이드북을 새로 사지 않았다.

"숙소를 원해? 싸고 좋은 곳! 내가 알거든! 따라오라고!"

기차역 앞에 서 있는 나에게 땀을 뻘뻘 흘리며 한 남자가 다가왔다. 불안정하게 번들거리는 푸른 눈, 속옷처럼 짤막한 반바지 아래로 털이 숭숭 난 굵은 다리가 훤히 드러나고, 몸에 꼭 끼는 하얀 피케 셔츠는 땀으로 푹 젖어 있었다.

"위치도 좋고, 저렴하고, 이 동네 최고의 숙소가 있는데, 나를 따라오면…."

침을 튀기지 않고는 말을 하지 못하는 남자였다. 숙소에 손님을 데려다 주고 커미션을 챙기는, 일명 호객꾼이다.

"시내까지 택시비는 당신이 내야 해. 5000원인데, 불가리아 돈 없으면 터키 돈으로 내도 돼."

택시 요금은 남자가 요구한 돈의 절반 정도였다. 제대로 된 가이드북이 있었더라면 바가지를 쓸 일은 없었을 텐데.

"자, 내가 말한 그대로지? 화장실 있고, 침대 있고, 위치도 괜찮고, 내가 말한 게 다 맞지? 맞지? 그럼 나는 이만 가 봐야겠네. 당신 같은 관광객이야 팔자가 좋으니 시간이 많지만 난 마누라와 자식을 먹여 살려야 하기 때문에 열심히 뛰어야 하거든. 혹시 관광 안내가 필요하면 싼값에 가이드해 줄 테니 언제든지 전화하라고. 헤어지기 전에 우리 악수나 한 번 할까?"

숙소를 보여준 남자는 내 손을 와락 붙잡더니 레몬 짜듯 힘껏 마구 흔든다. 땀이 흥건한 손으로.

누추하고 어둑한 현지인의 집이다. 긴 기차 여행에 지친 터라 이곳에 그냥 묵기로 했다.

여주인이 방명록을 가져와 한국어로 적힌 페이지를 보여주었다.

"이 글을 읽게 될 한국 여행자 여러분, 안녕하세요!"

스프링이 엉망진창인 침대에 드러누워 동글동글 귀여운 필기체의 글을 읽는다. 10분 전쯤 봤더라면 더 유용했을 정보다.

"아마 기차역에서 만난 남자를 따라 여기까지 오셨겠죠? 그 남자, 정말 밉살맞고 재수 없어요! 어떻게든 돈 더 뜯어낼 궁리만 하니 조심하세요. 불가리아 인들이 다 그런 것은 절대 아니고요. 경제가 어려워 힘들게 살고 있지만, 터키에서처럼 처음 보는 외국인에게 아는 척하진 않지만, 그래도 좋은 사람들이에요. 이 민박집의 주인 아줌마 셉카만 해도 굉장히 착한 분이고요. 돈을 좀 드리고 저녁식사를 부탁하면 잘 드실 수 있을 거예요. 그럼 여행 잘하세요!"

벨리코 투르노보를 산책하기로 했다. 200여 년간 옛 불가리아 왕국의 수도였던 도시다. 12세기, 이 지역에서 콘스탄티노플 다음 가는 도시로 번영을 누렸던 곳이다. 현재의 모습은 어떠하냐고?

유럽의 도시를 설명할 때 흔히 등장하는 미사여구들이 몇 개 있다.

"시간이 얼어붙은, 시간 여행자가 된 듯한, 그곳에선 시간도 길을 잃어."

"엽서에서 빠져나온 것처럼 어여쁜, 한 폭의 그림처럼 멋진."

"로맨틱한 중세 느낌의, 타임머신을 타고 과거로 돌아간 듯한."

처음 이런 도시를 접하면 감격할 수밖에 없지만 사실 이 정도 예쁜 도시는 유럽에 많다. 과자로 만든 듯 귀엽고 고풍스러운 집들, 오래된 돌로 바닥을 깔아놓은 광장, 파라솔을 펼쳐놓은 야외 카페… 다뉴브 강의 지류인 얀트라 강 양쪽 옆으로 언덕마다 붉은 기와지붕의 집들이 차곡차곡 쌓아놓은 듯 모여 있었다.

벨리코 투르노보는 불가리아 전체에서 동유럽의 느낌이 가장 옅은 도시 중 하나일 것이다. 러시아의 영향권 하에서 냉전 시대를 거치면서 '동East'이란 단어가 가지게 된 고정관념들. 우울하고 을씨년스러운 회색빛 거리, 야윈 뺨에 초라한 행색의 사람들, 추운 날씨에 빵 한 덩어리를 배급받기 위해 국영 상점 앞에 길게 늘어선 줄….

오래전 유럽 여행을 하며 물가가 싸다는 말에 현혹되어 찾아갔던 헝가리의 수도 부다페스트. 거기서 정확하게 그런 느낌을 받았다. 자유화가 막 이루어진 때라 공산주의 시절에서 거의 변하지 않은 모습이었다. 지하철을 타자 구멍 난 양말을 신은 창백한 시민들의 움푹한 눈동자와 마주쳤다.

"부다페스트? 그때는 옛날이라 그랬는지 몰라도 지금은 전혀 그렇지 않아. 아주 멋진 도시야. 최소한 관광객들이 주로 가는 곳은 말이지."

길에서 만난 사람들이 부다페스트에 대한 내 편견을 수정해 주었다.

벨리코 투르노보는 작고 조촐했다. 이것은 이 도시뿐 아니라 불가리아의 국가적 특징이라고 할 만하다. 조그맣고, 한적하고, 몹시 조용했다. 잊혀진 곳 특유의 고독한 느낌이 풍겼다.

관광객들이 많이 찾는 구시가도 휴일처럼 한산했다. 가게의 차양 아래 놓인 나무 의자 위에서 까만 고양이가 꾸벅거리며 졸고 있었다.

터키식 모스크의 모습에서, 여기저기 보이는 키릴^{Cyrill} 문자의 간판에서 이스탄불처럼 동방의 느낌이 짙게 풍겼지만 그래도 이곳은 유럽이다. 길을 걷는 여자들은 아무렇지도 않게 얼굴과 머리를 드러냈고 길가에는 슈퍼마켓과 식당, 카페들 사이에 빨간 속옷과 가짜 성기를 전시한 섹스 숍이 당당히 섞여 있었다.

호프집도 많다. 불가리아의 음료 하면 요구르트-터키가 원조다.-를 떠올릴 사람이 많겠지만 이 나라가 술 마시기에 좋은 나라라는 사실은 외부에 별로 알려지지 않은 듯하다. 금주가 장려되는 터키와 비교해 더욱 그렇게 느껴지기도 하지만 술맛만을 놓고 봐도 매우 훌륭하다.

불가리아는 한때 레드 와인과 화이트 와인 생산량 모두 세계 5위 안에 든 와인 수출국이거니와 맥주도 마실 만하다. 맥주 값도 유럽에서 가장 저렴한 수준이다. 불가리아가 얼마나 술 마시기 좋은 나라였는지, 국경을 넘은 다음에야 깨닫게 됐다. 중요한 것은 항상 너무 늦게 알게 된다.

구경할 것 많은 도시이기도 하다. 그런데 이상하게도, 거리 이곳저곳을 열심히 걸어 다니며 사진을 찍었지만 뭘 봤는지 돌아서면 곧 잊혀지고 말았다. 마치 자막 없는 영화를 관람하는 것처럼, 제목 없는 그림을 감상하는 것처럼, 뚜렷한 인상이 남지 않았다.

보이는 것과 보는 나 사이를 연결하는 해설자가 없기 때문이다. 가이드북 말이다.

그동안 달달 모범 답안을 외우듯 가이드북에서 설명해 주는 세상만을 순순히 여행했다. 세상을 규정하던 정보의 매트릭스가 몽땅 사라지자 예상했던 자유 대신 막막한 기분이 들었다. 객관식만 풀다가 주관식 문제를 처음 접하게 된 수험생처럼, 커다랗고 낯선 공간에 어떻게 접근해야 할지 알 수 없었다. 너무 오랫동안 가이드북에 의지하고 살아온 것이다.

세상에 혼자 던져진 것 같은 느낌에서 벗어나려면 시간이 좀 더 필요하다. 두리번거리며 걷다 보니 커다란 성당이 보인다. 옆면 전체에 어디선가 많이 본 듯한 거대한 벽화가 그려져 있다. 예수님, 마리아, 날개 달린 천사들.

둘리틀이 찍어온 사진 속에 들어 있던 벽화다. 오래전 이 도시에 도착한 그는 나와 비슷한 과정을 겪었을 것이다. 기차역에서 내려 적당한 숙소부터 구하고, 카메라를 들고 거리를 돌아다니고, 마침내 저 기묘한 종교화를 발견하고 걸음을 멈췄겠지. '흥미로운 벽화로군. 사진을 찍어두어야겠어' 하고 생각했을 것이다.

그때 그가 서 있었음 직한 위치에 서서 다시 벽화를 바라본다. 그는 이쪽에서 가이드북을 내려놓고 카메라를 들어 사진을 찍었을 것이다.

그러고 보니 이 빛바랜 가이드북은 나보다 14년이나 먼저 벨리코투르노보를 방문했다. 그때만 해도 발간된 지 얼마 되지 않은 새 책이었을 텐데, 이제는 아무 쓸모가 없다. 지도에 나와 있는 이정표들만 빼고는 모두 변했다. 숙소, 식당, 카페가 전부 사라졌다.

기차역으로 가려다 길을 잃었다. 행인들에게 물어봐도 영어를 할 줄 아는 사람이 없다.

"도와줄까? 무슨 일이지? 어딜 가고 싶은데?"

민박집으로 이끌었던 호객꾼이 홀연히 다시 나타났다. 전봇대 뒤에 숨어서 내가 길을 잃기만을 기다리고 있던 것처럼.

"기차역으로 가려고 하는데, 어느 쪽이지?"

"기차역? 기차표를 사려는가 보군. 3유로만 내시지. 그러면 당장 기차역이 어딘지 방향을 알려주지. 5유로 낸다면 내가 아예 기차표를 사다 줄 수도 있어."

방명록에 적혀 있던 말이 생각났다.

'그 남자, 정말 재수 없어요.'

민박집으로 돌아왔다. 바깥 거리와 마찬가지로 고요하고 쓸쓸했다. 바람이 불지 않아 조금 더웠다. 마당의 빨랫줄에서 하얀 침대 시트가 말라가고 있었다. 어디선가 까르르 아이들 웃는 소리가 들렸다. 손질하지 않아 푸른 잡초와 덤불이 우거진 정원 구석에 불가리아의 상징과도 같은 빨간 장미가 탐스럽게 피어 있었다.

여주인이 만들어준 저녁식사는 푸짐하고 맛이 좋았다.

벨리코 투르노보에서
기념품을 하나 샀다.
작은 항아리처럼 생긴 도자기.
물을 약간 넣고 주둥이 부분을 불면
'또르르르' 새 우는 소리가 난다.
주인이 내 앞에서 물 채우고 신나게 불어주는데,
안 살 도리가 없었다.

89　Bulgaria

교회의 벽에 완성한 성화, 벨리코 투르노보 (위)
구시가지, 벨리코 투르노보 (아래)

불가리아는 술이 맛있다. 요구르트는 먹지 못했다.

유네스코 세계문화유산으로 지정된 구시가지, 벨리코 투르노보

이슬람 문화권인 터키와는 천지 차이의 복장, 벨리코 투르노보

15년 만의 도미토리

우연히 도착한 시비우.
기대와 만족은 반비례한다.
새벽빛에 드러난 도시의 모습.
모퉁이를 돌 때마다 펼쳐지는 환한 풍경.

　　루마니아 여행의 시작은 다른 곳에서와는 달랐다. 설렘 대신 공포
였다. 그것도 매우 순도가 높은, 평상시 집에서 지낼 때에는 접하기
불가능한 정도의 공포.

　　공포는 어디에서 오는 것일까.

　　원인 중 하나는 불확실성이다. 알지 못하기 때문에 무섭다. 어느
날 밤 딩동, 갑작스러운 초인종 소리에 선뜻 문을 열기가 망설여지는
것은 그 앞에 무엇이 서 있을지 모르기 때문이다. 만일 모든 것을 미
리 알 수 있다면, 그렇다면 공포는 사라질까.

　　그럴지도 모르겠다. 확실한 것 하나는, 막 도착한 루마니아에서 그
날 밤 내가 무지하게 겁에 질렸다는 사실이다. 이럴 줄 알았으면 어
떻게든 밝을 때 도착했을 걸!

　　'해가 남아 있을 때 낯선 곳에 도착하라.'

　　이것은 수영장에 들어가기 전 준비 운동을 하라는 말처럼 누구나

다 아는 기본 중의 기본 상식이다.

그걸 지키지 않은 것은 내가 여행 초보가 아니기 때문이다. 터키에서 탄력 붙은 자신감은 불가리아를 거쳐 루마니아로 오는 동안에도 전혀 사그라지지 않고 건재했다.

'밤에 도착하면 어때. 다 사람 사는 곳인데.'

그날 밤 머물 곳으로 브라쇼브Brașov는 완벽하게 느껴졌다. 꽤 멋진 도시라고 들었다. 이스탄불에서 기차를 타고 줄곧 북상해 왔기 때문에 이쯤에서 좀 휴식을 취해줄 시기였다. 브라쇼브는 그렇게 한숨 돌리며 여정을 점검하기에 적절한 위치였다.

문제는 내가 탄 기차가 브라쇼브에 닿은 것이 새벽 두 시 반이었다는 사실이다. 어디로 가야 하나. 관광안내소는 문이 닫힌 지 여덟 시간쯤 지난 것 같았다.

컴컴한 플랫폼을 조심조심 지나 올라오니 기차역은 영화 속 세트장 같았다. '오늘의 비극'을 촬영하기 위해 정교하게 준비한 곳으로 어둡고, 더럽고, 불량기 넘치는 인물들이 우글거렸다.

너절하고 음산한 기차역이다. 으슥한 곳마다 예외 없이 오줌 냄새가 풍겼다. 경찰이나 역무원 등 제복을 입은 사람, 기타 도움을 청할 만큼 공권력이 있어 보이는 사람은 단 한 명도 눈에 띄지 않았다. 내일을 위해 다들 집에서 쿨쿨 자고 있을 것이다.

이곳은 동네 부랑자들의 공식 안식처 같았다. 누더기를 걸친 거무스름한 피부의 사람들이 술병을 들고 비틀거리거나 바닥에 누워 뒹굴고 있었다. 늑대 인간들의 무도장을 연상시켰다.

기차역을 나서자 차가운 바람이 쌩쌩 불었다. 컴컴한 거리에 버스는 물론 택시 한 대 없었다. 행인은 더더욱 보이지 않았다.

안전 수칙 제1조. 낯선 도시에서, 사람이 없는 길은 절대 걷지 말 것.

날이 밝을 때까지 기다리는 편이 낫겠다. 역 안으로 다시 들어왔지만 위험도를 따지자면 오히려 길거리보다 더 위험하게 느껴졌다. 안 그래도 루마니아는 드라큘라의 고향으로 익히 알려진 나라다. 배고픈 얼굴을 한 부랑자들, 나를 힐끔거린다.

내 눈에도 나는 훌륭한 먹잇감이다. 백 점 만점에 백 점. 육체적으로 약해 보이고, 루마니아 어를 한마디도 못하며, 들고 뛰기 불가능할 듯 크고 무거운, 뭔가 가득 든 가방을 들고 있었다. 기차역의 어느 누구도 나보다 더 만만해 보이지는 않았다. 늑대들 틈에서, 십자가도 마늘도 없었다. 할렐루야.

어떤 남자가 비틀거리며 내게 다가온다. 빡빡머리에, 앞니가 몽땅 빠졌고, 더러운 셔츠의 단추를 반 이상 풀어헤쳐 노란 가슴털을 자랑스레 내보이고 있다.

"Cómo Está^{안녕?}"

"…Bien^응."

반사적으로 대꾸한 것이 실수였다. 한패인 듯한 집시들이 우르르 몰려들었다. 피 냄새를 맡은 각다귀처럼, 나를 둘러싸고 빠른 스페인어를 잇달아 던진다. 누군가 내 머리카락을 만졌고 내가 와락 뿌리치자 깔깔 웃음이 터진다.

꿈이라면 좋겠다. 10여 명의 집시들이 나와 내 가방을 둘러싸고 빙글빙글 강강수월래를 돌았다. 비명을 질러도 저들의 웃음소리에 파묻혀 들리지도 않을 것 같다.

화장실로 도망치자 이번에는 어린 집시들이 달려들었다. 열 살도 안 되어 보이는 아이들이 껌을 짝짝 씹으며 산전수전 다 겪은 중년의 표정으로 나를 노려본다.

"오줌 싸고 싶으면 돈부터 내시지!"

밤은 아직 너무 많이 남아 있었다. 마침 어느 플랫폼에 기차가 한 대 서 있는 것이 멀리 보였다. 시비우 행 기차였다.

새벽 3시 40분 출발.

더 생각할 것 없이 기차에 올라탔다. 이렇게 무작정 기차에 오르는 것은 15년 전 첫 번째 유럽 여행 후 처음이었다. 그때 나와 친구는 도시가 마음에 들지 않거나, 어렵사리 찾아간 싼 숙소가 만원이거나, 여행 경비를 절약하고 싶으면 무조건 역으로 가서 밤기차를 탔다. 무제한 기차에 탑승할 수 있는 패스가 있었다.

그 시절 밤기차를 타는 것은 고통에서 벗어나기 위해 우리가 가장 쉽게 선택할 수 있는 방법이었다. 밤새워 달릴 만큼 먼 행선지가 적혀 있는 기차에 뛰어오르면 당장의 고통은 끝이 나곤 했다. 다음날 아침, 아직 모르는 그곳에 도착하는 순간까지, 시간이 멈추고 혼란은 미루어진다.

고통? 친구랑 같이 간 유럽 여행에서 무슨 고통? 처음이라는 이유만으로도 고통스러운 일이 있다. 여행도 그렇다.

그때로 되돌아간 것 같다. 시비우행 기차는 텅 비어 있다. 열차 칸에는 나 혼자뿐이다.

빨리 와라, 새벽 3시 40분!

30초에 한 번씩 시계를 들여다보는데, 갑자기 기차 문이 열린다.

"Hola^{안녕}!"

아까 그 집시다. 기차에 뛰어올라 내 옆자리에 털썩 주저앉는다. 앞니 없는 잇몸을 드러내고 히죽 웃는다. 때 묻은 셔츠 사이로 젖꼭지가 다 보였다. 내 뺨에 대고 술 냄새 후끈한 입김을 뿜어댄다.

"Te va^{가슈}?"

"악!"

결국 비명이 터져 나왔다. 이 도시에 도착하는 순간부터 내내 지르고 싶던 소리다.

허둥지둥 가방을 끌고 다음 칸으로 뛰어갔다. 나 혼자이던 옆 칸과는 정반대로 승객들로 꽉 차 있다. 재향군인회 소속인지 카키색 옷차림을 한 털투성이 중년 남자들. 담배를 피우며 잡담하던 그들은 문이 열리고 내가 구르듯 뛰어들어오자 일제히 이쪽을 주목했다.

누군가 날카롭게 휘파람을 불었다. 좌석 위 선반에는 낚시도구들이 삐죽 나와 있고 노란 고무장화를 신고 왔다 갔다 하는 사람도 있었다. 밤낚시를 가는 행색들이다. 퀴퀴한 담배 냄새와 갈아입지 않은 옷의 냄새로 숨이 막힐 것 같다.

생각해 보라. 밤낚시를 떠나는 수십 명의 늙수그레한 루마니아 인들과 겁에 질린 얼굴로 그 틈에 뛰어든 한 명의 동양 여자.

루마니아는 로마에 기원을 둔 나라다. '루마니아'라는 단어 자체가 로마^{Rome}에서 왔다. 라틴어에 근간을 둔 루마니아 어는 이탈리아 어와 상당히 흡사하다. 남자들이 말하는 몇몇 단어들은 내 귀에도 어렵지 않게 들어왔다. 외국인, 일본 여자, 마누라, 뽀뽀나 한 번….

시비우까지는 세 시간도 더 걸렸다. 어슴푸레 밝아오는 도시에 내렸지만 고생은 끝나지 않았다. 호텔마다 방이 없다. 다음날 록 페스티벌이 있어 만실이라고 했다.

새벽 6시였다. 밤을 꼬박 새우고 말았다. 아무 방에나 들어가든지, 그 자리에 쓰러지든지, 둘 중 하나였다.

"방은 있어요. 하지만 여긴 도미토리뿐이에요."

새벽빛에 모습을 드러낸 하얀 도시는 매우 아름다웠다. 사전 정보 없이 도착했기에 더욱 충격적으로 느껴진 아름다움이다. 기대감과 만족감은 반비례한다고 할 때, 이 도시에 대해 내가 느낀 시각적 감동은 완전한 무지에 의해 고조된 불확실성이 최상의 결과를 낳은 경우라고 할 만했다. '2008년 유럽 문화 도시'라는 포스터가 곳곳에 붙어 있었다.

방을 찾아 헤매다 유스호스텔 표지가 걸린 건물을 발견했다. '〈론리플래닛〉에서 추천하고 있음' 이런 슬로건이 내걸려 있다.

"큰 방이 두 개 있는데, 모두 도미토리예요. 그래도 괜찮다면."

벨을 누르자 키가 작은 소녀가 나와 말했다. 더 이상 걸을 수 없어 유스호스텔 안으로 들어갔다. 방은 꽤 컸다. 벽을 따라 빙 둘러가며 2층 침대가 놓여 있다. 커다란 사기 난로며 나무 옷장 등의 고전적인 가구 때문에 도미토리 특유의 수용소 같은 느낌이 덜했다. 부드러운 새벽 햇살이 창문에 드리운 오렌지색 무명 커튼을 투과해 분위기가 아늑했다.

남녀 공용의 도미토리다. 이불 밑으로 삐져나온 털투성이 다리들, 시트가 흘러내려 가슴이 다 드러난 여자들.

"저기 빈 침대에서 자요. 시트를 갈아줄게요."

자신이 하는 일에 꽤 능숙한 아이였다. 눈 깜박할 사이에 침대의 시트를 갈고 베갯잇을 새로 씌웠다. 침대에 누운 내 어깨 위로 이불을 끌어 올리더니 귀에 대고 정확한 발음의 영어로 속삭인다.

"타월은 내일 아침 줄게요. 자, 이젠 어서 자요."

과장이 아니고, 나는 그 애가 방에서 나가기도 전에 정신을 잃고 말았다. 세계 각지에서 모여든 청춘들이 한 방에 누워 드르렁 코 고는 소리를 듣고 있자니 허탈감에 기절할 만도 했다.

15년을 돌고 돌아 마침내 닿은 곳이 다시 원점이라니!

여행에서 내가 바라는 사치 두 가지.
공유하지 않는 화장실.
맛있는 저녁식사.

103 *România*

가난하고, 부자 여행자

내가 쓴 여행기를 읽은 어느 학생과 잠깐 말을 해본 적이 있다. 내 책 중 한 권을 읽었다는 사람을 우연히 만나는 것은 매우 드문 일이다. 솔직한 의견을 듣기 위해 나는 저자임을 밝히지 않았다.

결론은, 그 애는 내 책이 별로 마음에 들지 않으며 그 이유는 글쓴이의 여행 방식이 자신과 너무 다르기 때문인 것 같다고 했다.

뭐가 다르다는 것일까. 나는 궁금했다. 경험의 폭이? 지식의 차원이? 생각의 깊이가? 에헴!

"뭐랄까, 돈이 많은 사람 같더라고요. 전 숙소나 먹는 것 모두 최대한 아껴쓰면서 현지인들 눈높이에서 여행하는 것을 즐기는데, 그 사람은 그렇지 않은 것 같았거든요."

그 애는 또 이렇게 말했다.

"글쎄, 도미토리에 묵지도 않았더라고요. 그러면서 대체 뭘 보고 느낄 수 있었겠어요? 비싼 호텔에서 편히 자고 다니는 건 관광이지, 제대로 된 여행이 아니잖아요."

억울함을 눌러 참으며 그때 불초소생이 말할까 말까 망설였던 것은 다음의 세 가지.

첫째, 그 책에 묘사된 여행에서 나는 1박당 50달러 이상의 숙소에 투숙한 적이 없으며,

둘째, 여행 경비의 대소와 제대로 된 여행과는 하등 상관관계가 없고,

셋째, 제대로 된 여행이란 그 자체로 모호하고 주관적인, 따라서 자신 아닌 남에게는 적용할 수 없는 개념이라는 것이다.

아무 말도 하지 않았다. 가난한 중년은 더 가난한 청춘에게 꽤 부자로 보일지도 모르는 일이기에.

"그래도 문장은 그리 나쁘지 않지 않았나요?"

이렇게 물어보려다가 말았다. 도미토리에 묵지 않으면 참된 여행이 아니라고 생각하는 상대에게 그렇게 미묘한 것에 대해 묻는 것이 코미디로 느껴졌다.

사실 나는 코미디를 아주 좋아한다. 슬픈 것보다 웃는 것이 언제나 더 좋다. 그러나 우스꽝스럽다는 이유로 민망해질 때도 있다. 이를테면 수중발레가 그렇다.

TV 중계로 수중발레를 시청할 때마다 일사불란한 그들의 동시다발적인 움직임에 감탄하는 한편, 어쩐지 우습다는 생각이 들곤 한다. 인간의 특징인 개인성이 훈련과 규율에 의해 사라지고 합의에 의해 똑같은 동작으로 획일화된다니 코믹하다. 매스게임도 마찬가지다.

20대를 넘어서면서 도미토리란 공간을 피하게 됐다. 다 큰 어른들이 경비 절감을 목적으로 한 장소에 모여 의무적인 싱크로를 행하는 공간이 아닌가 말이다.

"무슨 소리! 세계 각국의 사람들과 친구가 될 수 있는 절호의 기회인데!"

옳은 말씀이다. 그러나 내 나이쯤 되고 보면 화려한 사교 생활이나 국제적인 우정보다는 혼자 쓰는 화장실이 더 소중하게 느껴지는 순간이 온다.

루마니아 시비우에서, 결국 이틀간 도미토리에서 머물러야 했다. 록 페스티벌 때문에 도저히 적당한 가격대의 방을 구할 수 없었다.

여행에서 내가 원하는 사치는 다음의 세 가지 정도다.

첫째, 배설이나 샤워 등 기본적인 욕구 해결을 위해 줄을 설 필요가 없는 조용한 방.

둘째, 너무 붐비지 않는 이동수단.

셋째, 맛있는 저녁식사.

유스호스텔의 장점-최대 장점은 물론 세계인과 친구가 될 수 있다는 것-중 하나는 취사 시설이다. 시비우 유스호스텔도 작지만 청결한 주방을 갖추고 있었다.

첫째 날 점심은 라면, 둘째 날 점심은 인스턴트 우동을 끓여 먹었다. 두 번 모두 호스텔 직원인 여자아이와 함께 먹었다. 분명히 서로 다른 여자아이 두 명이었는데 행동과 억양, 느낌이 비슷해 흡사 쌍둥이처럼 느껴졌다.

"내가 너희 서양인들과 밥을 먹을 때마다 한 가지 인상 깊은 것은 말야,"

후루룩짭짭 국수를 먹으면서 테이블 건너편의 여자아이에게 말을 건넸다.

"어쩌면 그렇게 소리 하나 내지 않고 조용히 먹을 수 있지? 어려서부터 무슨 특수 훈련이라도 받나?"

"그럼요."

여자아이는 진지하게 대답한다.

"아주 어릴 때부터 밥 먹을 때 소리 내는 것은 나쁘니까 그러지 말라고 부모님한테 주의를 들어요. 하지만 지금 당신이 그렇게 후루룩 쩝쩝 소리 내며 먹는 것을 보니까 짧은 인생 남 눈치 보지 않고 먹고 지내는 것도 나쁘지 않을 것 같다는 생각이 드네요. 중국 어디에서는 남의 집에 초대받아 가면 소리 내 먹는 게 예의라면서요?"

시비우는 합스부르크 왕조의 영향이 명백하게 느껴지는 고전적인 아름다움을 간직한 도시다. 터키에 이어 불가리아에서도 강하게 풍기던 동방의 느낌에서 완전히 탈피해 유럽다운 유럽 도시라 불리기에 손색이 없다.

이 도시의 중앙광장은 루마니아에서 가장 넓다. 산뜻한 흰빛과 파스텔톤이 주가 되는 건축물이 둘러싸고 있는 환한 공간에 비둘기와 노인, 아이들이 깔깔거리며 뛰노는 모습이 평화로운 조화를 이루었다.

동유럽 여행의 한 가지 장점은 서유럽보다 저렴한 물가다. 유럽 하면 떠올리는 고전적인 모습들, 레스토랑과 바, 각종 공연 등을 비교적 저렴하게 경험할 수 있다. 자유화 이후 관광객이 늘어나면서 루마니아의 트란실바니아Transylvania 전 지역, 특히 시비우와 같은 유명 관광지는 물가가 대폭 올랐다. 그러나 중부 유럽은 물론 한국 기준으로 봐도 아직 그리 비싸지 않다.

저녁을 먹기 위해 들어간 식당은 어두컴컴한 공간에 나무로 만든 테이블마다 촛불을 켜 놓아 분위기가 좋았다. 넓지 않은 홀에 나 말고는 구석에 숨듯이 앉은 검은 머리 서양인 한 명뿐이다.

"나는 채식주의자라 고기가 조금이라도 든 건 안 돼요."

그 말라깽이 남자는 주문에 엄청나게 뜸을 들였다. 5분 이상 웨이트리스에게 갖은 질문을 한 끝에 마침내 가든샐러드를 하나 시킨다.

"그게 다인가요?"

종업원이 어이없다는 듯 묻는다.

테이블에 나처럼 〈론리플래닛〉을 올려둔 것이 한눈에도 외국인 관광객이다.

둘 중 누가 먼저 말을 걸었는지 기억나지 않는다.

"그 카메라 멋진데. 당신은 일본인인가?"

"저녁식사로 겨우 가든샐러드라니, 부족하지 않겠어?"

저것이 남자와 나 사이에서 오간 첫 마디였다.

"난 일본인이 아니라 한국인이야."

"오후 늦게 케이크를 먹어서 식욕이 없어. 샐러드 하나면 충분해. 저녁에 많이 먹으면 소화가 안 되고 살이 찌니 좋지 않지."

배가 고프지 않다고 했지만 그는 내가 주문한 폴렌타^{Polenta}를 나누어주자 순식간에 먹어치웠다.

"저녁도 먹었으니 한잔하러 가려는데, 너는 어때?"

룸메이트 열다섯 명은 감당하기 부담스러운 숫자지만 한 명의 상대는 언제나 자신이 있다. 근처 노천카페에 가서 나는 맥주를, 그는 쿠키에 커피를 마셨다. 다시 자리를 옮겨 나는 보드카를, 그는 딸기 케이크에 베일리스를 마셨다.

아니, 잠깐! 남자가 베일리스라고?! 여고생이나 임산부, 할머니들이 마시는 술이 아닌가.

알고 보니 그는 게이였다. 아아, 그렇지! 베일리스는 또한 게이들의 술 맞다.

그는 스위스 인이다. 이름은 줄리안^{Julian}이라고 했다.

"난 부동산 회사 파트타임 직원이고 취리히대학 철학과에 다녀. 독서가 취미라 이번 여행에도 배낭에 책을 열두 권 넣어가지고 왔지."

그중에는 줄리안의 고향인 다보스Davos가 등장하는 토마스 만Thomas Mann의 〈마의 산〉도 있었다. 내가 그 책에 대해 말하자 그는 어려서 헤어진 가족이라도 만난 듯 반가워했다.

여행에서 만난 사람들끼리 보통 그러하듯 대화의 상당 부분은 여행 이야기로 채워졌다.

"아시아 중에서는 버마가 제일 좋았어."

내 말에 스위스 인이 입을 딱 벌린다.

"나도! 버마가 최고였어!"

"난 내일 여길 떠나 시기쇼아라로 갈 거야."

"나도 그러려고 했는데! 같이 가자! 이런 게 바로 여행이지!"

유스호스텔로 돌아와 다시 한 번, 타월과 칫솔을 손에 들고 샤워실 앞에서 차례를 기다려 몸을 씻었다. 세계 각지에서 모여든 20대 청춘들이 우렁차게 코 고는 소리를 들으며 잠을 청했다.

창밖에 비친 달빛 덕분에, 내 침대 위의 남자가 늘어뜨린 팔에 검은 털이 북실북실 난 것이 환히 보였다.

집시들을 미워하지 말아줘.
줄리안이 말했다.
세상에서 가장 핍박받으며 살아온 민족이니까.
그것만으로도 사랑받을 이유가 충분한 거지.

즐거운^{gay} 동행자

여행을 떠나면서 바라는 것.
멋진 풍경과 건물을 보고,
안 먹어 보던 걸 먹고,
누군가를 만난다.
자연스럽게.
집에 있었더라면 불가능했을 일들.

　수치심은 인간이 인간이게 하는 중요한 기제 중 하나지만 괴롭기 때문에 여행에서, 그리고 인생에서 차라리 없었으면 싶을 때도 있다.

　두 번째는 첫 번째보다 확실히 덜 부끄럽다. 스무 살 때에는 너무 부끄러워 당장 쥐구멍에라도 들어가고 싶던 일이 이제는 더 이상 그렇지 않다.

　인정해야만 한다. 더 이상 이전처럼 걸핏하면 창피하지도, 쉽게 상처를 입지도, 잠이 오지 않을 만큼 깊이 고민하는 일도 없다는 것을.

　루마니아 시기쇼아라에서 실로 오랜만에, 그 자리에서 연기처럼 사라지고 싶을 만큼 난처한 경험을 하게 됐다. 신고 있던 신발 때문이다.

　"어디로 여행을 가든 신발은 한 켤레 이상 넣어 가야지. 혹시 무슨 일이 생길지도 모르니까 말이다."

　엄마 말씀은 언제나 옳다. 도낏자루 썩는 게 아니라 신발 닳는 것

을 까맣게 잊은 채 하루에도 몇 킬로미터씩 힘차게 걸어다녔다. 최후의 그날이 째깍째깍 꾸준히 다가오고 있다는 것을 모른 채.

시기쇼아라.

시비우에서 버스로 한 시간쯤 떨어진 오래된-유럽 여행에서는 오래되지 않은 도시를 찾는 것이 더 빠를 것 같다.-도시다. 트르나바 Tarnava 강 옆에 있는 시기쇼아라는 루마니아에서 중세 모습이 가장 완벽하게 보존되어 있다고 알려진 곳이다.

문제는 신발이다. 시비우에서부터 밑창이 조금 너덜거리는가 싶더니 시기쇼아라에 도착할 무렵 철벅거리는 소리가 날 정도로 헤어지고 말았다. 작별을 고할 때가 된 것이다.

"저기, 몇백 미터만 내려가면 신발 가게가 있어요."

숙소 종업원이 가리키는 방향으로 서둘러 걷기 시작했다. 그러나 신발의 몰락은 내가 걸어 내려가던 언덕길과는 비교할 수 없을 만큼 경사가 급했다. 밑창이 갑자기 심하게 너덜거린다 싶더니 급기야 어느 순간 발꿈치가 허전했다.

어이쿠! 뒤를 돌아보니 신발 반쪽이 거기 놓여 있다. 상황인즉슨, 신발 앞코는 내 발가락에 여전히 얌전히 걸려 있고 뒤축은 몇 발짝 뒤 거리의 포석에 끼어 있었다.

하필 비좁은 비탈길을 내려가는 중이었다. 급히 신발 뒤축을 주워 다시 맞춰 신었지만 몇 발짝 가지 못해 또 분해됐다. 다시 한 번, 또 즉시 떨어져 나갔다. 신발이 두 동강이 나버렸네!

좁은 경사길에서 자꾸 멈춰 서니 내 뒤에서 걸어오던 관광객들도 그래야 했다.

이렇게 부끄러운 상황에 놓인 적이 또 있었나.

두 조각이 난 신발을 신고 어떻게든 걸어보려 했지만 불가능한 일이었다. 잠시도 쉬지 않고 움직이는 징검다리를 건넌다고 생각하면 비슷하겠다.

쓰레기통에 신발 조각들을 집어넣었다.

여행지에서 일어날지 모르는 돌발 상황을 위해 우리는 보험을 들고, 어두운 밤에는 되도록 호젓한 뒷골목을 걷지 않으며, 가방에는 자물쇠를 채우고 다닌다. 하지만 사람들로 붐비는 유럽 관광지에서 맨발이 될 때를 걱정하는 사람은 한 명도 없을 것 같다.

내가 그 처지였다. 맨발이라니. 이런 경우 선택은 두 가지다. 차마 고개도 들지 못하거나, 아니면 시치미 뚝 떼고 아무렇지도 않은 척하거나.

세상에, 어떻게 후자를 선택할 수 있느냐고?

요 몇 년간 깨달은 사실 하나는, 사람이 견뎌내지 못할 일은 정말 거의 없다는 사실이다. 잘 신고 있던 신발이 두 조각나는 일을 평생 한 번도 겪지 않고 살아가는 사람들이 99%겠지만 어쩌다 나머지 1%에 속하게 된다면, 그렇다면 정말 어쩔 수가 없는 것이다.

그래서 그렇게 했다. 손에 든 핸드백을 달랑거리면서, 터덜터덜 맨발로, 울퉁불퉁 포석이 깔린 시기쇼아라의 구시가지를 걸어 내려갔다. 1556년에 세워진 이후 지금은 역사박물관으로 쓰고 있는 뾰족한 시계탑을 지나 아래로 약 200m를 걸었다. 뛰고 싶지만 참았다. 뛰면 더 쳐다보겠지.

첫 번째로 나타난 구둣가게에 마침 '50% 여름 세일'이라는 광고

가 붙어 있었다. 여태 맨발로 이 집 문턱을 넘을 만큼 절박한 사람은 많지 않았으리라.

방금 전까지만 해도 구두 한 켤레가 없어 쩔쩔맸는데 가게 안은 사람 몇 명 빼고는 온통 구두뿐이다. 바닥에, 진열대에, 창고에, 신발이 넘쳐흘렀다. 줄잡아 1000켤레는 있는 것 같다. 불공평한 세상이다.

"그래서 신발 가게까지 정말 맨발로 걸어갔단 말이야? 사람들 다 보는데?"

숙소에 돌아와 옆방에 묵고 있는 줄리안을 만났다.

"대단해. 나였더라면 너무 부끄러워서 그 자리에서 미모사^{Mimosa}처럼 몸이 오그라 붙어버렸을 거야. 물론 나 같으면 일이 그렇게 되기 훨씬 전에 신발을 새로 샀겠지만. 워낙 쇼핑을 좋아하거든. 이번 여행에도 지금 신고 있는 이것 말고 두 켤레 더 가져왔어. 하얀 스니커즈랑 플립플롭."

나보다 더 여자다운 남자다. 팔에 주사를 맞다가 기절할 뻔한 적도 있다고 했다. 머리에는 빈^{Wien}에서 산 검은색 펠트로 된 페도라를 쓰고, 가느다란 손목에는 내가 든 것과 비슷한 조그만 손가방을 하나 꿰어 들었다. 내 팔짱을 끼고 사뿐사뿐 맵시 있게 걸어다닌다.

우리는 관광객들로 붐비는 시기쇼아라에서 가장 괴상해 보이는 커플이었다. 성별이 다르고, 세대가 다르고, 국적이 다르고, 덩치가 달랐다. 인종마저 다르니 이모와 조카로는 보이지 않을 것이 그나마 다행이었다.

"시기쇼아라는 유네스코 세계문화유산이야. 어딜 가나 그렇게 써 붙여 놓았지. 유네스코 세계문화유산. 시기쇼아라의 두 번째 이름이라도 되는 것처럼."

줄리안은 장차 철학 교수가 되어 외국에서 사는 것이 꿈이었다.

"그건 마치 시비우가 '2008년 올해의 유럽 문화 도시'로 뽑힌 것을 내세우는 것과 비슷한 맥락이야. 시비우와 함께 선정된 도시-그렇다. '올해의 유럽 문화 도시'는 매년 한 곳도 아니고 무려 두세 곳을 뽑는다!-가 어딘지 알아? 룩셈부르크야! 거긴 국가이지 도시라고 할 수도 없는데! 그런 타이틀이 붙으면 관광객을 유치하는 데 엄청나게 유리해지니 후보를 정할 때부터 경쟁이 아주 치열하지. 아무리 멋진 곳이라고 해도 그런 타이틀이 없으면 국제적인 인기를 끌기 어렵거든. 지도에 그려져야만 세상에 존재하게 되는 것처럼. 어쨌든 우리 두 사람도 여기까지 왔으니!"

유식한 청년이다. 수잔 손탁Susan Sontag의 책을 들고 다니면서 틈만 나면 밑줄을 치며 읽었다. 프랑스 어에 능통하고 라틴 어도 할 줄 알았다. 발레 공연 관람을 좋아하고 화가 중에서는 프랜시스 베이컨Francis Bacon—그렇다. 저 이름을 가진 철학자가 아니라 화가도 있다.-을 제일 좋아한다고 했다.

"난 일본에 관심이 많아."

줄리안이 고백했다.

"사실 내 이상형이 일본 남자거든. 학위를 마치면 일본에 가서 일자리를 구할까 생각 중이야."

"일본에 관심이 있으면 일본 음식도 좋아하니? 스시는?"

"스시? 그게 뭔데?"

청년은 이제 겨우 25세였다.

"커밍아웃했을 때 부모님이 어떤 반응을 보이셨어?"

"사실 커밍아웃이라고 할 것도 없어. 어려서부터 내가 게이라는 걸 숨긴 적이 없으니까. 부모님은 늘 다정하셨고 지금도 그래. 이혼 하셨지만 두 분 모두 날 사랑하셔. 내 결정을 존중한다고 하셨어. 문 제는 부모님이 아니라 동네 사람들이었지."

그의 고향 다보스는 산이 많은 스위스에서도 시골에 속하는 동네 다. 꽤 보수적인 곳이라고 했다. 감수성 예민한 게이 소년이 살아가 기에 최고의 환경은 아니었을 것이다.

"그래도 스위스니까 행운 중의 행운이지. 사우디아라비아에 태어 났으면 어쩔 뻔했냐."

"그건 그래. 감사할 일이지."

7월의 시기쇼아라. 관광객들을 위해 중세 페스티벌이 열렸다. 묵 직한 모자에 긴 칼까지 찬, 고전적인 옷차림을 한 남녀 혼성 트리오 가 도시를 돌면서 음악을 연주한다.

유일한 동양인인 나는 어디 가나 눈에 띄는 존재였다. 굳이 맨발로 다니지 않는다고 하더라도.

"안.녕.하.쎄.요!"

내 국적을 묻더니 삼인조, 망설임 없이 능숙한 한국어 인사와 함께 공손히 절을 했다. 동방예의지국 출신답게 나도 마주 절을 했다.

"안녕하쎄요."

"인테리어가 마음에 안 들면 그냥 나오자."

시기쇼아라에는 카페가 많다. 줄리안은 눈에 띄는 카페마다 들어 가 보고 싶어했다.

"지나치게 현대적인 것도 싫지만 그렇다고 공주풍의 로맨틱한 인테리어도 내 취향은 아냐. 케이크 종류가 많은 곳이면 좋겠는데. 그러고 보니 스콘도 먹고 싶다. 아이스크림도!"

여학생 시절로 되돌아간 기분이다. 그는 곱게 다리를 모으고 앉아 커피와 케이크를 먹으며 문학과 미술에 대해 이야기했다. 나는 결국 보드카를 주문했다.

내 보드카를 커피에 약간 섞어 마신 청년은 가지고 다니던 수첩을 펼쳤다. 시 낭송을 하겠다고 했다.

"시? 그걸 꼭 지금 이 자리에서 해야겠냐?"

"내가 좋아하는 시야. 듣고 있기만 해. 아니면 듣는 시늉만이라도 하든지."

이렇게 해서 스위스인 줄리안, 취리히대학교 철학과 학생이자 부동산 업체 파트타임 직원이기도 한 그는 나를 위해 시를 낭송해 준 최초의 남자가 됐다.

국어 선생님 빼고.

나의 곁에 있어 주오
내 피의 흐름이 느려지며 나의 불빛이 흐려지고,
내 심장이 약해지고 존재의 바퀴가 점점 느려질 때,
찌르는 듯한 통증으로 내 신경이 부서질 때,
나의 곁에 있어 주오.
내 연약한 육체가 고통으로 상심할 때,
진실의 경계와 광란의 시간들이 먼지처럼 흩어지고,

광폭한 인생이 불꽃 속에서 폭발할 때,
나의 곁에 있어 주오.
내가 쇠진하여 내 고통과 영원한 날들의 끝이 다가오는 것이
눈에 보일 때,
저 아래, 어두운 삶의 가장자리에서.

Stay by my side

as my light grows dim as my blood slows down

and my nerves shatter with stabbing pain

as my heart grows weak and the wheels of my being turn slowly.

Stay by my side

as my fragile body is racked by pain

which verges on truth and manic time continues scattering dust

and furious life bursts out in flames.

Stay by my side

as I fade so you can point to the end of my struggle

and the twilight of eternal days at the low, dark edge of life.

마늘을 넣은 파스타,
불그죽죽한 굴라시를 먹었다.
드라큘라 백작의 출생지가 지금은 식당이다.
시기쇼아라.

두 번 간 도시

오늘날 브라쇼브에서 사회주의 시절의 궁핍을 상상하기란 쉽지 않다.
예상했던 것보다 훨씬 더 서유럽다운 도시였다.
독일이나 오스트리아의 어느 지방 도시를 떠올리게 한다.

　　백문이 불여일견이라는 말이 있지만, 사람이든 사물이든 한 번 보고 마음을 정하는 것은 매우 위험한 일이다. 장소도 마찬가지다. 어둠 때문에, 공포 때문에, 편견 때문에, 잘못 볼 수 있으니까. 시력과는 상관없이.

　　햇살이 환한 오후에 도착한 브라쇼브는 새벽 2시 반에 왔을 때와는 전혀 다른 모습이었다. 깨끗하고, 아름답고, 안전해 보였다.

　　"걱정 말아요. 우린 누구에게든 방값을 똑같이 받으니까."

　　줄리안에게 소개받고 찾아간 호텔은 그의 설명대로 다소 호화로운 느낌마저 풍기는 웅장한 건물이었다. 호텔 이름에 이어 객실 요금까지 확인하고서야 제대로 왔음을 확신했다.

　　로비의 직원은 금테 안경을 쓴 단정한 은발머리의 할머니다. 아주 상냥한 미소로 나를 맞는다. 친절함과 효율성. 과거의 동유럽이라면 상상하기 힘든 두 가지다. 브라쇼브에 오신 것을 환영합니다!

"뭐든 도움이 필요한 것 있으면 말해요. 관광 지도는 여기 있고, 빨간색으로 동그라미 친 곳이 브라쇼브의 볼거리죠."

3만 원 남짓한 객실 요금에 아침식사까지 포함되어 있다. 크리스털 샹들리에가 늘어져 있는 고전적인 분위기의 식당이다. 콧수염을 기른 늙은 직원이 다가와 빳빳한 하얀 클로스가 깔린 테이블로 안내해 주었다.

"함? 엑?"

"뭐라고요?"

"함? 엑?"

햄과 에그. 직원은 의식이라도 치르듯 극도로 정중하고 절도 있는 동작으로 음식이 담겨 있는 접시를 날라왔다. 포장지에 싸인 얇디얇은 버터와 분말을 타서 만든 주황색 오렌지주스는 값싼 대용품이 난무하던 옛 시절의 산물이리라. 빵을 한 근 사기 위해 국영 상점 앞에서 두 시간 동안 줄을 서곤 했던 때가 있었다.

오늘날 브라쇼브에서 사회주의 시절의 궁핍을 상상하기란 쉽지 않다. 예상했던 것보다 훨씬 더 서유럽다운 도시였다. 독일이나 오스트리아의 어느 지방 도시를 떠올리게 한다.

호텔에서 조금만 걸어가면 다양한 물건을 진열한 현대적인 상점들, 그리고 중앙광장이 나타난다. 식당, 카페, 바가 밀집해 있었다.

돈이 있어도 살 것이 없던 예전 모습은 간혹 눈에 띄는 초라한 옷차림의 부랑자들 몇몇 외에는 찾아볼 수가 없다. 덜 자랑스러운 것들은 외국인 관광객이 드물고 집세가 저렴한 외곽 지역, 혹은 다른 도시, 트란실바니아 바깥의 어딘가 어둡고 후미진 곳으로 진작 밀려났을 것이다.

"엄마는 어디 갔니? 아까 산 기념품은 가방에 잘 챙겼겠지?"

광장으로 가자 우리말이 들려왔다. 대형 버스를 타고 온 단체 관광객들이다. 투어는 인기 있는 브란 성Bran Castle:드라큘라 성이 근처라 브라쇼브와 묶어 둘러보는 코스였다. 광장에 있는 관광안내소는 세계 각국의 여행자들로 북새통을 이루었다.

루마니아 인민공화국의 독재자 니콜라에 차우셰스쿠Nicolae Ceausescu의 마지막이 기억난다. 독재자에 맞선 시위대를 진압하도록 명령을 받은 정부군은 전차포의 포신을 거꾸로 한 채 시위대의 환호를 받으며 달렸다. 차우셰스쿠와 그의 아내 엘레나가 처형된 모습이 전파를 타고 세계 각국의 TV 뉴스로 방송됐다. 죽은 사람을 그렇게 가까이에서 보여주다니, 혁명의 열기가 리포터에게까지 전파된 듯 대단한 생중계였다.

세상이 바뀐 지 20여 년이 지났다. 이제 루마니아는 EU의 회원국이며 브라쇼브는 이 나라의 발전하는 모습을 상징하는 가장 화려한 한 조각이다. 도시는 예쁘고, 효율적이고, 물가가 높았다.

광장 구석에서 오랜만에 중국 식당을 발견, 점심을 먹기로 했다.

"간장이나 칠리소스를 원하면 따로 주문하세요. 물론 비용은 별도입니다."

우연히 들어간 것치고는 기억에 남을 만큼 인상적인 인테리어의 식당이다. 바깥에서 볼 때에는 평범했는데 안으로 들어서니 단체 관광객들 유치를 염두에 두고 지은 듯 규모가 상당히 컸다.

유럽 전역에서 흔히 보는 침침하고 누추한 중국 식당을 예상했다면 충격적일 만큼 화려한, 당장 대규모 오케스트라를 불러 무도회를 열어도 손색없을 듯 호화로운 실내장식이다. 주제는 '마리 앙투아네트가 청나라를 만났을 때'.

하늘색 스테인드글라스, 금빛 몰딩, 천장에 매달린 샹들리에, 빨간 공단을 씌워 만든 유럽풍 의자, 울긋불긋한 중국풍 접시.

볶음밥 한 그릇에 2만 원이 넘는다. 간장 값은 별도다.

"한국인들이 많이 오나요?"

"가끔요."

"단체관광으로 오는 사람들인가요?"

"그렇기도 하고…."

"추천할 만한 음식이 있어요?"

"뭐 다 그럭저럭."

종업원은 표정부터 말투, 몸짓까지 심드렁했다. 메뉴에 대해 물어봐도 귀찮은 기색으로 어깨를 으쓱하며 몇 마디 중얼거릴 뿐이다. 주문받은 음식을 대충 내려놓더니 아예 밖으로 나가버렸다. 손님을 상대하지 않으려면 그보다 더 좋은 방법은 없는 것이다. 음식을 가져다준 후 그냥 식당 밖으로 나가기.

공포정치의 달인 차우셰스쿠 시절에는 2000만 명 인구에 300만 개의 도청기, 그리고 1000개의 도청센터가 있었다고 한다. 도청기와 비밀경찰을 이용해 정권에 불만을 가진 시민을 색출해 내는 대신 업무를 소홀히 하는 직장인들을 감시하는 목적으로 활용했다면 독재자의 말로는 어떻게 됐을까.

어쩌면 훨씬 더 일찍, 더욱 잔인하게 처형됐을지도 모르겠다. 근무

시간에 인터넷을 못하게 하고 잡담을 막았더라면.

브라쇼브에서의 마지막 저녁식사. 호텔의 할머니 매니저가 추천한 식당에 가기로 했다.

아침은 건너뛰고 점심은 대충 때우지만 저녁식사는 테이블에 앉아 먹는다. 한 시간 남짓한 그 저녁 시간은 일정이 지날수록 점점 더 중요해졌다. 먹어야 살고, 먹어야 여행한다.

여행이 길어져 생활로 변할수록 건축물의 추상적인 아름다움이나 이국의 공간적 경험처럼 비일상적인 대상이나 상황에 대한 감동은 점점 줄어들고 이보다 훨씬 작고 사소한 일에 기뻐하는 스스로를 발견하게 된다. 서울에서 생활하면서 출근길에 보게 되는 광화문이나 63빌딩, 서울역의 웅장한 모습보다는 가격에 비해 뛰어난 런치 스페셜이 그날의 행복을 좌우하는 것처럼.

저렴한 가격에 비해 미안할 만큼 쾌적한 호텔, 유독 친절하게 설명해주는 관광안내소 직원, 뭔지 모르고 시켰는데 뜻밖에도 맛있게 먹은 저녁식사처럼, 사소하고 구체적인 사건이 주는 즐거움이 중요해진다.

한참을 헤매다 골목 속에서 그 식당을 찾을 수 있었다. 문을 열고 들어서는 순간 압도하는 붉은 기. 벽지와 카펫, 테이블보는 물론 조명까지, 모두 새빨간 식당이다.

나이 들면 빨간색이 좋아진다더니, 호텔 매니저의 친구인 식당 주인 역시 은발의 할머니였다. 미소 가득한 얼굴로 나를 맞는다.

식당에 손님은 나 혼자였다.

"푸아그라는 이미 다 떨어졌어요."

"소간은 오늘 안 돼요."

"오늘은 달팽이를 준비 못했는데…."

"어쩌나, 새우는 지금 없는데."

그럼 뭘 먹으라고? 이런 점에서, 루마니아는 역시 동유럽이다. 동유럽 식당에서 언제나 보장되는 것은 굴라시Goulach:채소 스튜 정도다. 한국의 된장찌개와 비슷하며 레마르크 등 유럽 작가들의 책에 자주 등장하는 유명한 수프. 농후하고 푸짐하며 묘사된 글만 읽어도 입에 침이 가득 고이는 그 천상의 음식에 비하면 유럽의 보통 식당에서 실제로 맛을 보는 굴라시는 너무나 토마토 쇠고기수프 같다.

"일본 사람이신가?"

식사가 끝나갈 무렵 잘 차려입은 50대 커플이 들어왔다. 식당 주인이 반가운 인사와 함께 커다란 장미 꽃다발을 내오고 미리 예약한 테이블로 이들을 안내한다.

촛불을 사이에 두고 고개를 기울인 채 이야기하는 모습이 로맨틱하다. 나도 모르게 그쪽을 계속 쳐다보고 있었던 것 같다.

"오늘은 우리 결혼기념일이라오."

인상 좋은 신사인 남편이 문득 나를 향해 말을 건넸다.

그는 아일랜드 인이었다. 루마니아 출신인 부인을 뉴욕에서 만나 결혼한 후 내내 그 도시에서 살았다고 했다. 다 큰 자식이 다섯이나 된다고.

"몇 년 전에 브라쇼브에 정착했지요. 아내 고향이니까."

"뉴욕에서 살던 사람에게 여긴 좀 답답하지 않은가요?"

"그런 점도 있지만 루마니아도 많이 변했어요. 재작년과 작년이

다르고 작년과 올해가 달라요. 10년 전과 비교하면 천지 차이지요. 이젠 여기도 돈만 있으면 못 구하는 게 없어요. 그래도 트란실바니아 바깥으로 나가면 아직도 물가가 아주 싸요. 사실, 몇몇 도시를 빼고 루마니아는 여전히 시골이지요. 농업이 주인 나라요. 이 나라의 시골은 참 아름다워요. 평화롭고, 고요하고, 꽃이 많이 피어 있어요. 아마 세상에서 가장 아름다운 시골일 거요. 가난하긴 하지만 미국과는 비교도 할 수 없소. 시골이 아름답다는 점에서, 내 고향 아일랜드를 많이 닮았어요.”

루마니아 시골에 대해서라면 나도 좀 알고 있다. 콘스탄틴 게오르규Constantin Gheorghiu의 소설 〈25시〉에서 읽었다. 주인공인 농부 요한 모리츠가 태어나고 자란, 아내 스잔나를 만나 가정을 이루고 산 그들의 고향이다.

루마니아의 시골. 전쟁 탓에 의지와는 상관없이 끌려간 죄 없는 젊은 농부가 15년간 이국 땅을 헤매는 내내 돌아가길 원했던 곳이다. 스잔나가 벽돌을 만들기 위해 벌거벗은 하얀 다리로 진흙 덩어리를 짓이겨 반죽하던 시골집과 요한이 나무를 베던 숲, 들판 그리고 푸른 덤불과 꽃이 우거진 맑은 시냇가.

“농담이 아니고, 아내는 하나도 변하지 않았어요. 지금이나 30년 전이나.”

아일랜드 인 남편이 나와 식당 주인을 번갈아 보며 말한다.

요한 모리츠는 소설의 끝 부분에서 꿈에 그리던 스잔나를 결국 다시 만난다. 침략자인 소련군에게 겁탈당해 아이까지 낳았지만 남편이 돌아오길 기다리며 죽지 않고 남은 아내.

'하나도 변하지 않았어.'

젊은 시절 밀회를 위해 즐겨 가던 풀밭에 앉아 요한 모리츠는 옆에 있는 아내의 주름진 얼굴을 보면서 생각한다. 젊었을 때와 똑같이 아름답다고.

식사를 마친 부부는 내 테이블로 와서 와인을 한 잔 따라주었다. 빨간 양탄자 위, 조명마저 붉은빛을 던지고 있는 식당 한복판에서 느린 템포로 빙글빙글 돌아가며 춤을 추기 시작했다.

여름날.
아이스크림.
손을 뻗으면 잡을 수 있는 내 사랑.
행복한 청춘이 되기 위한 모든 요소.
브라쇼브 광장에서.

브라쇼브 광장

냉전 시대의 모습이 남아 있다. 시기쇼아라 (위)
파스텔색 건물이 많아 산뜻한 느낌, 시비우 (아래)

중세의 모습이 완벽하게 보존된 도시, 시기쇼아라 (위)
2008년 유럽의 문화 수도로 뽑혔다. 시비우 (아래)

손잡고 걷기 좋은 도시다. 시비우 (위)
산은 오르라고 있고 탑도 그렇다. 시비우 (아래)

결혼식 피로연이 열렸다. 시비우

고색창연한 구시가지, 시기쇼아라

노인의 모습에서 과거가 느껴진다. 시기쇼아라

드라큘라로 알려진 영주의 출생지, 시기쇼아라 (위)
드라큘라 박물관, 시기쇼아라 (아래)

시계탑, 브라쇼브

끌어안기 에 대하여

지난해 봄 필리핀의 어느 투계업자로부터 전통의 싸움닭 종자인 올드잉글리시Old English 종란 한 다스를 수입했는데, 그중 부화에 성공한 것은 한 마리뿐이다. 강한 수탉으로 자라나길 바라는 마음에서 '타이거'라고 이름을 붙였다.

자라면서 보니 기대와는 달리 암탉이었다. 날씬한 하얀 몸통에 길고 가느다란 옥색의 다리, 부채꼴로 늘어선 멋진 갈색 꽁지깃을 가진 어여쁜 닭으로 성장했다.

'가끔 안아줘야 주인과 유대가 커지고 성질이 유순해집니다.'

아마존닷컴을 통해 사들인 닭 기르기 책에 보니 이렇게 나와 있다. 닭을 안는 방법에 대해서도 다음과 같이 설명하고 있다.

첫째, 닭을 구석으로 몬다.

둘째, 닭이 도망갈 욕구를 상실하도록 두 팔을 넓게 벌리고 몸을 낮춰 천천히 다가간다.

셋째, 서두르지 않는 한편 최대한 재빠른 동작으로 닭의 다리를 잡는다.

넷째, 한 손으로 닭의 배와 가슴을 받쳐 닭으로 하여금 주인 손바닥 위에서 스스로 밸런스를 잡도록 유도한다.

다섯째, 깃털을 정성껏 쓰다듬으며 교감의 시간을 갖는다.

어릴 때부터 자주 안아줘서인지 내가 마당에 나가"타이거!" 하고 소리치면 하얀 새는 어디선가 부리나케 나타나 성큼성큼 뛰다시피 다가온다. 손에 말린 메뚜기를 몇 마리 숨기고 있다는 것을 훤히 아는 눈치다. 닭대가리라는 말은 재고해야 하지 않을까.

"타이거! 밸런스!"

암탉을 붙잡아 부드럽고 매끈한 깃털로 뒤덮인 배를 손바닥으로 받치고 이렇게 말하면 타이거는 무표정한 오렌지색 눈을 깜박이며 훌륭하게 균형을 잡는다. 꾸르륵!

조그맣고 연약한, 거의 흔적만 남아 있는 귓바퀴에 대고 나는 이렇게 속삭인다. 네가 얼마나 착하고, 얼마나 예쁘고, 얼마나 신통방통한 새인가를.

끌어안기는 새를 길들이는 것 말고도 쓸모가 많다.

"한 번 더 하는 거야. 왼쪽으로도."

터키 앙카라의 혼잡한 전철역에서 만난 알페쉬는 아다나^{Adana} 시에서 공과대학에 다니는 스무 살짜리 청춘이다. 작은 몸집이 활기로 터질 듯 명랑한 아이였다. 하루가 짧고, 매 순간이 행복하고, 우연히 마주친 외국인에게 호기심과 호감을 가질 뿐 경계하는 기색은 전혀 없었다.

그는 앙카라에 사는 여자친구를 만난 후 집으로 돌아가는 길이라고 했다. 전철역에서 기차역까지 낑낑거리며 내 트렁크를 들어주고, 기차표를 사는 것을 도와주고, 기차역 매점에서 함께 저녁을 먹었다.

"여긴 무선인터넷이 되네."

근사한 일이다. 현대 문명의 힘으로 이제 약간의 의지만 있으면 누구도 혼자가 아닐 수 있게 됐다. 터키와 유럽의 어지간한 숙소와 카페는 물론이고 공항과 기차역에서도 무선인터넷을 지원하고 있다.

나와 알페쉬는 기차역 대합실에 나란히 앉아 두 발을 트렁크에 올려놓고 무릎에 각자의 노트북을 펼쳤다. 인터넷 속 세상. 고개를 약간 돌리면 상대방의 세상을 엿볼 수도 있다.

그는 영화배우처럼 예쁜 여자친구의 사진과 그녀 못지않게 아름다운 전 여자친구 사진, 그리고 고향인 아다나를 멋지게 찍은 사진들을 보여주었다.

"한 번이 아니라 두 번 하는 거야."

그가 타고 갈 기차가 먼저 왔다. 작별할 때 포옹을 했는데, 터키식 인사는 뺨을 오른쪽에 한 번, 왼쪽에 한 번, 이렇게 두 번 대는 것이라고 했다. 유럽식과 비슷하지만 좀 더 와락 끌어안는 느낌이다.

오른쪽과 왼쪽 중 어느 쪽부터 먼저 해야 할까. 또 어느 정도로 세게 해야 할까. 실수하지 않고 잘할 수 있을까. 좀 걱정되는 동작이다. 한 번도 아니라 두 번.

"아다나에 오면 꼭 전화해요. 내 휴대전화 번호와 메일 주소예요. 잊지 말고 꼭 연락해요. 잊지 마요."

그 말을 마지막으로 알페쉬는 의미심장한 표정으로 나를 봤다. 'Are you ready?'의 눈빛이다. '자, 허그hug 들어갑니다. 한 번! 두 번! 끝! 어때? 생각보다 어렵지 않지?'

휴대전화와 이메일 주소. 지구 위를 걷는 고독한 영혼들은 이제 이 두 가지만 있으면 언제 어디서든 혼자가 아니다. 바다 건너 강원도 시골집 마당에 연결된 웹캠을 통해 희고 통통한 새가 푸른 나무 그늘 아래 빙글빙글 맴도는 것을 지켜볼 수도 있다.

"떠난다는 말도 안 하고 가면 어떻게 해요?"

괴레메의 버스터미널에서 블루문 모텔 매니저인 제밀과 작별 인사를 하는데, 그의 사촌인 하룬이 점심을 먹다 말고 헐레벌떡 뛰어왔다.

"밥 먹는데 그냥 가버리다니, 그런 법이 어디 있어요."

그의 트레이드마크인 좁고 반듯한 이마, 거대한 떡대, 수줍은 듯 내리깐 눈동자가 내 앞에 있었다.

안녕. 제밀에 이어 하룬, 눈만 마주쳐도 어쩐지 웃음이 나오는 청춘과 작별 인사를 했다. 안녕. 오직 호의뿐인 눈동자를 가진 두 남자의 단단한 몸, 쇠퇴나 불행의 냄새가 전혀 풍기지 않는 건강한 육체를 두 팔에 안는다.

"하루만 묵고 간다고? 상관없어요. 어디를 가든 잘 지내고 나중에 꼭 또 와요!"

불가리아의 민박집 주인 셉카는 툭 튀어나온 거대한 가슴이 제일 먼저 눈에 띄는 뚱뚱한 여자다. 조그만 숙소를 쓸고 닦고 요리하고 잠시도 쉴 틈이 없었다. 영어를 거의 하지 못했지만 의사소통하는 데 문제가 없는 것이 신기했다. 이틀 묵기로 한 내가 하루 만에 숙소를 옮긴다고 했을 때, 예상과는 달리 조금도 저항이 없었다.

그녀가 얼마나 따뜻한 사람인지, 포옹하지 않았더라면 알지 못했을 것이다. 남자들과는 차원이 다른 포근함. 어머니 우주에 안기는 듯한 느낌이다. 부드럽고, 거대하고, 기분 좋은 온기로 충만한 여자였다. 정원에서 풀을 베다 와서 로션 냄새에 풀 냄새와 땀 냄새가 희미하게 섞여 있었다.

"취리히에 돌아가면 이메일로 연락해. 잊지 말고, 알았지?"

루마니아 시기쇼아라의 호텔 앞에서, 며칠간 함께 다니던 줄리안과의 허그는 앞선 것보다 강도가 높았다.

"나는…"

그는 시기쇼아라를 끝으로 기차를 타고 취리히로 돌아갈 예정이었다.

"계속해서 같이 여행할 수도 있어. 더 북쪽으로. 그래도 괜찮다면."

"우린 벌써 닷새나 같이 다녔잖아. 그쯤이면 됐지. 넌 다음 학기 준비도 해야 하고."

"하지만 이런 기회는 그렇게 자주 오지 않아. 우리 둘은 무슨 주제로든 몇 시간이고 이야기할 수 있어. 책이나 영화, 여행 갔던 곳에 대해서, 이미 간 곳과 앞으로 갈 곳에 대한 이야기들. 그렇게 말이 통하는 사람을 만나는 것은 쉬운 일이 아니야. 우리 가족 중에서 책을 읽는 것은 나 혼자뿐이고, 내 다른 친구들은…."

"그건 아직 네가 어려서 그래. 말이 통하는 사람을 지금껏 거의 못 만났으니 앞으로는 수없이 만날 거야. 이제 예정대로 취리히로 돌아가. 나도 계획대로 폴란드로 갈 테니까."

줄리안이 기차역으로 떠난 그날 밤늦게, 숙소 직원이 내 방문을 두드렸다. 자정이 다 된 시간이었다. 리셉션으로 내게 걸려온 전화가 있다고 했다.

내려가서 전화를 받았다.

"우린 함께 더 여행할 수도 있었는데. 그렇게 하라고 말하면 이제라도 그리로 다시 갈 수도 있는데!"

수화기 속에서, 독일 억양이 심한 영어가 들렸다. 허영심이 있는 줄리안은 스위스 인이 독일보다는 프랑스 인에 가깝다고 주장했다. 그의 영어 억양이 독일식이라고 말하면 기분 나빠하겠지. 한마디 한마디 힘이 들어가 더욱 성실하게 느껴지는, 그냥 듣고 있는 것만으로도 어쩐지 좀 미안해지는 발음의 영어.

루마니아 국경을 넘으며 휴대전화로 전화를 걸었다고 했다. 내가 뭐라고 말했는지 기억나지 않는다. 어느 순간 급기야 청년은 울고 있었다.

"난 원래 이래."

울지 말라는 내 말에 코를 훌쩍이며 대꾸했다.

"여동생도, 우리 아빠도 그래. 아마 유전인가 봐. 우리 세 사람은 툭하면 눈물부터 흘려. 기뻐서 울고, 슬퍼서 울고, 좋아서 울고, 싫어도 울고."

그러고 보니 시비우의 식당에서 먼저 말을 건 것은 내가 아니라 그였다. 우리 둘 모두 사람들의 눈에 잘 안 띄는 구석진 자리에 얌전히 앉아 있었다. '웬만하면 나를 내버려 둬 줘' 하는 뜻이었을 것이다. 비밀요원 사이에서 통하는 신분증이라도 되는 것처럼 〈론리플래닛〉 한 권을 테이블 위에 올려놓고서.

"당신은 일본 사람인가?"

줄리안이 내게 말을 걸었다. 덕분에 나도 입을 열 용기를 낼 수 있었다. 집에서 1만km 떨어진 곳까지 날아가는 것보다 타인에게 말을 거는 일이 더 어렵게 느껴질 때가 있다. 그날 식당에서는 그렇지 않았다. 샐러드 하나로는 부족하지 않겠니.

"착한 새, 예쁜 새, 신통방통한 새!"

오랜만에 주인을 다시 만난 암탉은 어리둥절한 것도 잠시, 곧 나를 알아봤다. 날렵하게 다가와 내 손이 닿을락 말락 한 위치에서 빙그르르 몇 번 맴돈다. 비호 같은 동작으로 말린 메뚜기를 채어간다. 포로롱, 징검다리를 뛰어 건너듯 반쯤 날듯이 풀밭을 가로질러 안전한 위치에 도달, 먹이를 맛나게 먹어치운다. 꾸르륵!

"넌 모르지. 내가 여름에 어딜 갔다 왔는지."

타이거를 조심조심 바른쪽 어깨 위에 올려놓는다. 꾸르륵! 겁이 난 새가 가느다란 발가락으로 내 어깨를 아프게 움켜쥔다.

착한 새, 예쁜 새, 그래도 넌 모르지. 내가 어디 갔다 왔는지, 대답할 기회를 백 번 줘도 알 수가 없지. 네가 아는 곳은 그저 우리집 앞마당, 옆집 고추밭, 아랫집 보리밭….

세상은 이제 예전만큼 넓지 않다. 기술의 발달과 인간의 고독, 그리고 사랑의 힘으로 지금도 꾸준히 더욱 좁아지고 있다.

블루문 모텔은 웹페이지가 있고 제밀과 하룬은 MSN을 한다. 대학생인 알페쉬는 노트북을 소중히 여겨 어디를 가든 빠뜨리지 않고 갖고 다닌다. 구형이라 이름만 노트북일 뿐 공책보다는 와이셔츠 상자에 더 가까운 물건이다.

스위스 인 줄리안으로 말하자면 하루에도 몇 번씩 페이스북에 접속한다. 매번 장문의 이메일을 보낸다. 우리가 만난 후 취리히 일식당에 가서 스시를 먹어봤다고 했다. 달걀과 해초를 이용해 만든 것이었는데, 보기보다 맛이 괜찮았다고.

"스위스는 지금 날씨가 아주 좋아. 따뜻하지만 절대 덥지는 않지. 점심 시간에 호수에서 수영하는 사람들이 많아. 요즘 시간이 나면 가까운 숲으로 혼자 산책하러 가는데, 가끔 나무들을 껴안기도 해. 나도, 나무들도 그걸 좋아하니까."

터키와 인근 유럽은 서울에서 비행기로 12시간 정도 거리다. 녹초가 된 어느 날 밤, 곯아떨어져 길게 자는 정도의 시간이다. 80일간 지구를 한 바퀴 돌면 세계 기록이던 시절은 100년 전에 지나갔다. 세상은 이제 너무 좁아 강원도 시골집 마당에서도 생생한 유럽 꿈을 꿀 수 있다.

비행기가 너무 느리거나 항공권이 비싸다면 광랜을 이용하면 된다. 빛은 소리보다 빨리 움직이며 이메일은 거의 실시간으로 도착한다. 엔터키를 누르고 하나, 둘, 셋.

 지구 반대편까지 닿는 것은 순간이다. 메일함을 열어보면 '편지가 한 통 와 있습니다.' 내가 서 있는 세상을 보여주고 싶어 마당 구석 달아놓은 웹캠 쪽으로 걸어갔다. 바다 건너 그들이 볼 수 있는 것은 몇 초를 못 참고 푸드득 내 어깨에서 뛰어내린 하얀 새, 허둥지둥 달아나는 암탉의 다급한 날갯짓 몇 번뿐이었겠지만.

내가 사는 마을의 해변.
커다란 배가 지나가는 것이 자주 보인다.
어디론가 향하고 있는 사람들.
기대가 부풀고 실망은 아직 존재하지 않는 시간.
나도 저기 타고 있었으면.
유럽행 항공권을 진작 끊어두었음에도.

그 여자의 고향

전쟁 이야기를 하지 않고 바르샤바를 말할 수는 없다.
1944년 그날 이후. 앞으로도 영원히.
뿌리쳐도 결코 벗어날 수 없는 무엇.
나에게도 그런 게 있을까.

바르샤바는 멀쩡해 보였다.

이 도시가 과거에 겪은 일을 생각할 때 그렇다는 뜻이다.

1985년 당선된 소련의 미하일 고르바초프^{Mikhail Gorbachev}가 글라스노스트^{glasnost:개방}와 페레스트로이카^{perestroika:개혁}를 주창한 지 벌써 20년도 더 지났다. 강산이 두 번 바뀌고 남을 시간. 폴란드는 이제 EU의 회원국이다.

폴란드의 제1 도시 바르샤바. 현대적이고, 상업적이고, 멀쩡해 보인다. 크고 모던한 건물들이 들어찬 신시가지와 고색창연한 구시가지가 어우러져 일국의 중심지로 부족함이 없다.

강인한 것으로 치면 우리나라 한민족도 어디 가서 절대 빠지지 않지만 폴란드 인 또한 굳센 사람들이다. 예나 지금이나 자신들의 조국이 동유럽이 아니라 중앙유럽이라고 믿고 있다. 주변이 아니라 정중앙. 그런 지형적 영향으로 폴란드는 외세에 끊임없이 시달려야 했다.

그중에서도 특히 독일에게 당한 피해는 기네스북감이다.

바르샤바의 아담하고 예쁘장한 구시가지. 최소 200년은 넘어 보이는 이 고풍스러운 거리는 실제로는 겉보기만큼 오래되지 않았다.

지금의 바르샤바는 2차 세계대전 후 재건된 도시다. 그전의 바르샤바, '북쪽의 파리'라고 불리던 문화 도시는 1945년, 말 그대로 몽땅 날아가 버렸다.

사실인즉슨 이렇다. 1939년 독일의 침략에 단 1개월 만에 점령당하는 수모를 겪은 폴란드는 그 후 1944년까지 5년가량 독일의 지배하에 놓이게 된다. 독일의 국력이 차차 약해지던 1944년, 독립을 꿈꾸며 폴란드의 레지스탕스 조직이 일으킨 것이 바로 역사상 최악의 비극 중 하나로 일컫는 바르샤바 봉기다.

1944년 8월 1일 오후 5시로 계획됐던 이 작전은 독일군의 보급소를 집중적으로 공격, 격렬한 시가전이 벌어졌다. 급습에 당황한 독일군은 많은 지역과 보급품을 내어주게 된다. 승리의 기쁨에 취해 바르샤바 시민들은 거리로 나와 환호성을 질렀지만 곧 심각한 문제에 직면하게 된다. 기대했던 소련의 지원이 예정대로 도착하지 않았던 것이다.

같은 시간 폴란드로 진격하던 소련은 행군을 멈추고 폴란드 인들의 봉기가 끝날 때까지 의도적으로 기다렸다. 독일은 곧 전열을 가다듬고 반격을 시작, 무차별적인 폭격을 감행해 바르샤바 저항군과 포로들은 물론 민간인까지 남녀노소를 가리지 않고 닥치는 대로 사살했다. 심지어 병원의 환자들까지 모두 불태워 죽였다. 봉기 초기에 6만 5000명에 달하는 시민들이 집단으로 처형당했다.

63일간 지속된 바르샤바 봉기는 무려 20만 명이 넘는 폴란드 인이 살해되는 대참극으로 막을 내렸다. 1945년 나치는 다른 유럽 국가에 본보기로 삼고자 이 죄 없는 도시를 단 15%가량만 남기고 모두 파괴해 버렸다.

오늘날 바르샤바 전역에서 박물관과 동상들, 기념비 등에서 빠짐없이 볼 수 있는 P와 W의 모노그램은 폴란드 전쟁Polska Walczy 또는 바르샤바 봉기Powstanie Warszawskie의 줄임말을 뜻한다.

2004년 8월 1일, 바르샤바 봉기 60주년을 맞아 독일 총리 게르하르트 슈뢰더Gerhard Schröder가 추모식 기념비에 헌화했다. 그러나 그보다 30년 이상 앞선 1970년, 빌리 브란트Willy Brandt 총리는 그 자리에 두 무릎을 꿇고 눈물을 흘리며 사죄를 빌었다.

폴란드 인들은 강인하다. 폐허가 된 바르샤바를 포기하고 다른 곳으로 수도를 이전하자는 논의가 있었지만 결국 예전 건물들의 설계도와 사진을 바탕으로 세심하게 복원해 지금의 모습이 됐다.

1945년 이전의 이곳이 어떠했는지 보지 못한 내 눈에 지금의 바르샤바는 충분히 좋아 보인다. 루마니아의 부쿠레슈티Bucureşti나 불가리아의 소피아Sofia처럼 사회주의 시절의 암울한 느낌이 그대로 남아 있는 회색빛 수도들보다는 훨씬 밝고, 산뜻하고, 어쩐지 희망적인 에너지가 느껴진다.

바르샤바 신시가지의 거대 쇼핑몰은 서구 유럽의 번화가에 온 것처럼 반짝반짝 화려하다. 자라Zara, 망고Mango, H&M 등이 줄줄이 입점해 있고 한껏 멋 부린 젊은이들이 길을 묻는 내 질문에 쾌활한 태도로 답을 해준다.

구시가지는 작지만 테마파크처럼 오밀조밀 꽉 짜여 있다. 역사와 전통을 원하는 외국인 관광객들을 위해 일부러 만들어 내기라도 한 것 같다. 아담한 광장에는 사진 찍기 좋은 분수가 있고, 갤러리와 박물관이 있고, 뭔가 사연이 있을 듯 고색창연-그래 봐야 60년이지만- 한 색채의 건물들로 가득하다.

색색의 꽃이 담긴 화분들을 앞에 내놓은 카페들은 약속이나 한 것 처럼 피에로기^{Pierogi:폴란드식 만두}를 잘한다고 자랑하고, 젊은 종업원들은 모두 영어를 할 줄 안다.

그러나 과거의 흔적은 도시 곳곳에 아직도 뚜렷하다. 멀리 갈 필요가 없다. 중앙역에만 가 봐도 안다.

기차표를 사기 위해 길고 길게 줄이 늘어선 매표구. 1시간이 넘도록 그 줄은 거의 움직이지 않는다. 그러나 시민들의 표정에는 변화가 없다. 기다리며 사는 일상에 이력이 난 것이다.

마침내 내 차례가 되어 행선지를 말했을 때 퉁명스러운 얼굴로 무조건 고개부터 마구 가로젓고 보는 매표원. 공무원들의 비효율성과 불친절은 과거 오랫동안, 그리고 오늘날에도 동유럽 여행을 한 사람들이 자주 토로하는 불만사항이다.

일반 시민은 그보다 훨씬 친절하다. 숙소 근처에서 밀크 바^{Bar Mleczny} 간판을 내건 식당을 발견하고는 점심을 먹기로 했다.

밀크 바는 공산주의 시절의 산물로 싼 값에 간단히 한 끼 때울 수 있는 셀프서비스 방식의 소박한 카페테리아를 말한다. 고기 메뉴가 없지만 대신 유제품 메뉴가 많아 '밀크'라는 말이 붙었다.

시장 경제가 도입된 후 서구식 레스토랑에 밀려 많은 밀크 바가 문을 닫았지만 진화를 택한 곳들은 훌륭히 살아남아 여행자들도 한 번쯤 찾게 되는 명물로 자리 잡았다. 고기를 포함한 메뉴를 추가하고 세련된 카페처럼 분위기를 개선한 것이다.

현지인 식당에서 가장 난감한 것은 메뉴의 해석이다.

"저게 뭔지 설명 좀 해주시겠어요?"

어느 밀크 바에 들어갔다. 벽 한쪽에 있는 커다란 메뉴를 보고 원하는 것을 고른 후 돈부터 내고 창구에서 음식을 받는 방식이다.

메뉴는 길고 복잡하다. 전채, 수프, 메인 요리와 디저트 등 몇 개의 섹션으로 나뉘어 있다. 그램당 가격이 붙어 있다.

모두 폴란드 어다. 뭐가 뭔지 알 수 없다. 돈을 받는 창구의 종업원은 영어를 전혀 하지 못하는 노인이다.

"저건, 그러니까 저게 뭐냐면…."

구세주가 되어준 것은 내 뒤에 줄을 서 있던 짧은 머리를 한 여자였다. 근처 회사에서 동료들과 함께 점심을 먹으러 왔다고 했다. 수줍은 듯 더듬거리며 영어로 말한다.

"그러니까 영어로 저걸 정확히 뭐라고 하는지는 모르겠지만, 일종의 채소거든요. 채소로 만든 수프. 그리고 저건 생선 요리죠. 생선튀김. 그 옆은 돼지고기 튀김이고요."

덕분에 무사히 비트 뿌리로 만든, 무섭도록 짙은 꽃분홍색 수프와 생선튀김 한 조각, 삶은 감자를 주문할 수 있었다.

4인용 테이블에 혼자 앉아 차가운 생선튀김을 우적거리고 먹는다. 다른 사람들도 말 없이 먹는 데 열중한다. 산뜻한 인테리어의 식당이지만 분위기는 단체 급식 이상도 이하도 아니다. 변화란 생각만큼 쉽지 않다. 내면의 변화는 더욱 그렇다.

밀크 바들이 성황을 이루던 시절, 이 도시는 어떠했을까. 그보다 더 옛날의 바르샤바는?

북쪽의 파리라고 불리던 과거. 이 도시의 그때 모습이 궁금해지는 것은 바르샤바 태생의 어느 폴란드 인 때문이다.

나는 아주 어려서부터 그 사람을 알고 지냈다. 내 방 책장에 꽂혀 있던 세계 위인전 시리즈 중에서 남자가 아닌 것은 그녀가 유일했다.

흑백 초상화 속 부인의 얼굴은 창백하고 슬퍼 보였다. 〈론리플래닛〉 폴란드 편에서는 그녀를 이 나라가 배출한 유명인사 중 세 번째로 꼽고 있다. 음악과 천문학에 관심이 없는 나에게는 독보적인 1등인 그녀.

1. 프레데리크 쇼팽Frédéric Chopin

2. 니콜라스 코페르니쿠스Nicholas Copernicus

3. 마리 퀴리Marie Curie

4. 타데우시 코시치우슈코Tadeusz Kosciuszko

5. 얀 마테이코Jan Matejko

6. 아담 미키에비치Adam Mickiewicz

7. 유제프 피우수트스키Józef Pilsudski

8. 얀 3세 소비에스키Jan III Sobieski

9. 레흐 바웬사Lech Walesa

10. 카롤 유제프 보이티와/요한 바오로 2세Karol Józef Wojtyla/Pope John Paul II

마리 퀴리(1867~1934년) : 결혼 전 이름은 마리아 스클로도브스카 Maria Sklodowska. 바르샤바에서 교사 부부의 딸로 출생. 24세인 1892년 파리로 가서 소르본대학에서 물리학과 수학을 공부했다. 프랑스 인 피에르 퀴리와 결혼. 학문적 동반자였던 남편이 교통사고로 사망한 후 소르본대학에서 그의 자리를 이어받아 강의했다. 2년 후 정식 교수가 됐다. 650년 소르본대학 역사상 최초의 여자 교수.

라듐과 폴로늄을 발견, 방사선과 핵 물리학, 암 치료에 기초를 쌓는 데 공헌했다. 노벨상을 받은 최초의 여성이자 노벨상을 두 번 수상한 최초의 인간이 됐다. 1934년 사망했다. 사인인 백혈병은 라듐 연구를 위해 과도하게 방사선에 노출된 결과였다. 그로부터 60년 뒤인 1995년, 스스로 이룬 성취에 의해 파리 판테온에 매장된 최초의 여성이 되다.

퀴리 부인의 박물관을 다녀온 후 크라쿠프행 기차표를 끊었다. 거기서 동행을 만나기로 했다.

폴란드식 간이식당. 밀크바.
보드카의 고향에서 하필 밀크바라니.
이 나라의 모든 바에서는 마땅히 보드카를 마셔야 한다.
차가워도 뜨겁게 느껴지는,
투명한 불꽃 같은 액체.
그 이름, 보.드.카.

163 Polska

크라쿠프에서 만나요

지도가 있으면 빨리 찾아갈 수 있지만
길을 잃으면 더 많이 볼 수 있다.
5분 거리를 30분에 걸쳐 가면서
더 많은 거리와 건물, 사람들을 만나게 된다.
그중에는 의미 없는 것이 상당수 섞여 있겠지만,
의미는 그들이 나에게 주는 게 아니다.
내가 그들에게 주는 것이다.
크라쿠프는 다 예뻤다.

"영광의 날들은 지나가고 이제 유럽은 무기력하고 가엾은 귀여운 늙은이…."

프랑스의 석학 에드가 모랭Edgar Morin의 이런 발언은 EU의 탄생 이전에나 적용되던 말일 듯하다. 거대한 땅덩어리에 속한 크고 작은 나라들을 EU의 별 아래 아우르면서 유럽은 예전보다 한층 강력해진 느낌이다.

EU 출범 당시 미국달러와 같은 수준이던 유로화의 통화 가치는 내가 여행을 떠난 2009년 여름 당시 1유로당 1700원을 넘어섰다. EU의 세력 확장과 관련하여 평범한 관광객이 느끼는 슬픔 하나는 유로존 내 물가 수준이 점차 상향 평준화를 향해 달려가고 있다는 사실이다. 싼 곳은 비싸지고 비싼 곳은 더욱 비싸졌다. 동유럽이 저렴하던 것도 옛말이고, 이제 체코의 프라하를 필두로 이 지역 유명 관광지의 물가는 서유럽과 다를 바가 없다.

폴란드도 싸지 않다. 경제 위기로 인해 화폐인 즈워티^{Zloty}-폴란드 는 아직 유로화를 쓰지 않는다.-가 폭락했다고 들었는데, 같은 시기 에 한국의 원화가 폭락한 것에 비하면 아무것도 아니다. 1즈워티에 400원이 넘는다. 조그만 생수 1병에 1000원. 택시의 기본요금 3000 원, 운 나쁘면 8000원에서 1만 원.

어떤 택시는 다른 택시보다 네 배 가까이 비싸다. 택시가 필요한 어리바리한 관광객 앞에 재빨리 멈추는 것은 요술처럼 항상 그런 택 시다. 현지인들은 응급실 가거나 초상났을 때를 제외하고는-어쩌면 그럴 때조차-절대 그런 택시를 타지 않는다. 전화를 걸어 저렴한 택 시를 부른다.

"500m나 왔을까 말까인데 1만 원이라고요?"

부르르 흥분해 봤자 너무 늦었다. 택시 기사는 내 손에서 돈을 낚 아채 떠나버렸다. 크라쿠프 기차역에서 미리 예약한 호텔까지는 불 과 500m 거리였다.

"사기는 아니지요. 택시 창문에 요금이 분명히 적혀 있었을 테니 까요."

체크인을 하며 물어보니 호텔 매니저, 말쑥하게 양복을 차려입은 훤칠한 중년 남자가 애매한 미소를 흘리며 이렇게 대답한다. 아침식 사를 불포함으로 예약한 손님, 가벼운 지갑 속을 안 봐도 훤히 아는 듯한 얼굴이다.

좁은 로비는 단체관광을 온 미국인들로 시끄러웠다. 사회주의 체 제가 무너지고 자본주의의 물결에 휩쓸린 동유럽. 철벽같던 이데올 로기는 하루아침에 무너졌고 변하지 않는 것은 숫자뿐임을 깨닫게 된 것이다.

"다른 택시들의 무려 4배 이상이나 되는 요금인데, 그게 사기가 아니라고요?"

"택시 요금이 창문 어딘가에 붙어 있었을 텐데 그걸 확인하지 않고 탔으니 운전사만을 나무랄 수는 없는 겁니다."

"하지만 겉으로 보기엔 다른 택시와 전혀 차이가 없었어요. 시설이 나은 것도 아니면서 값은 그렇게 비싸다니, 어떻게 그런 택시가 있을 수 있죠?"

매니저는 관심 없다는 표정으로 화제를 돌린다.

"예약을 보니 아침식사가 포함되어 있지 않은데 이제라도 바꿀 생각은 없으신지?"

"그건 내일 아침이 되면 생각해 보겠어요."

"아하, 지금은 말고! 내일 아침이 되면!"

남자는 다시 한 번, 기분 나쁜 미소를 짓는다. 택시비 불평하는 알뜰한 여행자가 비싼 호텔의 아침밥을 사먹을 리 없음을 잘 알고 있는 것이다.

"그럼 내일 아침에 결정하십시오!"

크라쿠프.

폴란드 제1의 관광지인 도시다. 16세기 말까지 550년 동안, 폴란드 왕국의 수도이자 중앙유럽 최고의 도시로 군림했다. 한때 이 나라가 얼마나 강국이었는지 증명하는 기념비와도 같은 곳이다. 길을 걷는 사람들 대부분이 관광객들이다. 그들을 따라 걷다 보면 가느다란 시냇물들이 모여 광활한 바다로 흘러가듯 자연스럽게 중앙광장으로 향하게 된다. 유럽에서 가장 넓은 4만m² 넓이의 중세 광장.

생각만큼 거대하게 느껴지지 않는 이유는 그 커다란 공간이 오만 가지 것들로 꽉 찬 채 부글거리고 있기 때문이다. 관광객들과 이들을 상대하는 현지인들, 즉, 말이 끄는 마차를 모는 마차꾼, 카페와 식당들, 여행사들, 기념품 상점, 거리의 악사, 춤꾼, 꼭두각시 공연자 등이 뒤섞여 장날처럼 시끌벅적하다.

한쪽에서는 폴란드 출신인 쇼팽이 작곡한 선율이 흐르고, 다른 한쪽에서는 급사한 마이클 잭슨을 추모하기 위해 틀어놓은 '빌리진'의 리듬이 쿵쿵 광장을 울린다. 방황하는 청춘들은 물론 깃발을 따라 움직이는 단체 관광객들까지, 애 잃어버리기 딱 좋을 만큼 혼란스럽다.

게다가 많은 건물에서 보수 공사가 진행 중이다. 철근이며 거대한 중장비들, 건물을 둘둘 감은 휘장으로 미완성의 도시를 보듯 마음이 편치 않다.

이 광장을 보는 순간 역사적인 건물들로 가득 찬, 마치 건물들의 박물관과도 같은 이곳을 약속 장소로 정한 것이 너무나 당연한 동시에 어리석은 결정임을 이내 깨달았다. 눈에 띄는 건물마다 배회하는 사람들이 너무 많다.

한적한 건물이 하나도 없다. 우뚝 솟은 두 개의 첨탑 때문에 구시가지 어디서나 보이는 13세기 고딕 양식의 성 마리아 성당, 크라쿠프 역사박물관, 성 아달베르트 교회, 성 바바라 교회, 차르토리스키 박물관….

'차라리 호텔 로비에서 만나자고 할 걸 그랬나.'

약속 시간은 서머타임을 고려해 저녁 6시. 장소는 시청 타워 앞이다.

시청 타워는 가이드북의 지도를 보고 심사숙소 끝에 내가 골랐다. 15세기에 지어진 시청사는 화재로 타버리고 현재 남아 있는 것은 시계탑 하나뿐이다. 가이드북을 읽으며 상상했던 것만큼 조그맣지는 않다. 한 바퀴 천천히 돈다면 1분은 걸릴 크기였다.

그는 시청 타워 앞에 없었다. 혼자 앉아 있는 남자들이 몇 명 있긴 했다. 그들을 유심히 바라보니 그들도 비슷한 눈으로 나를 바라본다. 금발, 거무스름한 얼굴, 뚱뚱한 체격, 안경 모두 아니다.

시계탑 반대편으로 가 봐야 하나 생각하는데 광장 맞은편에서 눈에 익은 남자가 한 명 걸어오고 있다.

키가 크고, 젓가락처럼 말랐다. 외줄을 타듯 걸음걸이가 사뿐사뿐하다.

루마니아에서 헤어진 줄리안이다.

크라쿠프 광장에는 사자死者들이 대거 공연 중이었다.
쇼팽.
앨비스 프레슬리.
마이클 잭슨.
구름처럼 모여든 관중이 박수를 쳤다.
죽어서도 우리를 즐겁게 해주는 그들을 위해,
기꺼이 동전을 던져 넣었다.

171 *Polska*

둘^{two}의 의미

"어머! 어떻게 혼자 여행을 하세요?"

5~6년 전만 해도 종종 듣던 이 한마디는 이제 큰소리로 말하기에는 약간 뭣한 것으로 대강 합의가 된 듯하다. 그랬으면 좋겠다.

혼자 할 수 없는 것은 생각보다 아주 적다. 혼자서 영화를 보고 혼자 수영장도 간다. 혼자서 밥을 먹는 것은 기본 중 기본이다. 가족이나 룸메이트 없이 혼자 사는 동안 도저히 불가능했던 것은 오직 한 가지, 무거운 소파를 1층에서 2층으로 옮기는 일 정도였다.

혼자 여행하는 것은 혼자 소파를 옮기는 것과는 비교할 수 없을 만큼 쉬운 일이다. 서울 인구의 30% 이상이 1인 가정인 시대다. 혼자 여행하는 사람은 남녀노소를 막론하고 너무 흔해져서 더 이상 이야깃거리가 되지 못한다.

사실, 혼자 하는 여행은 둘이 다닐 때와 그리 다를 것도 없다. 약간의 용기와 부지런함 그리고 돈이 좀 더 필요할 뿐이다. 방값을 혼자 내야 할 테니까.

유럽에서 눈을 뜨는 아침이 특별한 것은 우리가 유럽 인이 아니라 아시아에서 나고 자랐기 때문이다. 나와 다른 것은 때로는 다르다는 것 하나만으로도 이렇게 근사한 기분을 선사한다.

폴란드에서 가장 멋진 도시로 꼽히는 크라쿠프 구시가에 있는 호텔방에서 혼자 아침을 맞는다. 근처 가게에서 산 오렌지주스를 홀짝거리며 구시가지로 걸어 들어간다. 앞으로 한 발짝 나아갈 때마다 현재에서 몇 년씩 멀어져 과거로 돌아가는 것 같다. 중세풍 건물이 즐비한 중앙광장에 이를 때까지 점점 더 시간을 거슬러서.

혼자 박물관을 돌아보고 난 뒤 광장에 면한 식당에서 혼자 점심을 먹는다.

동양에 중국 음식이 있다면 서양에는 이탈리안 음식이 있다. 비교적 저렴하고, 어디에나 있고, 몇 가지 인기 메뉴는 어느 식당에 가나 비슷한 맛을 보장한다.

여행은 가장 세련되고 효율적인 형태의 학습이다. 낯선 풍경을 보고, 다른 언어를 듣고, 집에서와는 다른 음식을 먹는다. 하루하루가 새로운 자극의 연속이다. 크라쿠프 길거리에 늘어선 수많은 술집 중 한 곳에 들어가 폴란드산 보드카를 마신다. 노란 조명으로 빛나는 성 마리아 성당을 감상하며 호텔로 돌아와 침대에 혼자 눕는다.

스위스로 돌아간 줄리안이 장문의 이메일을 몇 통 보내왔다.

"늘 함께 다니자는 말은 아니고, 관광은 따로 하고 저녁식사 때 만나서 그날 있었던 일을 이야기하면 어떨까. 둘 중 한 명이 마음이 변하면 헤어질 수도 있고…."

혼자이기에 둘이 되길 소망하는 세상이다. 외로움을 감수하고 혼자이길 선택한 사람이 동반자와 맞바꾼 것은 소중한 자존감과 독립심이다. 크라쿠프에서 다시 만날 것을 제안하며 줄리안은 자신은 물론 나의 자존감과 독립심 또한 해칠까 걱정하는 것 같았다.

"나는 데카당트해지고 싶어. 스모키 화장을 하고 마리화나를 피우는 식의 퇴폐가 아니라 순수하게 릴케적인 의미에서."

"집시들을 미워하지 마. 오랜 세월 동안 유럽에서 가장 핍박받고 혜택은 받지 못한 가엾은 사람들이니까."

"짧은 여행을 위해 비행기를 타는 것은 불필요한 탄소 배출을 방조하는 일이라고 생각하지 않니?"

"서른 살 더 많은 사람과도 얼마든지 사랑에 빠질 수 있지. 사상만통한다면!"

여러모로 줄리안은 나와는 정반대 성격이다.

"너무 낭만적이야!"

"내 인생 최고의 순간이야!"

"이런 게 바로 여행이지!"

이런 말을 자주 했다.

우리는 서로 너무 다르다. 그와 나를 이어주는 것은 시간 차를 두고 각자 읽은 몇 권의 책들, 버마에 대한 애정, 그리고 어느 날 저녁 루마니아의 식당에서 우연히 마주친 인연 정도다. 사실 그쯤이면 함께 다니기에 충분하다는 생각이 들었다. 충분한 것 이상이다.

터키에서 북상하면서 사람들은 점점 무뚝뚝해졌다. 아무도 먼저 입을 열지 않았고 뭔가 물으면 짧은 대답이 돌아왔다. 동반자가 있어도 나쁠 것 없다는 생각이 들었다.

"폴란드에서 다시 만나다! 이런 게 바로 여행이지!"

줄리안은 시계탑에 거의 다 와서야 나를 발견했다. 일생 중 오직 젊은 시절 한때에만 가능한 엄청나게 말라빠진 두 팔을 벌려 나를 꽉 끌어안는다. 그렇게 그는 다시 내 여행의 일부가 되었다.

크라쿠프에서 가장 인상적인 것은 바벨 성이다. 도시 속 또 다른 도시라고 불릴 만한 규모와 완성도를 자랑하는 성이다. 1000년경 세워진 후 16세기까지, 바벨 성은 폴란드가 유럽의 중심이던 시절 왕의 거처이자 대관식이 이루어지는 곳이었다. 성 옆 바벨대성당은 교황 요한 바오로 2세가 주교로 있던 곳이다. 바오로 교황은 물론 지동설을 주장한 코페르니쿠스가 다닌 야기엘로대학도 여기 있었다.

"정말 로맨틱해. 시기쇼아라에서 헤어지고 크라쿠프에서 다시 만나다니!"

바벨 성은 넓었고, 진귀한 보물로 꽉 차 있었다. 대충 돌아봐도 몇 시간이 걸렸다. 구경을 마치고 바깥으로 나오자 곰팡내 대신 정원의 향긋한 꽃향기가 코를 간지럽혔다. 유리 케이스 속에 든 구닥다리 왕관이나 보석이 박힌 칼보다 이런 게 훨씬 더 멋있다. 여름, 햇살, 꽃과 나무….

'숙제(=관광)'를 끝낸 우리는 정원 잔디밭에 주저앉았다. 마음은 홀가분하고, 몸은 적당히 피곤하고, 햇살과 바람은 딱 내가 바라는 정도였다. 여기는 크라쿠프, 바벨 성 앞 정원이다.

"던컨 라이Duncan Lai : 한국명 주군달가 누군지 알아? 대만 배우인데, 내 이상형이야."

줄리안은 남자 이야기를 시작했다. 우리가 남자 때문에 싸울 일은 없을 듯했다.

"서양 배우 중에서는 조나단 리스 마이어스Jonathan Rhys Meyers가 좋아. 남자도 여자도 아닌 중성적인 느낌 말이야. 그가 나오는 영화는 전부 다 봤지."

줄리안은 전형적인 스위스 인이다. 몇 개 언어를 구사할 수 있고, 지구 환경을 걱정하고, 조국에 대한 자부심이 매우 강하다. 그가 살고 있는 취리히는 살기 좋은 도시를 뽑는 조사에서 항상 세계 3위 안에 든다고 했다. 그의 말에 따르면 전 유럽에서, 아니 이 세상에 그보다 더 좋은 주거 지역은 없다고 했다. 부모를 절대적으로 존경하는 착한 어린아이의 표정으로 그는 진심을 담아 말했다.

"정말, 세계에서 최고로 멋진 곳이야."

그의 취미는 독서와 여행, 스노보딩이다. 박물관과 미술관, 발레 공연에 가는 것을 좋아한다. 비트겐슈타인의 책을 열심히 읽지만 스티브 잡스가 누군지는 알지 못한다. 하루에 다섯 번쯤 챕스틱을 고쳐 바르고 햇볕을 많이 쬔 날에는 반드시 팩을 하고 나서야 잠자리에 든다. 건강에 나쁘다는 이유로 하얀 빵 대신 반드시 호밀 빵을 먹는다. 케이크를 사랑하고 맥주를 혐오한다.

나는 줄리안처럼 섬세하거나 예민하지 않다. 과학자가 되려고 했지만 뜻대로 되지 않았다. 미술관이나 박물관은 1년에 한 번도 가지 않는다. 발레? 내 돈 주고 보는 일은 앞으로도 없을 것 같다. 팔자로 걸고, 맥주와 치킨, 야구 중계 시청을 좋아한다. 환경이 중요하다고 생각은 하지만 티백 하나를 분리수거하기 위해 4개의 쓰레기통-차찌꺼기, 종이, 실, 금속-을 필요로 하는 독일 방식은 좀 지나치다고 느낀다.

"이런 게 바로 여행이지!"

줄리안의 말이 맞다. 여행이 아니었더라면 우리가 동행할 일은 없었을 것이다.

"그거 알아? 플로베르도, 멜빌도, 프랜시스 베이컨도, 모두 게이였대."

"그야 플로베르가 살던 시대의 프랑스는 다들 게이 아니면 창녀였으니까. 취향이라기보다는 일종의 시대정신이지. 프랜시스 베이컨은 화가니까 뭘 하든 패스. 그런데 멜빌은, 내가 장담하는데 그는 절대로 게이가 아니야. 자식을 여섯 명이나 낳았거든."

"무슨 소리! 아이를 몇 명 낳든 게이일 수 있지. 사회 통념에 굴복하고 허위의 삶을 사는 거지. 성적 정체성은 자식 숫자와 상관이 없어. 더구나 그런 구석기시대에는!"

"멜빌은 게이가 아니라니까. 자식 숫자는 상관이 없지만 〈백경〉이란 책 한 권은 확실한 증거가 되지. 어떻게 그게 게이가 집필한 책일 수 있겠어? 설마 성 정체성을 숨기려고 일부러 그렇게 썼다고 생각하는 건 아니겠지?"

우리 두 사람의 공통점이라면 여자보다는 남자를 더 좋아한다는 것 정도다. 그렇게 닮은 데가 없는 두 사람이, 거의 정반대라고 할 수 있는 특징을 가진 두 존재가, 비행기로 열 몇 시간 떨어진 곳에 각각 태어나 서로 아무 상관 없이 어른이 된 우리가, 폴란드의 고도 크라쿠프에서 다시 만나 1000년 된 성 앞 푸른 풀밭에서 스스로의 것과는 너무나 다르게 생긴 얼굴을 들여다보며 오직 호의로만 가득 찬 대화를 나누고 있다니, 경이로웠다. 100년 전이라면 도저히 불가능한 일이었을 텐데.

이것이야말로 문명의 발전이 가져온 가장 좋은 일 중 하나가 아닐까 하는 생각이 들었다.

혼자도 좋지만 둘도 좋다.
고독이 좋으면 즐기고,
싫으면 누군가를 만나야 한다.
기도보다 행동이 필요하다.
세수를 하고, 마주치는 사람을 향해 웃어주시라.
접시 위의 폴렌타를 푹 퍼서 나눠주시라.

크라쿠프 기차역에서
생긴 일

으아. 하기 싫은 이야기를 해야만 할 시간이 오고야 말았다. 미루고 미뤄서 마침내 절벽 너머 까마득한 낭떠러지로 툭 밀어 떨어뜨릴 수 있다면 좋으련만, 시간의 끝은 그런 골칫덩어리들을 깨끗하게 삼켜버리는 낭떠러지가 아니라 여태 미룬 것들이 고스란히 쌓여 수북한 산더미를 이루고 있는 높은 담벼락인 것 같다. 이 여행에 대한 글들을 전부 쓰고, 에필로그까지 끝내고 난 지금에야 다시 이 부분으로 돌아와 우거지상을 하고 비극을 보고한다. 이 부분을 건너뛰고는 원고를 완성할 수 없다.

토요일 오후였고, 하늘은 맑았고, 나는 기진맥진한 상태로 크라쿠프 경찰서에 앉아 있었다.

"남자의 얼굴을 기억합니까? 눈동자 색깔은? 눈매는? 코는? 얼굴의 상처는? 키는? 덩치는? 나이는? 옷차림은?"

원치 않는 일이 일어날지도 모른다.
사소한 일이길 바란다.
보험을 들었길 바란다.
둘 다 아니라면, 빨리 잊어버리길 바란다.
후회 말고도 할 일이 너무 많다.

통역을 위해 영어를 할 줄 아는 50대 여형사가 초빙됐다. 미로처럼 좁고 꼬불꼬불한 복도를 돌고 돌아 층계를 오르락내리락한 끝에 도착한 곳은 책상 몇 개가 어지럽게 놓여 있는 작은 방.

취조실인지 사무실인지, 창고 같기도 했다. 책상 위에는 서류뭉치가 여기저기 수북하게 쌓여 있었다.

"머리는 빡빡, 키는 나보다 머리 하나 이상 컸고, 떡대는 좋았어요. 위아래 데님으로 된 옷을 입었고요."

사건은 크라쿠프 기차역에서 일어났다. 자코파네에 가기 위해 줄리안과 기차역에서 만나기로 약속한 참이었다.

"도둑 맞은 것을 최대한 자세히 묘사해 봐요. 설명만 듣고도 눈으로 보듯 알 수 있도록. 색깔, 각 변의 크기, 무게, 각각의 가격, 메이커, 구매 연도, 흠집이 있거나 기타 특징이라고 할 수 있는 부분들."

여형사는 베테랑이었다. 수천 번도 더 물어 저 문장이 완전히 입에 배어버린 사람 같다. 내가 기억하기 싫은 것들만 용케 골라 다다다다 따발총 쏘듯 꼬치꼬치 자세히도 캐묻는다.

사라진 것은 캐논의 최상급 DSLR 카메라와 렌즈, 그리고 현금이 듬뿍 든 카메라 가방이다. 1991년 로마의 테르미니 역에 앉아 쉬던 중 조그만 자동카메라를 소매치기당한 이후 처음 겪는 도난 사건이다. 내가 가진 것 중 가장 값이 나가는 물건으로 금액으로 치면 그 옛날 로마에서 날린 소형 카메라의 50배쯤 될 것이다.

흔히 있는 경범죄의 피해액보다 훨씬 큰 액수였다. 아마 오늘 이 경찰서에서 보고된 피해 액수 중 가장 많을지도 모른다. 자학하기에 충분한 손실이다. 오늘 하루 폴란드 전역에서 신고된 사건들의 피해자 중에서, 나를 능가하는 바보는 없을 것이다. 아이구.

"아하!"

여형사는 주먹코에 눈가에는 아이라인을 검게 그렸다. 진한 화장에 단호한 표정과 태도, 어쩐지 여장 남자 같은 느낌을 풍긴다. 빠른 영어로 질문을 던지고는 내 대답을 다시 폴란드 어로 통역, 옆에 앉은 타이피스트에게 줄줄줄줄 구술한다.

"빡빡머리에 덩치 큰 남자, 나이는 35~40세 정도, 키는 190cm, 청재킷에 청바지…."

비극의 시작은 이렇다. 크라쿠프에서 자코파네까지는 버스가 더 편리하다고 가이드북에서 읽었는데, 기차로 가고 싶다는 줄리안-유레일패스 소지자라 기차를 탈수록 이익이다.-의 의견을 받아들여 그렇게 하기로 했다.

떠날 시간이 다 되어 가는데 그는 오지 않았다. 기다리다 못해 기차에 먼저 타고 있기로 했다. 짐을 들고 기차에 올라탄 순간, 한 남자가 다가와 짐 싣는 것을 도와준다고 했다. 그 사이에 뒤에서 다른 놈이 접근해 내가 어깨에 메고 있던 카메라 가방을 낚아채 도망쳐 버린 것이다.

다해서 10초나 걸렸을까. 내 소중한 카메라와 현금은 그렇게 사라졌다. 영화에서처럼 악착같이 따라가서 도둑을 잡지도 못했고, 초인적인 귀인이 나타나 나 대신 나쁜 놈을 묵사발로 만들고 잃은 물건을 되찾아주지도 않았다. 그들은 빼앗았고 나는 빼앗겼다. 사건 종료. 카메라와 돈은 사라졌다. 다시는 돌아오지 않을 것이다.

시간낭비임을 뻔히 알면서도 경찰서에 가야만 했다. 아무 일도 없던 것처럼 이 일을 잊고 그냥 자코파네에 갈 수는 없다. 이미 벌어진 일이니 단념하고 깨끗이 잊어버리라고? 그냥 여행을 즐기라고?

그건 내 능력 밖의 일이다. 나는 그렇게 화통하고 실용적인 사람이 못된다. 잊는 것보다는 100번을 되새기며 스스로를 고문하는 일에 익숙했다. 터덜터덜 경찰서를 찾아갔다. 역에서 참 멀기도 하다.

"이 중에 혹시 그 남자가 있는지 한 번 살펴봐요."

여형사는 두꺼운 앨범 하나를 넘겨주었다. 펼쳐보니 전과자들의 머그샷 사진이다.

정면에서, 그리고 옆으로 돌아서서 찍은 사진들이다. 놀랍게도, 앨범 속 범죄자들은 형제처럼 서로 닮았다. 트레이드마크 같은 음침한 표정과 불량스러운 눈빛 때문인지도 모른다.

덕분에 폴란드 전과자들의 외적 특징을 한눈에 파악할 수 있었다.

약간 매부리코에 미련하게 생긴 이마와 턱, 예외 없는 빡빡머리.

"이놈! 여기 바로 이놈인 것 같아요!"

페이지를 넘기다가 비슷하게 생긴 남자를 발견, 흥분한 내가 소리치자 여형사는 표정의 변화라곤 없이 내가 가리키는 사진을 힐끔 들여다본다.

"몇 퍼센트 확신하지요?"

"한 70%쯤?"

"70%론 안 돼요."

여자는 시큰둥하게 말한다.

"그 정도로는 경찰서로 불러다 취조할 수 없어요."

"하지만 진짜 그 사람인 것 같아요! 80% 확신해요. 아니, 85%!"

"완전히 확신해야 해요."

여형사는 내 눈길을 피하며 말끝을 흐린다.

"인권이다 뭐다 해서, 아무리 전과자라고 해도 일이 터질 때마다 마음대로 불러올 수는 없는 일이니까요. 혹시 데려왔다가 아니기라도 하면…."

폴란드 어는 슬라브 어의 영향을 많이 받았다. 원래도 그렇지만 영어를 말할 때에는 아주 사납고 딱딱한 억양으로 변해 그렇지 않아도 경찰서라는 공간적 상황과 맞물려서 듣기 거북하다. 멍청한 누군가를 꾸짖고 윽박지르는 듯한 어감이다.

"물건을 잃어버렸으면 그래도 최악은 아니에요. 강간당한 여자도 있고, 칼에 찔린 사람도 있고, 죽은 사람도 있어요. 1년에 한두 명쯤. 하나같이 외국인 관광객이죠."

다 끝났다. 형사는 하얀 종잇조각을 하나 내밀었다. 사건번호라고 했다. 한국에 돌아간 후에 이 사건에 대해 조회를 해보려면 그 번호가 필요하다고.

"정말로 보험을 하나도 안 들었단 말이야? 농담이 아니고, 진짜로?"

자코파네에 가니 줄리안이 호텔에서 나를 기다리고 있었다. 나를 보자마자 비명을 지르며 달려와서 끌어안고, 손등을 문지르고, 울었다 웃었다 한다.

"그렇게 비싼 카메라라면서, 그걸 들고 폴란드 같은 제3세계에 오는데 어떻게 몇 푼 되지도 않는 보험을 전혀 안 들고 올 수 있지?"

"그야 보험을 들어봤자 소용이 없으니까."

내가 대답했다.

"그런 고가의 물건은 여행자보험을 들어도 소용이 없어. 여행자보험은 분실물 하나당 최대 200달러 정도까지밖에 보상이 안 돼. 한도를 늘리면 그걸 노리고 일부러 거짓으로 분실했다고 신고를 하는 사람들이 있기 때문에, 그게 한계라는 거야."

그 말에 줄리안은 내가 도둑맞았다는 말을 들었을 때보다 더 흥분했다. 스위스의 우수한 보험 제도에 대해 봇물 터진 듯 설명을 시작한다.

"스위스에서는 그런 거짓 신고 자체가 없으니 아무리 비싼 것도 모두 보험으로 보장받을 수 있어. 그래서 난 여행자보험을 종류별로 세 개 들고 왔지. 심지어 이 작은 똑딱이 카메라에도 보험을 들었고, 이 낡은 MP3 플레이어에도 보험을 들었어. 스위스에서는 다들 그렇게 하거든. 세상에 무슨 일이 생길지 누구도 모르니까. 적은 돈으로 큰 낭패를 막을 수 있으니 정말 유용한 게 보험이야. 스위스에는 어떤 물건이든 누구나 원하면 보험을 들 수 있어."

그는 전혀 위로가 되지 않았다. 줄리안이 아니었으면 자코파네에 버스가 아닌 기차를 타고 갈 생각은 하지도 않았을 것이다. 기차역에 갈 일 자체가 없었겠지.

화를 내서는 안 된다. 이 여행을 떠나면서 결심한 몇 가지를 생각해 보자. 침착하기. 어떤 경우에도 흥분하거나 버럭 화를 내지 말기.

카메라와 함께 그 안에 있던 사진도 몽땅 사라졌다. 크라쿠프의 멋있는 거리, 동화에 나올 법한 아름다운 바벨 성, 왕의 보물창고에 가득하던 진귀한 유물들의 모습은 이제 기억 속에서만 빛나게 됐다.

카메라 안에 둘리틀의 사진도 들어 있었다. 서울에서 내가 정성껏 찍고 아까워서 지우지도 못한 사진. 그 망할 도둑놈은 디지털 모니터를 통해 그 사진들을 모조리 봤겠지. 동료들과 보며 낄낄거렸을지도 모른다. 아니, 굳이 보고 말고도 없이 당장 팔아버렸으리라. 그 카메라의 실제 가격에는 형편없이 못 미치는 헐값으로. 어쩌면 마약 주사 한 대에 넘겨버렸겠지. 아이구!

"그러니까, 다음엔 꼭 보험을 들도록 해."

줄리안은 도움이 되지 않았다. 그보다는 둘리틀과 이야기하고 싶었다. 그 카메라는 그와 나의 공동 재산이었다.

IT 강국 출신인 나의 눈에도 동유럽의 인터넷 환경은 비교적 양호하게 보인다. 폴란드의 거의 모든 숙소는 무료로 무선인터넷을 지원한다. 노트북을 열고 화상 채팅을 시도했다.

“몸 안 다쳤으니 그나마 다행이네.”

서울의 둘리틀은 평소와 다름없이 침착한 얼굴이다. 내 장황한 이야기를 듣고도 별로 놀라지 않는다. 오히려 큰소리로 울부짖는 내 표정에 더 당황한 눈치였다.

여러 번 빨아 목선이 가슴까지 늘어난 러닝셔츠를 입은 그는 침대에 비스듬히 기댄 채 개를 끌어안고 있었다.

“이미 벌어진 일이니 돌이킬 수 없지. 바꿀 수 없는 일 때문에 우울함이 길어지면 오히려 그게 더 큰 손실이야. 오늘 저녁엔 어디 그 동네 근사한 식당에 가서 멋진 저녁을 먹도록 해. 그 스위스 애한테 한턱 내라고. 당장 카메라가 필요하면 그 근처 전자제품 가게에 가서 값싼 소형으로 하나 사든가. 아니면 길게 생각하고 더 좋은 카메라를 구입하는 것도 괜찮겠고.”

그는 울적한 내 기분을 바꾸기 위해 뭐가 좋을까 생각하는 것 같았다. 마침 그가 사용하는 애플 노트북에는 화상 채팅 시 배경을 바꾸는 기능이 들어 있었다.

“이건 어때?”

둘리틀이 뭔가 누르자 잠시 후 그가 파리 에펠탑 앞에 서 있는 것처럼 화면이 변한다.

“이건?”

에펠탑이 사라지고 눈에 익은 여자의 모습이 나타났다. 긴 머리에 얌전한 자태, 가지런히 모은 두 손. 모나리자의 자태에 얼굴은 둘리틀이다.

“이건 어때?”

엠파이어스테이트 빌딩에 매달린 킹콩의 모습이 나타났다. 몸은 대형 고릴라인데 얼굴은 둘리틀이다.

"이것도 있지!"

햇불을 치켜든 자유의 여신상. 얼굴은 물론 둘리틀이다.

그가 할 수 있는 것은 전부 했지만 나의 기분은 그리 나아지지 않았다. 그는 딱하다는 표정으로 개를 쓰다듬다가 하품을 몇 번 하더니 이젠 영화나 봐야겠다며 채팅방에서 나가버렸다. 얼마 전 인터넷 쇼핑몰에서 사은품으로 영화를 한 편 다운로드받을 수 있는 쿠폰이 날아왔다고 했다.

"웬일로 공짜 영화를 한 편 보게 생겼다고 좋아했는데, 그 시각 지구 반대편에서 네가 사고치고 있었구나!"

자코파네는 폴란드의 알프스다. 한국에서는 보기 힘든, 어디쯤에 하얀 양떼가 반드시 뛰놀아야 할 것 같은 푸른 초원, 하늘을 향해 쭉쭉 뻗은 거목들, 하얀 거품 일으키며 졸졸졸 흘러가는 투명한 시냇물이 아름다웠다.

눈이 많이 오는 겨울철을 대비해 경사 심한 뾰족 지붕의 목조 가옥들이 주를 이루는 동네다. 주변 풍광을 즐기며 완만하게 언덕진 길을 천천히 걷고 있노라면 '아름다운 곳에 와 있구나' 하는 생각이 저절로 드는, 그래서 국내외 많은 관광객이 찾아오는 곳이다. 몹쓸 꼴 당하고 며칠 머물며 상처받은 심신을 치유하기에 그리 나쁜 장소는 아니었다.

모두들 산을 향해 열심히 걸어가고 있다. 지금 이 순간만큼은 여기 모인 많은 사람 중에서 내가 가장 불행하지 않을까 생각해 봤는데,

그럴 리가 없다는 결론을 내렸다. 어리석고 불운하긴 하지만, 그 정도로 나쁜 일은 아니다.

아까 그 여형사가 뭐라고 했더라. 칼에 찔린 사람도 있고, 강간당한 사람도 있고, 죽은 사람도 있고.

강도만 당해서 행복하다고 느끼려 노력하며, 어두워서 더 이상 앞이 보이지 않게 될 때까지 마을을 걸어다녔다.

나를 버리고 내 밖으로 빠져나가 나와 마주 볼 수 있다면.
바보라고 비난하지 않고
다정하게 설득, 원하는 길로 가게 할 수 있을 텐데.

191 *Polska*

카메라 없이 여행하기

하룻밤 푹 자고 일어나 숙소에서 주는 아침밥 든든하게 먹고 나서 내린 결론은 크라쿠프에서 당한 일과는 별개로, 폴란드는 꽤 괜찮은 여행지라는 것이다.

크라쿠프는 체코의 프라하보다 덜 알려졌을 뿐 내실 면에서는 하등 뒤처질 것이 없는 인상적인 고도다. 거기에서 3시간 떨어진 이곳 자코파네는 '알프스의 가난한 버전'이라는 가이드북의 설명―알프스 출신 누구는 그 설명에 콧방귀를 뀌었지만―처럼 겹겹이 둘러싼 푸른 산에 맑은 공기를 가진 예쁜 풍광의 휴양지다.

호텔의 리셉션에 꽂혀 있는 전단을 펼치자 해탈한 듯 무심무상한 얼굴로 숲을 거니는 사람들의 사진 아래 '정신과 육체의 치유를 위한 당신의 선택'이라고 적혀 있었다. 근처에 있는 스파와 마사지 숍 광고였다.

복숭아와 자두, 체리를 좀 사서 하이킹을 나섰다.

산으로 둘러싸인 마을이다. 어느 방향으로든 꾸준히 앞으로 걸어가면 머지않아 산이 나타났다. 계속해서 걷기만 하면 결국 닿게 된다니, 인생도 그렇다면 얼마나 좋을까.

하늘을 찌를 듯 아름드리 거목들을 지나 숲길을 계속 걸어가자 밝게 빛나는 연초록 풀밭이 나왔다. 졸졸 흰 거품을 일으키며 투명한 시냇물이 흘러가고, 송아지가 우물우물 풀을 뜯고 있다. 연인들이 벌거벗고 나란히 누워 일광욕 중이다.

걸음이 빠른 줄리안을 따라가며 나는 점점 어쩔 줄 몰랐는데, 무작정 걷거나 멍하니 있는 것 말고는 할 일이 없었기 때문이다.

"카메라 없으니 잘됐네. 이제야말로 렌즈가 아니라 눈을 통해 직접 보고 느끼며 더 많은 생각을 할 수 있지 않을까?"

이런 기대는 무참히 어긋났다. 카메라가 없으니 마치 연필 없이 수업에 임한 학생이 된 것처럼 무기력하다.

"잠깐만 기다려 봐. 저것 좀 몇 장 더 찍고!"

멀거니 서 있는 나와는 달리 줄리안은 활기에 넘쳤다. 폴란드 전통 양식으로 지어진 오래된 목조 가옥의 창틀과 문짝을 연거푸 찍느라 정신이 없다. 찰칵, 찰칵, 잠깐, 한 장만 더, 찰칵!

카메라를 들고 여행하기 시작한 것은 비교적 근래의 일이다. 10년 전만 해도, 어떤 여행에는 아예 카메라를 가져가지도 않았다. 귀찮았기 때문이다.

요 몇 년간 나의 장비가 눈부시게 업그레이드된 것은 디지털 기기에 관심이 많은 둘리틀의 영향이다. 주렁주렁 장비를 가지고 다니다 보니 점점 더 많은 사진을 찍게 됐다. 모처럼 가지고 온 비싸고 무거운 장비, 최대한 활용해야 한다는 강박관념이 컸다.

한 발 더 나아가 언젠가부터, 나는 카메라 없이는 더 이상 어디에도 가지 않게 됐다. 여행이 곧 사진이고 사진이 곧 여행이 되었다.

줄리안이 말했다.

"수잔 손탁이 말하길, 사진은 대상에 대한 폭력이라고 했어. 이제 최소한 예전보다는 덜 폭력적인 여행자가 된 거야. 축하합니다!"

그럴지도 모르겠다. 카메라가 없는 지금, 눈앞에 펼쳐진 세상 속으로 어쩔 수 없이 터벅터벅 섞여 들어가야만 하는 처지였다.

카메라는 대상을 기록하는 도구이자 내 앞에 놓인 세상과 나를 격리하는 벽이자 방패다. 카메라를 손에 쥐면 누구나 언제든 아웃사이더가 될 수 있다. 대단히 자연스럽게.

카메라 뒤에 숨을 수 있다. 카메라 앞에 놓인 세상을 내 뜻대로 지배할 수 있다. 카메라의 작고 동그란 렌즈를 통해 피사체를 내 뜻대로 통제할 수 있다. 화면에 담거나, 가차없이 잘라버리거나, 줌 인과 줌 아웃을 마음대로 구사했다. 세상에 우리의 운명을 좌지우지하는 신이 있다면 바로 이런 존재가 아닐까.

카메라가 없으니 기록자도, 아웃사이더도, 신도 될 수 없다. 이제 더 이상 고요하고 안전한 바깥에 유유자적 머물 수 없게 됐다. 등을 떠밀리듯 사람들 속으로 섞여 들어갔다. 렌즈를 통해 밖에서 구경만 하던 것보다 훨씬 혼란하고 바글거리는 세상. 처음 대하는 듯 낯설기 짝이 없는 세계다. 또 한 가지. 카메라가 없는 나는 볼 수는 있지만 기억할 수는 없게 됐다. 가이드북이 없을 때와 비슷한 상황에 놓인 것이다.

최근 몇 년간 여행지에 대한 나의 기록과 기억은 어느 것이 먼저라고 말할 수 없을 만큼 뒤섞여 분리하기 힘들다. 멋진 풍경을 카메라로 찍는 것이 아니라 카메라로 찍은 사진을 보면서 멋지다고 느낀다. 카메라가 나의 눈을, 감각을, 나아가 기억마저 대체했다.

폴란드의 알프스라 불리는 자코파네, 온종일 부지런히 걸었지만 아무것도 보지 못한 듯 허무하게 느껴졌다. 초록빛 풍광을 질리도록 봤지만 사진의 도움 없이는 기억할 자신이 없다.

나약한 인간에게, 버리는 것보다는 다시 소유하는 편이 언제나 더 쉬운 일이다.

결국 나흘 뒤 바르샤바 신시가지의 어느 전자상가에서 새 카메라를 구입했다.

자코파네는 아름다웠다.
숲은 신선한 초록빛, 좋은 냄새가 났다.
그것만 기억하면 충분하다.

무시무시한 호텔

여행지로서의 유럽에 대한 환상을 북돋우는 영화가 여러 편 있다. 그중에서도 배낭여행을 다룬 영화들.

나온 지 이미 꽤 오래된 달착지근한 연애 영화 〈비포 더 선라이즈〉가 대표적이라면 그 대척점에 있는 것은 비교적 근작인 〈테이큰〉. 리암 니슨이 무적의 아버지로 등장, 유럽 여행에 갔다가 파리에서 납치된 철부지 딸을 맨손으로 구해내는 액션 영화를 들 수 있겠다.

그리고 또 한 편의 영화 〈호스텔〉. 정조 관념이 희박한 8등신 미녀들이 득실거린다는 신비의 호스텔을 찾아 동유럽 모처로 떠난 두 남자의 처절한 비극을 그린 전형적인 B급 영화다.

폴란드 여행의 마지막 목적지로 택한 곳은 원래 물망에 올랐던 자모시치^{Zamość}나 루블린^{Lublin}이 아니었다. 크라쿠프 기차역 강도 사건 이후 아무래도 이 나라에 정이 가지 않았다. 줄리안도 비슷한 기분이

"방이 족히 500개는 있을 것 같은데,
우리 말고 다른 사람들은 왜 아무도 안 보일까?"
"그러게. 호텔 전체가 텅 빈 듯 조용하네.
그런데 아까 그 리셉션의 남자는 왜 빈방을 찾느라
그렇게 뜸을 들였지?"
의문투성이였지만 값이 싸니 모든 것이 용서됐다.

었는지 예정보다 빨리 폴란드를 떠나는 데 동의했다. 자모시치나 루블린은 꽤 먼 곳이라 오가는 데 시간이 많이 걸린다.

대안으로 찾아낸 곳이 바로 우지. 바르샤바에서 기차로 2시간이 채 안 걸리는 곳이다.

우지. 생소한 도시다. 크라쿠프에서 강도를 당하지 않았더라면 이곳에 대해서는 생의 마지막 날까지 한 번도 이름을 듣지 못한 상태에서 눈감았을지도 모르겠다. 유럽에는, 나아가 세계에는 이렇게 낯선 지명이 많다. 존재하지만 우리가 알 수 없는, 따라서 아직 의미를 갖지 못한 이름들.

〈론리플래닛〉을 샅샅이 뒤져 우지를 찾아냈다. 이런 설명이 나와 있었다.

"몹시 괴상한 곳. 우선 그 이름부터 철자Lodz대로 루즈나 로즈가 아닌 '우지'라고 읽는다. 이 도시는 마치 하늘 높은 곳에서 털썩 떨어진 후 그대로 널브러진 듯한 형상을 하고 있다."

도시가 넓게 퍼져 있고 주요 건물이 드문드문, 서로 연관성 없는 위치에 뿔뿔이 흩어져 있기에 나온 말일 것이다. 아르누보 건축 양식으로 지어진 건물들이 많다고 했다. 아르누보 스타일을 좋아하는 줄리안이 흥미를 느낄 만했다.

자모시치나 루블린처럼 "나도 거기 가봤지!"라고 말하는 사람이 많은 관광지가 아니라는 점이 우리 두 사람의 허영심을 만족시켰다. 여행 많이 하는 것과 인격적 성숙과는 별로 상관이 없는 것 같다.

우지에 도착한 시간은 오후 2시쯤이었다.

숙소를 찾는 것은 줄리안이 맡았다. 그는 가이드북에 색색의 포스트잇을 붙여 깔끔하게 정리해 두었다. 성격이 꼼꼼해 이 잡듯 읽고 뭔가 찾아내는 역할에 적격이다.

너무 비싸거나 먼 숙소들을 하나씩 지워 나가다 보니 남은 것은 하나, '폴로니아 팔라스트^{Polonia Palast}'. 왕궁이라는 이름에도 방값은 하루 묵는 데 3만 원쯤 하는 저가 호텔이다.

"저게 거기라고? 혹시 다른 호텔에 잘못 온 것 아니야?"

폴로니아 팔라스트는 버스터미널에서 멀지 않았다. 크고 근사한, 정교하게 조각된 발코니며 장식물이 고급스러운 느낌을 풍기는 10층짜리 아르누보식 건물이다.

"맞는 것 같은데. 저기 봐. 폴로니아 팔라스트라고 써 있잖아?"

"값에 비해 너무 좋아 보이는데. 혹시 최근에 리노베이션을 하고 숙박비를 왕창 올린 것은 아닐까?"

"일단 들어가서 물어보자."

집 떠나고 시간이 흐르다 보면 새로움이 주는 자극이 점차 옅어지고, 꽉 조였던 긴장이 느슨해지면서 여행은 어느새 생활로 변하게 된다.

뭔가를 볼 때마다 감동하는 일이 줄어들면서, 대상에 대한 동경과 신비로움, 흥분이 차츰 사라지면서, 결국 남는 것은 집에서처럼 먹고, 자고, 이동하는 일상이다. 조그만 과업들을 스스로 부여하고 하나하나 완수해 내는 것에 시간과 에너지의 상당 부분을 쓰고 있음을 깨닫게 된다. 여행의 목적이자 의미인 새로운 것에 대한 탐구보다는 오히려 그 중간중간에 놓인 자질구레한 일상에 더욱 몰두하고 있는 자신을 발견하게 되는 것이다.

'왕궁이나 박물관 관람보다는 길거리 카페에 앉아 카푸치노나 한 잔 하면서 지나가는 미남들(또는 미녀들) 구경할래요.'

숙소를 구하는 것은 여행자로서 반드시 해야 하는 아주 중요한 임무에 해당한다. 하룻밤이나마 내 집이 되어줄 공간을 구한다는 것. 편안하고, 빛이 잘 들고, 너무 좁지 않았으면 좋겠다. 값이 싸고 아침 식사까지 포함되어 있다면 더 바랄 것이 없을 텐데.

여행 기간이 길어질수록, 떠나온 집에 대한 그리움이 커질수록, 낯선 곳에 마련한 임시 거처에서 나만의 시간을 보내는 일이 점점 더 중요하게 느껴진다. 화려한 방일 필요는 없다. TV나 욕조도 필요 없다. 청결하고 조용하다면, 창문이 있어 원하는 만큼 햇살과 공기를 접할 수 있다면, 그리고 문이 안으로 단단히 잠기기만 한다면.

"빈방 있나요?"

리셉션에서 우리를 맞은 남자는 영국 배우 랄프 파인즈를 통통하게 만든 듯한 느낌의 미남이었다. 하얀 피부에 초록빛 눈동자, 머리카락은 실크처럼 결이 고운 금발이다. 거창한 느낌을 주는 더블 버튼 양복을 입고, 오른쪽 눈썹 위에 가느다랗게 칼자국이 나 있었다.

"난 저렇게 칼자국이 있는 남자가 좋더라. 섹시해 보이잖아."

"나도 칼자국 있는데."

줄리안이 얼른 말한다.

"가슴에 커다란 사마귀가 있었는데, 작년에 그걸 제거하는 수술을 받았거든."

리셉션의 남자는 낮은 영어로 수군거리는 우리 둘을 멍하니 보고 있었다.

"빈방이 있냐고요?"

우리의 물음이 잘 이해가 되지 않는다는 표정이다. 우리도 그와 비슷한 표정으로 남자를 마주 봤다.

"예, 빈방 있냐고요."

"빈방이 있는지는 한번 찾아봐야 알겠는데요."

남자는 헛기침을 하더니 커다란 장부를 펼치고 한참을 뚫어져라 들여다본다.

여행지에서 숙소를 구하지 못해 헤매는 것은 출근 시간 택시를 잡지 못해 이리저리 뛰는 것만큼이나 초조하고 맥빠지는 일이다. 쉽게 구한 쓸 만한 방 하나는 여행지에서 보내는 행복한 하루의 근간이 된다. 특히 줄리안과 나처럼 개인적인 공간을 중요하게 여기는 사람들에게는.

"방이 있습니다."

"얼만데요?"

줄리안보다 수줍음을 덜 타는 내가 물었다.

"150즈워티입니다."

"더 싼 방은 없나요?"

"80즈워티짜리가 있는데, 아마 마음에 안 들 겁니다. 화장실이 없는 방이거든요."

"아, 화장실 없어도 전혀 상관없어요!"

"나도요!"

줄리안이 거들었다. 비용 절감이란 목표 아래 손발이 착착 맞는 2인 조였다.

리셉션의 남자가 딩동, 벨을 누르자 곧 회색 제복을 입은 직원이 한 명 나타났다. 키가 작고, 동그란 안경을 쓴 남자다. 이상하게도, 안경 렌즈에 가려 눈이 전혀 보이지 않았다. 렌즈가 너무 두껍고, 시선을 마주치지 않으려고 시종일관 우리로부터 비스듬히 서 있어 그런 것 같았다. 천장의 조명에 반사되어 안경이 하얗게 빛났다. 그는 앞장을 섰고 우리는 그를 따라 엘리베이터에 탔다.

유럽의 낡은 호텔들에서 흔히 보는, 얼기설기 엮은 검은 철골 상자, 흡사 거대한 쥐덫처럼 생긴 조그만 승강기다. 너무 좁아서 옆 사람 몸에 닿지 않으려면 최대한 벽을 향해 기대서야 했다.

엘리베이터는 삐걱삐걱 기분 나쁜 소리를 내며 천천히 위로 올라갔다.

덜컹, 문이 열렸다.

호텔의 외관이나 1층의 리셉션과는 사뭇 분위기가 다른 공간이다. 누르스름한 녹색 카펫이 깔리고, 벽은 비슷한 색깔의 페인트로 칠해져 있다.

괴상도 하다. 천장은 이해할 수 없을 만큼 까마득히 높았고, 복도는 무지하게 길었다. 걷다 걷다 지쳐 쓰러질 정도로 긴, 여태 본 복도 중에서 가장 긴 것이 틀림없다. 일 자로 뻗어 있었는데, 눈이 나쁜 나로서는 끝이 잘 보이지 않을 정도였다. 원근감이 무엇인지 확실하게 보여줄 용도로 만든 특수한 세트장 같다.

"러시안식이야."

줄리안이 속삭였다. 복도 양쪽으로 대문처럼 커다란 누런 문들이 마주 보고 끝없이 늘어서 있다. 제복 입은 남자는 우리에게 등을 돌린 채 열쇠꾸러미를 들고 뚜벅뚜벅 앞장서 걸었다

"무서워 죽겠네. 저 사람, 아까부터 우리 쪽은 한 번도 쳐다보지 않아."

"〈샤이닝^{Shining:스티븐 킹의 공포소설을 원작으로 한 영화}〉에 나오는 한 장면 같은데."

"〈샤이닝〉 이야기가 나왔으니 말인데 너 〈호스텔〉 봤어?"

"안 봤어. 난 할리우드 영화는 안 보잖아. 예술성 뛰어난 독립 영화만 보지. 내용이 뭔데?"

"동유럽으로 여행 간 두 친구가 차례로 잡혀서 내장 다 빼앗기는 영화야."

직원이 어느 방 앞에 멈춰 서더니 문을 열었다.

차마 들어가지 못하고 방 안을 들여다봤다. 수용소의 일부처럼 보

이는 공간이다. 상자처럼 좁았고, 한켠은 깨어진 타일이 붙은 세면장이다. 그곳에는 거울과 세면대가 달려 있다.

감옥 같았다. 안 그래도 수용소와는 도저히 떼려야 뗄 수 없는 과거를 지닌 폴란드가 아닌가. 아우슈비츠에서 학살된 유태인만도 100만 명에 육박한다.

"굳이 말하자면 1940년대풍이로군."

침대맡 테이블 위에는 고물상에 가기 전에는 절대 구할 수 없을 것 같은, 커다란 벽돌 모양의 구식 라디오와 손가락 넣어 돌리는 전화기가 놓여 있었다.

"방이 족히 500개는 있을 것 같은데, 우리 말고 다른 사람들은 왜 아무도 안 보일까?"

"그러게. 호텔 전체가 텅 빈 듯 조용하네. 그런데 아까 그 리셉션의 남자는 왜 빈방을 찾느라 그렇게 뜸을 들였지?"

의문투성이였지만 값이 싸니 모든 것이 용서됐다. 우리는 324호, 325호에 묵기로 했다.

"살인이 났던 방 같지 않니?"

"2차 세계대전 때 독일군들이 수용소로 썼던 방인지도 몰라."

"방이 붙어 있으니 내가 비명을 지르면 네 방에서도 들리겠지?"

"비명이 들리면 그땐 이미 너무 늦지. 문을 열어보면 감쪽같이 사라지고 없을 걸."

공동화장실은 복도 맨 끝에 있었다. 한번 가기 위해서는 엄청나게 걸어야 했다. 4차원으로 빨려 들어갈 듯한 복도다. 누군가 나를 훔쳐보고 있다는 느낌이 들어 자꾸 두리번거리게 되었다.

“혹시 내일 아침에 내가 방에 없으면 호텔에서 내가 무슨 일이 생겨 일찍 체크아웃하고 혼자 떠났다고 해도 절대로 그 말 믿지 말고 경찰에 신고해 줘.”

우리는 눈동자가 보이지 않는 엘리베이터맨을 피하기 위해 일부러 계단을 이용했다.

근처에 영화사 박물관이 있어 가 봤다. 음산한 분위기가 풍기는 흑백 영화 포스터만 잔뜩 붙어 있다. 그중 하나를 줄리안이 소리 내 읽었다.

“로만 폴란스키Roman Polanski. 폴란드가 낳은 영화계의 거장.”

“그래. 그리고 미성년자와 성관계한 전력도 있지. 그 일 때문에 아직도 스위스에 피신 중인가?”

이런 대화가 오갔다.

“밤이라 당번이 바뀌었나 보다.”

저녁을 먹고 호텔로 돌아왔는데 엘리베이터 앞에 아까와는 다른 남자가 서 있다. 교대를 한 것이다.

“츠웨Trzy?”

엘리베이터맨은 과장되게 인사하며 우리를 얼른 엘리베이터에 태웠다. 내가 3층이라고 영어로 말하자 과장된 미소와 함께 저렇게 묻는다. 츠웨는 폴란드 어로 3이란 뜻이다.

“예, 츠웨 부탁합니다.”

눈빛이 탁한 남자지만 최소한 눈동자가 보이니 마음이 놓였다. 열 꽃이 핀 것처럼 울긋불긋한 얼굴에 싸리빗자루처럼 누런 머리카락을 가졌다. 그래야만 하는 것처럼 우리를 향해 입을 반쯤 벌리고 연방

미소를 짓는다.

삐걱거리며 엘리베이터가 천천히 올라가기 시작했다. 1층, 2층.

그 순간, 뭔가에 걸렸는지 엘리베이터가 덜컹했다. 나는 자칫 엘리베이터맨과 부딪힐 뻔했다.

남자는 누런 이를 드러내고 히죽 웃는다. 내 쪽을 향해 상반신을 기울이며 낮은 목소리로 이렇게 말한다.

"I am sorry⋯."

소름이 쫙 끼쳤다. 미안하다고? 왜? 뭐가?

"아, 나도 그때 너무 무서워서 정말 죽는 줄 알았다니까."

줄리안이 엘리베이터에서 내리고 난 후에야 한 말이다.

"마치 이렇게 말하려는 것 같았거든. I am sorry. I have to kill you both."

사실 그 붙임성 있는 직원은 'I am sorry'가 폴란드 어로 무엇인지 가르쳐 주려는 것이었는데.

2차 세계대전 당시 전쟁의 중심에 놓이면서 무시무시한 일들이 많이 벌어진 동유럽이다. 폴란드를 무대로 공포 영화를 찍고 싶다면 로케이션 장소에 대해서는 고민할 필요가 없다.

수도 바르샤바에서 기차로 약 2시간 떨어진 우지.

그곳의 폴로니아 팔라스트 호텔.

침대맡 테이블 위에는
고물상에 가기 전에는 절대 구할 수 없을 것 같은,
커다란 벽돌 모양의 구식 라디오와
손가락 넣어 돌리는 전화기가 놓여 있었다.

209 *Polska*

작별할 때는
몸무게를 묻지 마세요

바르샤바 구시가.
처음 왔을 때는 아늑하고 멋졌는데,
두 번째는 우울했다.
작고 변변치 않은 자동카메라도 몹시 비쌌다.
조금이라도 싸게 사려고 한참을 헤맸다.
집이 그리웠다. 가격 비교 사이트와 택배도.

줄리안과 나는 우지의 보행자 거리에 있는 이탈리안 식당 '피가로'
에서 서로 마주 보고 앉아 있었다.

함께 다닌 지 꽤 되다 보니 그와 나의 관계도 여행을 넘어 생활로
들어선 것 같다. 최초의 호기심과 흥분은 줄어들고 편안함은 증가한
다. 새로 산 옷을 여러 번 입으면서 뻣뻣한 주름이 사라지고 날긋거
리는 부드러움이 생겨나는 것처럼.

유럽사에 훤하며 아리스토텔레스에서 라캉을 넘나드는 광범위한
인용에 능한 청년과 동행하는 것은 대체로 유익하고 보람찬 일이다.

문제는 지성이 아니라 식성이다. 먹는 것에 대해서라면 줄리안은
최악의 파트너였다.

그는 채식주의자지만 나는 하루 중 한 끼라도 고기를 먹었으면 했
다. 그는 샐러드를, 나는 스테이크를 원했다. 그는 커피 또는 홍차를,
나는 술을 마시고 싶었다.

사흘간 머물렀던 자코파네의 다운타운은 시골 장터를 떠올리게 했다. 떠들썩하고 흥거운 곳이다. 살짝 경사진 보행자 도로를 따라 관광객들이 넘쳐나고 그들을 위한 식당들과 노점상, 카페가 줄지어 서 있다.

"민요를 틀어놓은 홀에서 전통 의상을 입고 춤이라도 추면 그게 바로 내 악몽일 거야."

시골 출신인 줄리안은 시골스러운 것을 혐오했다. 컨트리풍 오두막 식당에서 깃털 꽂은 검은 펠트 모자를 쓰고 아코디언 연주 들으면서 돼지갈비 뜯는 것은 고향에서 이미 너무 많이 본 광경이라 지겹다고 했다.

내 눈에 자코파네 식당 중에서 가장 먹음직스럽게 보이는 곳은 바로 그런 가게들이다. 푸른 연기를 풀풀 날리며 소시지와 돼지갈비, 닭다리 등을 구워내는 바비큐 식당들. 고기 기름이 숯불에 떨어지며 지지직 하는 소리가 생생하게 들렸다. 커다란 나무 테이블에 사람들이 둘러앉아 갈비며 소시지를 곁들여 차가운 맥주를 마시고 있었다. 바람결에 황홀한 냄새가 어른거렸다.

저도 모르게 그쪽으로 이끌리는 나를 줄리안이 저지했다.

"동물들이 불쌍하지도 않아? 그들도 감정이 있는 거야. 사람처럼 고통을 느낄 수 있는 동물을, 단지 동물이라는 이유로 도살하는 것은 너무나 부당해. 결국 소나 돼지나 사람처럼 똑같은 포유류인데, 발생학적으로 서로 그토록 긴밀하게 연결되어 있는데 하나가 나머지를 아무렇지도 않게 잡아먹는다니!"

"아, 호르몬이나 기타 건강상 문제라면 몰라도 동물들이 불쌍해서

고기를 안 먹는 것이라면, 인간과의 종적 계보 때문에 그들을 식물보다 더 인간적으로 대우해야 한다는 말이라면, 그렇다면 우린 개나 고양이보다 원숭이에게 더 극진히 대해야 마땅하겠네. 인간은 그쪽과 더 촌수가 가까우니까. 안 그래?"

"그거야말로 정확히 아돌프 히틀러가 한 생각이야!"

줄리안이 '꽥' 하고 비명을 지른다.

"뭐가 히틀러야?"

"그렇게 종적 계보를 따지는 일 말이야. 히틀러는 자신과 다르다고 생각한 존재들을 대학살했잖아! 모두 같이 잘살아야지! 개든, 고양이든, 원숭이든, 유태인이든, 생물이라면 모두 다함께!"

천국 같은 냄새 풍기는 바비큐 식당들과 맛있는 훈제치즈를 파는 노점상들로 넘쳐났던 자코파네에서 나는 내내 욕구 불만에 시달려야 했다. 작은 소시지 하나 사 먹은 게 육식의 전부였다.

우지에서도 상황은 비슷했다. 게다가 이곳은 자코파네와는 달리 식도락을 위한 도시가 아니다. 마지막 저녁식사를 위해 안전한 이탈리아 음식을 택했다.

"내가 장담하는데 주방장이 제대로 된 리조토를 한 번도 먹어 보지 못한 게 틀림없어. 이탈리아 대신 인도에 다녀왔나봐."

'피가로'의 음식은 형편없었다. 줄리안이 시킨 채소리조토는 리조토가 아니라 인도식 볶음밥인 비리야니에 가까웠다.

"참 이상한 것은 크라쿠프의 그 일 때문에 극심한 마음의 고통을 겪고도 살이 빠지는 기미가 없다는 거야. 정말 불가사의한 일이지."

"그래? 지금 체중이 얼마나 나가는데?"

"몰라. 재어 보지 않았으니 모르지. 매일같이 돌아다니느라 많이 걷고, 조금 먹고, 대낮에 강도까지 당해 마음고생이 심한데 정작 살은 전혀 빠지지 않은 것 같으니."

강원도 시골 마을에서는 칠순 노인들 틈에서 스스로에 대해 불만 없이 살았지만 유럽은 다르다. 바비인형을 똑 닮은 여자들로 우글거렸다. 게다가 저들은 백주에 멀거니 카메라를 도둑맞을 만큼 아둔하지도 않겠지?

"미beauty는 상대적인 거야. 종족 특유의 아름다움이 있는 법이지."

이 지성적이면서도 다정스러운 명제는 물론 참이다. 그러나 이번 여행에서 실감한 것 하나는 아이팟, 모바일폰, 스카이프, 페이스북 등 물리적 거리를 초월하는 IT 기술의 발달에 힘입어 세계는 이전보다 한결 동질적인 지역으로 변모해 가고 있다는 사실이다. 소위, 표준화 현상 말이다.

인간의 외적 표준화의 가장 쉬운 지표는 키와 몸무게이리라.

"각자 밝혀보자. 난 184cm에 63kg야."

줄리안이 자랑스럽게 말한다. 젊고, 길고, 가느다란 청년이다. 좋겠다.

"난 몰라. 안 재 봐서 모른다니까. 몸무게가 더 늘어나지나 않았으면 다행이지."

"어쩌면 더 늘었을지도 모르지. 끼니마다 맥주 500cc씩 꼭꼭 곁들이니까."

강도 당한 카메라로 인해 내 몸을 빠져나간 눈물의 무게도 있고, 매일 다리 긴 청년을 따라 최소 5km씩 걸었다는 것을 감안할 때 체중이 더 증가하지는 않았을 것이다.

"이거 받아. 아마 이게 우리의 마지막 식사가 될 것 같다."

다음날 오전, 우지의 기차역에서 바르샤바로 가는 기차를 기다리며 나는 키오스크^{kiosk : 매점}에서 점심거리를 좀 샀다. 동유럽 느낌이 짙게 풍기는, 텅 빈 카운터 아래 유리 진열장 속에 거의 아무것도 들어 있지 않은 초라한 간이매점이다. 내 몫으로는 정체불명의 회색 패티가 끼워진 햄버거를, 줄리안 몫으로는 얇은 체다치즈를 한 장 끼운 샌드위치를 샀다.

대합실 벤치에 나란히 앉아 말 없이 빵을 먹었다. 이렇게 청승맞은 엔딩은 한 번도 생각해 본 적이 없었는데.

"그때 루마니아에선 우리 정말 여유로웠는데 말이야."

바르샤바행 기차에 올랐다. 줄리안과 나는 쉬지 않고 이야기를 했다. 주로 여행에 대해서.

여행에서 만난 사람들끼리 여행 이상의 것을 이야기하기란 쉬운 일이 아니다. 설령 다른 이야기로 발전하더라도 마치 하늘을 향해 있는 힘껏 던져진 공처럼, 결국 다시 땅으로 떨어져 여행 이야기로 돌아가게 된다. 우리도 마찬가지였다.

"경험을 원한다면 남미나 인도에 한 번 가 봐. 여태 네가 갔던 곳과는 다를 테니까."

줄리안은 수첩까지 꺼내 내 이야기를 받아 적었다. 그는 내가 권하는 대로 조만간 인도를 여행하겠다고 했다. 실제로 그는 그다음 해 겨울 인도에 갔다. 버마에 다시 가고 싶다고도 했다. 멕시코와 콜롬비아를 여행하고 싶다고도 했다.

"아마존은 어디가 좋을까? 역시 브라질이 최고겠지? 콜롬비아 쪽 아마존은 그보다 못하겠지? 안 그래?"

줄리안은 사뭇 진지한 얼굴로 내 대답을 기다린다. 지난 10년간 브라질과 콜롬비아에 대해 저런 관심을 나타낸 사람이 내 주변에 누가 있었나.

"마나우스Manaus! 아, 그래! 마나우스에 꼭 한번 가 보고 싶어. 브라질에서 제일 가 보고 싶은 곳이 바로 거기야. 좋았던 그 시대의 상징인 그 오페라하우스 말이야. 뭐라고 부르더라? 그래, 아마조나스 극장! 언제가 될지는 모르지만 마나우스에 가서 꼭 그 전설적인 오페라하우스를 보고 말 거야."

그는 가고 싶은 곳이 아주 많았다. 몇 년 내로 일본과 한국을 묶어 구경하고 싶다고, 그때 나의 강원도 집에 와서 내가 기르는 닭과 개를 보면 좋겠다고 했다. 내년, 그리고 내후년, 그는 앞으로 5년간의 여행 계획을 이미 빽빽하게 짜놓았다. 그것도 여름과 겨울방학으로 각각 두 차례에 걸쳐서.

"서두르지 마. 넌 시간이 충분할 테니까. 천천히 돌아도 지구를 몇 바퀴는 돌겠다. 빨리 가려다 지쳐 지레 포기하지만 않는다면."

여행에 목마른 줄리안은 이제 겨우 20대 중반이다. 지금 추세라면 만 서른이 되기 전에 기어코 남극까지 가고야 말 것 같았다. 여행뿐만이 아니다. 그는 끝없이 책을 읽고 싶어 했고 아직 만나지 못한 사랑에 대해 모든 것을 바칠 준비를 끝낸 상태였다. 가 보지 못한 곳에 대한 갈망. 그가 여행을 좋아하는 것도 이상할 것 없다.

기차는 바르샤바에 도착했다. 이것으로 폴란드 여행은 끝났다. 작별할 시간이다.

줄리안은 생각보다 나와 공통점이 많았다. 나는 어색한 것을 견디지 못하고, 그도 만만치 않다. 누군가에게 안녕이라고 말하느니 차라리 그냥 도망쳐 버리는 게 어떨까 생각한 적이 있다는 것도 우리 둘 모두 똑같았다.

"나 화장실 다녀올게."

그가 불쑥 말했다. 도망치려는 것은 아니고, 진짜 화장실에 가고 싶다고 했다.

"동전 있어?"

내가 물었다. 유럽 화장실은 모두 유료다.

"응. 있어. 왜?"

"혹시 동전 하나 더 있으면, 나 좀 줘 봐."

"왜?"

"저기 몸무게 재는 저울 보이지? 너 화장실 다녀올 동안 한 번 재어 보게."

줄리안은 나에게 동전을 주고 사라졌다. 나는 체중계로 다가갔다.

흔히 보는 형태의 대형 체중계다. 회색 철로 만들어진 육중하고 커다란 저울. 잠깐 망설이다가 곧 신발을 벗고 그 위로 넙죽 올라갔다.

'이제 뭘 어떻게 해야 하나.'

상하좌우를 살펴보니 버튼이 하나 있다. 망설이지 않고 힘껏 눌렀다. 바로 그 순간, 내가 너무 서둘렀다는 것을 알아차렸다. 줄리안의 배낭과 내 가방을 그대로 들고 있었다.

'바보! 어서 가방부터 내려놓아야지!'

체중계 위에서 허리를 엉거주춤 구부렸다. 내 가방을 내려놓은 순간, 띠리링 경쾌한 벨소리가 울렸다. 이어서 들리는 기계음, 띠리리 리링!

'그대의 비밀을 성공적으로 측정했습니다.'

드르륵 소리와 함께 체중계에서 전철 승차권 크기의 하얀 종이가 하나 또르르 밀려 나왔다. 이렇게 적혀 있다.

'156cm/61kg'

종이를 찢어버리려는 순간 화장실 갔던 청년이 마술처럼 등장했다. 말릴 틈도 없이 그는 내 손에 들려 있던 종잇조각을 번개처럼 낚아챘다.

"측정이 잘못됐어! 네 배낭을 대신 들고 있어서 그래! 내려놓으려고 허리를 구부렸다니까!"

필사적으로 설명해 보지만 너무 늦었다. 종잇조각을 들여다보는 줄리안의 회색 눈동자가 떨렸다. 무슨 말이 더 필요한가.

그는 내 눈을 피했다. 아무 말 하지 않고 하얀 종이를 다시 내 손에 쥐여주었다.

"미안해."

"뭐가 미안해?"

"….."

"미안할 것 없잖아! 허리를 구부렸고 가방을 들고 있었다니까!"

"….."

그것이 우리의 마지막이었다. 줄리안은 고향인 스위스로, 나는 아무도 기다리지 않는 리투아니아로.

그는 다정한 사람이다. 시비우의 식당에서 처음 만나 몇 마디 이야기를 주고받았을 때, 시기쇼아라는 물론 폴란드까지 함께 여행하리라고는 그는 물론 나 또한 생각하지 못했다.

"이런 게 바로 여행이지!"

정말 그렇다. 여행이 아니라면….

"그때 그 식당에서 나 먹으라고 선뜻 폴렌타를 나누어준 게 좋았어. 친절하게 느껴졌거든."

채식주의자인 동시에 대식가이기도 한 청년의 고백이다. 친절한 사람을 좋아하는 것은 그뿐만이 아니다. 나도 그렇다.

줄리안은 늘 친절했다. 트렁크를 대신 들어주고, 앞장서서 문을 열어주고, 길고 가느다란 손가락을 부지런히 움직여 가게에서 산 복숭아와 자두를 물로 씻어주었다. 자코파네에서, 우리는 산을 향해 걷고 또 걷다가 나무그늘 아래 나란히 앉아 과일을 먹었다.

"지금 막 생각한 것인데, 과일을 씻는 용도로는 탄산이 들어 있는 생수가 더 나은 것 같아. 부글부글하니까 세정력 측면에서 볼 때 말이야."

크라쿠프 사건은 유감이지만 우지는 재미있는 추억으로 남을 것이다. 끝이 보이지 않을 만큼 길게 뻗은 복도가 있는 괴상한 호텔.

"또 언제 만날 수 있지?"

줄리안도 나도 이런 말은 입 밖에 내지 않았다. 우리 두 사람은 공통점이 많다.

길에서 깨달은 사실 하나는, 이미 한 번 만난 사람은 다시 만나기 쉽다는 것이다. 일단 한 번 만나게 되면 서로 부딪힌 쇠붙이처럼 자

력이 생겨나서, 그래서 그 후로는 이전보다 훨씬 강력한 힘으로 서로
를 끌어당기게 되는 것처럼.

맑은 날 늦은 오후, 크라쿠프의 종탑 앞에서 그를 다시 만났을 때
가 생각난다.

바르샤바의 신시가지는 주말을 맞아 놀러 나온 젊은이들로 북적
였다. 햇볕을, 오후를, 인생을 즐기고 있는 사람들. 그들을 지나 바퀴
두 개 달린 가방을 한 손으로 간신히 지탱하고 덜덜 끌면서, 지하도
로로 내려가 길을 건넜다. 더 늦기 전에 리투아니아행 버스가 출발하
는 터미널을 찾아가야 했다.

지도를 확인하고, 말이 통하지 않는 상대에게 손짓 발짓으로 길을
묻고, 이 버스가 맞는지 확신하지 못하는 상태에서 버스를 타고, 가
이드북을 꺼내 정보를 찾고, 다시 누군가에게 서툰 현지어를 섞어가
며 길을 묻는다.

계속 어딘가를 찾아가야 하는 것이 문득 피곤하게 느껴졌다. 그것
이 자유 의지에 의해 떠나온 여행, 그리고 인생이라고 해도.

가지 않을 수 없었다. 한 자리에 머물기 위해 여행을 온 것은 아니
기 때문에. 다음 목적지를 향해 가야만 한다. 그것이 여행, 그리고 인
생이기 때문에.

하늘 한복판에 박힌 태양이 뜨거웠다. 이마에 땀이 배었다. 한여름
이다. 지금쯤 강원도 시골집의 닭들도 무더위에 고생스러운 나날을
보내고 있을 것이다.

바르샤바 구시가지.
지어진 지 50년이 아니라 150년은 된 듯하다.
칼과 방패를 든 인어상.
바르샤바의 수호신.

바르샤바 역사지구. 1980년 유네스코 세계문화유산으로 지정되었다.

팅팅 기타줄을 튕기고,
배낭 하나에 전재산이 다 들어가고,
너희들은 행복하겠지.
10년 뒤가 아니라 지금 그걸 느꼈으면 좋겠어.
보는 것만으로도 이렇게 행복한 나도 있으니.

폴란드의 상징 크라쿠프 바벨 성

크라쿠프는 500년 이상 이 나라의 핵심이었다.

크라쿠프의 거리 공연자

중세 도시 크라쿠프와 가장 잘 어울리는 교통수단

230

시작은 미약하지 않고 상당히 우아했다.

폴란드 여행을 앞두고 마침 인터넷에서 특별 프로모션을 발견, 일정에 포함된 도시들에 있는 중급 호텔 몇 군데를 저렴하게 예약할 수 있었다. 고급 숙소는 아니지만 견장 달린 제복을 차려입은 직원이 대기하고 있고, 여행 경비는 딸리지만 취향은 포기할 수 없는 중년 여행자가 며칠간 안락하게 지내기에 부족함이 없는 곳들이다.

모처럼 주생활의 수준을 끌어올렸으니 의생활도 이에 맞춰 업그레이드하는 게 좋을 것 같았다. 티셔츠와 청바지, 바람막이점퍼 사이에 검은 원피스와 망사 스타킹, 힐 달린 구두도 한 켤레 챙겨 넣었다.

옥에 티가 된 것은 어머니가 빌려다 준 여행 가방. 무게가 상당히 나가는 하드셸 트렁크인데 네 바퀴가 아니라 두 바퀴만 달린, 끌기 위해서는 반드시 가방의 한쪽 끝을 번쩍 들어야만 하는 구조다. 즉, 가방 무게의 절반은 두 바퀴에, 나머지 절반은 항상 내 팔에 실리게끔 되어 있었다.

여행을 시작하고 나서야 이 가방을 가져온 것이 치명적인 실수임을 깨달았다. 세상에 어떤 돌대가리가 이걸 고안했을까. 직접 만나 무슨 말이라도 들어보고 싶을 만큼 불편한 물건이다. 세상의 다른 곳에서는 너무 낡아 진작에 폐기되고도 남았을 죄 많은 가방이 알뜰한 주인을 만난 덕분에 지금껏 살아남아 내 손에까지 흘러 흘러 왔도다.

무거운 여행만큼 미련한 여행도 없다. 이로써 이번 여행은 이미 시작부터 일정량의 고생이 예정된 상태였다.

"택시!"

이런 가방을 들고도 우아한 여행을 하려면 방법은 단 한 가지, 돈 좀 쓰는 수밖에 없다.

"땡큐, 마담!"

천하장사도 아닌 몸으로 돈 안 쓰고도 우아해지기란 불가능하다. 호텔 직원이 가방을 날라다 줄 때마다 팁을 주어야 했다. 솔직히 고백컨대 흐뭇한 마음도 없지 않았다. 내 짐 내가 이고 지고 다니면서 땀 뻘뻘 흘리던, 미래를 위해 단돈 몇 푼을 아끼려고 악착을 떨던 시절에 마침내 작별을 고한 것이다.

돈보다는 시간이 더 중요한 나이에 마침내 도달했다. 하이힐을 신고, 택시를 타고, 식당에서 밥을 먹을 때는 반드시 음료수를 곁들였다. 공공연한 바가지의 대명사인 호텔 방의 미니 바도 과감히 이용했다. 이전에는 어지간해서는 하지 않던 일들이다.

상황이 변한 것은 크라쿠프 이후였다.

"택시!"

순순히, 거의 기꺼이 쓰던 바가지가 갑자기 견딜 수 없을 만큼 역겹게 느껴졌다. 카메라도 날렸는데 폴란드에서 선심 쓸 돈은 더 이상 없다는 생각이 들었다.

"우리 그냥 걷자."

택시 기사와 요금 문제로 티격태격하던 중 줄리안과 의견 일치를 봤다. 걷는 게 돈 아끼는 것은 물론 건강에도 좋대요.

그렇게 택시 타기와 작별했다.

"어차피 식욕도 없어. 잊으려 해도 자꾸 그 일 생각나서. 너 혼자 가서 먹고 와. 난 도둑맞은 카메라 값에 도달할 때까지 굶을 테다."

분위기 좋은 식당에서 매끼 사 먹던 식사와도 안녕을 고했다. 뜻밖의 도난 사건은 이번 여행에서는 겪지 않으리라 생각했던 강박적인 절약병에 사로잡히는 결정적인 계기가 됐다.

"이보다 더 싼 방 없어요? 화장실은 방 안에 없어도 되는데요."

우지에 도착하면서 부랑자 티가 제대로 잡혔다. 남의 도움을 빌지 않고 무거운 가방을 들고 다니려니 불편한 뾰족구두나 치마는 진작 벗어 던진 지 오래였다. 양말에 운동화를 신고 헝클어진 머리는 모자를 눌러 써서 대충 감췄다. 멀리서 보면 남잔지 여잔지도 구별이 안 갈 판국이었다.

대학 졸업 이후로는 한 번도 하지 않던 짓까지 하게 됐다. 대용량의 물을 사다가 작은 물병에 덜어가지고 다녔다. 가방을 열면 이전 숙소에서 가져온 조잡한 질감의 두루마리 휴지와 얇은 비누조각이 튀어나왔다. 아껴야 잘산다. 도둑맞았으니 더 아껴야 마땅했다.

생활 수준이 한 단계 더 낮아진 것은 바르샤바에서 출발한 야간버스가 리투아니아의 수도 빌뉴스에 도착하면서부터였다.

낯선 도시에 도착하는 순간은 늘 두렵다. 장막으로 덮인 정체불명의 뭔가를 앞에 둔 것처럼. 유럽에 처음 왔던 여름에도 그랬지만 지금도 여전히 그렇다. 불확실성이 가득하고 모든 가능성이 활짝 열려 있다. 뭐든 할 수 있을 것 같고 그 결정이 오직 나에게 달려 있는 이런 순간은 일상에서는 가끔만 맛볼 뿐이지만 여행에서는 곧 일상이다.

목적지에 도착했으니 급한 불부터 꺼야 했다. 어디서 자야 할까.

낯선 곳에 도착하면 가장 먼저 드는 걱정은 그것이다. 어디로 갈까. 어디서 잘까.

자발적 의지에 의해 집을 떠나 돌아다니고 있으면서도 머물 곳을 걱정한다니, 나의 본성인지 인간 본성인지 모르겠다.

버스가 빌뉴스에 도착한 것은 아직 어둑한 새벽녘이다. 마침 굵은 비가 억수같이 쏟아지고 있었다.

신기하게도, 빌뉴스에 대해 찾아본 인터넷의 글들은 하나같이 비 내리는 날에 대해 말하고 있다. 여름철에 비가 자주 오는 도시인 것 같았다.

우산으로 가려질 비가 아니다. 도로 가장자리로 빗물이 모여 콸콸 작은 강처럼 흘러갔다. 택시비도 아낄 겸 버스터미널 바로 앞에 있는 호스텔로 뛰어들어갔다.

"10유로입니다."

새삼 직원의 설명을 들을 필요도 없다. 알록달록한 글씨로 건물 밖 창문에 '9.99유로'라고 대문짝만 하게 써 붙인 것을 보고 들어왔으니까.

유럽의 호스텔 문화는 지난 십수 년간 눈부시게 발전했다. 물가 비싼 지역이니 경비를 절약하려는 여행자들을 상대로 도미토리로 운영하는 호스텔이 발달할 수밖에 없는 환경이다.

1990년대 초반만 해도 호스텔이라면 커다란 방에 2층 침대를 주르륵 몇 개 놓은 것이 고작이었다. 그것을 도미토리라고 불렀다. 고전적이고 평범했다.

빌뉴스의 이 호스텔은 다르다. 일본의 캡슐호텔에서 힌트를 얻은 듯한 구조로 되어 있다. 극도의 개인주의에 현대적인 상상력이 결합된 결과라고 할 만했다.

이 희한한 숙소의 모습을 좀 더 자세히 설명하자면 이렇다. 커다란 방에 침대 대신 침대를 품은 박스가 16개 쌓여 있다. 사람이 들어가 앉으면 머리가 천장에 닿을락 말락 한 높이의 커다란 관처럼 생긴 1인 공간을 1, 2층 두 겹으로 8줄, 모두 16개의 상자를 길게 쌓아놓은 식이다. 그중 한 개를 빌리는 값이 하룻밤에 10유로.

첨단을 지향하는 호스텔답게 물론 유니섹스다. 나에게 배정된 관, 아니, 침대는 아랫줄 한가운데였다.

폐소공포증이 있는 사람에게는 괴로운 공간이겠지만 하얀 시트가 깔린 박스는 청결하고 아늑했다. 개인용 독서등과 콘센트도 갖춰져 있고 침대 아래에는 신발장까지 붙어 있다. 동굴처럼 생긴 이곳에 쏙 들어가서 쿨쿨 잠을 자든, 스탠드를 켜고 조용히 책을 읽든, 옆 사람에게 신경 쓰지 않고 제 일을 할 수 있는 구조다.

열여섯 개 캡슐 중 두어 개에만 사람이 들어 있다. 벌집에 들어간 꿀벌들처럼. 새벽이라 다들 잠들어 있다.

특이한 구조로 되어 있지만 일반적인 호스텔과 다를 바가 없는 분위기다. 방 여기저기 커다란 배낭 몇 개가 세워져 있고 아무렇게나 벗어놓은 옷가지들이 흩어져 있다. 자유롭고, 너절하고, 불안했다.

야간버스를 타고 온 지라 피로가 몰려들었다. 가방을 내려놓고 옷부터 갈아입었다.

유럽의 호스텔.

한쪽 벽에 걸린 커다란 거울을 우연히 들여다보지 않았더라면 그 옛날 여름방학으로 시간 여행을 떠났다고 해도 믿을 수 있었을 텐데.

길치에겐 치명적인 도시

그때 누군가 나를 계속 지켜봤더라면 혀를 찼을 것이다.
빌뉴스 같은 도시는 정말 처음이었다.
어떻게 이럴 수가.

　유년기엔 꽤 중요하다가 시간이 흐르면서 의미를 잃게 되는 것들
이 있다. 그중 하나가 IQ 지수다. 지능지수 테스트의 결과가 인생의
행복과 별 상관관계가 없다는 것을 모르던 그 시절, 어떻게 산출됐는
지 정확한 근거도 없는 이 수치에 기뻐한 걸 생각하면 지금도 우습
다. 몸무게만큼도 의미 없는 숫자였는데.

　검사의 정확도 여부를 떠나 불초소생이 확언하건대, IQ 지수가 높
은 사람보다는 길눈이 밝은 사람이 실생활에서 능력을 발휘한다. 높
은 IQ 지수는 영화에 등장하는 천재들이 갖춰야 할 필수 덕목일지는
몰라도 세상에서 천재가 필요한 일은 극히 한정적이다. 다시 말해 일
잘하는 직원을 뽑기 위해 지적 능력을 테스트해 보라고 한다면 나는
망설이지 않고 그의 IQ 지수가 아니라 길눈을 시험할 것이다.

　길눈은 암기 능력보다는 공간지각력, 그리고 무엇보다도 지성의
능동성과 상관관계가 있다. 능동적인 지성이야말로 실생활에 현실

적인 도움이 되는 진정한 영리함이다. 인생이 편해지길 바란다면 IQ 지수가 높은 사람이 아니라 길눈 밝은 사람을 곁에 두시라.

빌뉴스에서 나는 나 자신이 구제불능의 길치임을 다시 한 번 깨닫고 절망하지 않을 수 없었다.

빌뉴스가 어디냐고? 이 도시가 어디인지 아는 사람은 한국 총인구의 0.1%도 되지 않을 것이다. 이제 그 극소수 그룹의 일원이 되신 것을 축하합니다!

지금까지 가 본 곳 중 가장 진귀한 수도로 남반구 파라과이의 아순시온Asuncion과 서아프리카 가나의 아크라Accra를 꼽곤 했는데, 이제 그 반열에 리투아니아의 빌뉴스도 올려야겠다.

"빌뉴스는 2009년 유럽 문화 도시로 뽑혔다고 들었어. 아마 괜찮은 곳일 거야. 난 리가와 탈린만 가 봤을 뿐이지만."

줄리안의 말이다.

"빌뉴스? 거기가 리투아니아 수도라고? 글쎄, 들렀던 것 같기도 하고 건너뛴 것 같기도 하고, 오래전 일이라 기억이 확실하지 않아. 탈린과 리가는 분명히 갔는데, 빌뉴스에 대해서는 잘 모르겠는데."

둘리틀의 말이다. 마치 세계 3대 테너 중에서 호세 카레라스처럼, 발트 3국의 수도 중 빌뉴스는 나머지 두 수도만큼 사람들에게 깊이 각인되지 않는 것 같다. 플라시도 도밍고와 루치아노 파바로티에 대해서는 금방 생각이 나지만 카레라스에 대해서는 이름을 떠올리려 애를 쓰다가 결국 "아, 왜 그 3대 테너 중 세 번째 남자 있잖아!" 하고 말하는 식이다.

사실 발트해 국가들 자체가 그렇다. 한국에서 체코에 이어 크로아

티아가 동유럽의 핫한 여행지로 부상한 지 꽤 지난 지금에도 그와 비교해 그리 못할 것도 없는 이들 세 나라는 거의 알려져 있지 않다.

발트 3국을 여행하면서 사람들은 더 잘 알려진 유럽의 다른 부분을 돌아볼 때보다 어쩐지 발길을 서두르게 되는 것 같다. 세 나라 중 가장 많이 찾는 도시는 에스토니아의 수도 탈린이며 한 군데 더 가자면 라트비아의 수도 리가를 갈 뿐 빌뉴스는 생략해 버린다.

리투아니아는 발트해 국가들 중 가장 아래쪽에 있는 나라다. 인터넷의 발달에 힘입어 한국에서도 이제 예전보다 한결 친근한 곳이 되어가고 있다.

세상은 지금 이 순간도 점점 좁아지고 있고, 그것을 가속화하는 것은 과학의 발전과 더불어 인간의 사랑이다.

사랑. 진짜 그렇다. 슬픈 사랑도 있다.

"리투아니아 여자친구를 인터넷 채팅으로 사귀었는데요. 사흘 굶었다고 돈을 좀 보내달라고 합니다. 인터넷을 찾아보니 이런 식의 국제 사기를 당한 사람들이 있는 것 같던데, 저의 경우 설마 그렇진 않겠죠?"

"펜팔로 만난 리투아니아의 애인이 한국에 저를 만나러 오고 싶다는데 항공권을 살 돈이 없대요. 돈을 송금해 달라고 은행 계좌를 알려줬는데, 그 은행에 대해 조회를 해보니까 리투아니아가 아니라 아프리카 잠비아 소재의 은행이더라고요. 빨리 돈을 보내라고 아까도 독촉 이메일을 보냈던데, 어떻게 하면 좋을까요?"

인터넷으로 리투아니아 정보를 검색하면 종종 이런 게시물을 볼 수 있다.

　수도 빌뉴스. 아주 조용하게 느껴졌다. 활기가 특징이 되는 도시는 분명 아니다. 유럽에서 가장 큰 바로크식 구시가답게 정교하게 장식된 바로크풍 교회가 많이 보였다. 예쁜 건물이 많은데도 슬라브 문화 특유의 황량한 공간 감각 때문에 조금 쓸쓸한 느낌이 들었다.

　수수하고 호젓해 보이는 이 낯선 이름의 도시가 겉모습만큼 쉽고 얌전한 곳이 아니라는 것을 첫 외출을 한 지 30분도 되지 않아 알 수 있었다. 길치가 마음 놓고 돌아다니기엔 좋지 않은 곳이다.

　수도치고 규모가 크지 않고, 고도^{old city}로서는 드물게 건물들의 밀도가 낮아 보였기에 거리를 헤매면서도 길을 잃었다는 사실이 잘 와 닿지 않았다. 놀라웠다. 길이 아주 뻔해 보였는데, 이게 대체 어떻게 된 일일까.

　시의 경계가 모호하고 구획 나눔이 애매하게 되어 있는 것이 원인이었다. 지도에서 본 도시 구조를 기억하려고 애쓰면서 걸었지만 툭 하면 길을 잃고 말았다. 아는 길로 갔다가 반드시 그 길로 다시 되짚어 돌아와야지, 호기심 때문에 한 블록만 이탈해도 영락없이 헤매게 됐다.

　블록 구조가 바둑판처럼 반듯하게 되어 있지 않은 것은 그렇다 치고 하나의 길은 끝 부분이 되면 처음과는 이름이 달라지기 일쑤였다. 비슷비슷하게 생긴 골목들이 수도 없었다. 중간에 잘못 들어온 것을 깨닫고 옆으로 빠지려고 해도 그럴 만한 샛길이 아예 없었다. 혹시 발견하고 용케 빠져나가면 생각과는 다르게 엉뚱한 곳으로 나오게 돼 처음보다도 더 심하게 헤매야 했다.

　가방 깊숙이 넣어둔 나침반까지 꺼내 들었지만 소용이 없다. 복잡한 미로를 달리는 생쥐가 된 기분이다. 많이 본 길처럼 보여 얼른 들어섰다가 10분 이상 지나서야 또 틀렸음을 깨닫고 머리칼을 쥐어뜯고 싶었다.

숙소로 돌아가기 위해 길 가던 사람들에게 도움을 청해야 했다.

"노! 잉글리시!"

돌아오는 것은 주로 이런 대답이다. 슬라브 문화권이라는 것이 실감 나는 무뚝뚝함이다. 현재 리투아니아 인구의 5%가 러시아 인이다. 사람들의 태도는 눈에 띄게 퉁명스러웠고 그들이 구사하는 언어도 마찬가지였다.

"노! 노! 노 잉글리시!"

어떤 젊은 여자는 간절한 얼굴로 도움을 청하는 나를 뿌리치고 뒤도 안 돌아보고 뛰어 달아나기도 했다. 난 영어 못해요! 못한다니까!

빌뉴스의 문제인 동시에 나의 문제이기도 했다. 고백하건대, 나는 누가 알면 깜짝 놀랄 정도로 심각한 수준의 길치다. 몇 번 이상 가 본 곳이 아니면 어디를 가나 반드시라고 해도 좋을 만큼 길을 잃고 헤맸다. 지도가 있어도 거의 무용지물이었다. 능동적인 지력을 타고나지 못한데다 주의가 산만해 길 찾기에 몇 분 이상 집중할 수가 없다. '길을 잘 보면서 걸어야지' 하고 굳게 결심하더라도 5분쯤 지나면 딴생각을 하다 여기가 어딘지 잊어버렸다.

길치에겐 악몽과도 같은 도시다. 헤매다 간신히 숙소로 돌아올 무렵이면 운동회라도 끝내고 온 사람처럼 녹초가 되어 있었다. 더구나 맥주-발트 3국의 기본은 500cc다.-를 한 잔 곁들여 가며 저녁을 먹고 난 뒤라 알코올 기운에 다리가 다 후들거릴 지경이다.

빌뉴스. 조용하고 아늑해 보이지만 나에게는 나쁜 꿈처럼 심술궂은 도시였다. 몇 분마다 한 번씩 나를 둘러싼 거리의 배열이 저절로 바뀌는 것만 같다. 아까 그 바로크식 화려한 분홍 교회와 말 탄 남자의 동상이 나오고, 한 번 더 나오고, 정신을 차려보니 다시 그곳에 서 있었다. 같은 지역을 빙글빙글 돌고 있는 것이다. 마치 최면술에 걸린 것처럼.

분필로 길모퉁이에 표시하든지, 빵조각을 들고 다니며 갈림길마다 조금씩 떼서 떨어뜨리든지, 아니면 허리에 끈이라도 묶고 다녀야 하지 않을까 하는 생각이 들었다. 이렇게 자주, 심하게 길을 잃은 도시는 정말이지 처음이었다.

마지막이 되길 바란다.

어디로 어떻게 가야 하는지 정확히 알고 있는,
자신감 넘치는 저 걸음걸이.

한 도시만 고른다면

형제들이여 리가로 가세.
리가에 가면 살기가 좋다네.
그곳에 가면 개들도 금으로 되어 있고
수탉도 전부 은으로 되어 있다네.

모두 다 보고 난 지금에서야 하는 말이지만 발트해에서 가장 좋았던 나라는 막연히 기대했던 에스토니아, 발트해에서 가장 부유하고 깨끗하다고 알려진 그 나라가 아니었다.

리투아니아, 라트비아, 에스토니아.

마치 알렉산더 뒤마의 〈삼총사〉에 등장하는 포르토스, 아라미스, 아토스와도 유사하게 들리는 국명들이다. 넓지 않은 크기의 땅에 남쪽에서 북쪽으로 층층이 있는 발트 3국.

단 며칠간 스쳐 지나가듯 여행하는 외국인의 눈에는 어디가 어떻게 다른지 구별하기 힘든 삼총사다. 지리적 위치상 이들은 모두 오랜 기간 외세에 시달렸다. 특히 근대에 들어 이웃의 절대 강자인 러시아의 지배를 오랫동안 받았다. 소비에트 연방에 속해 있다가 1991년 독립, 시장 경제를 채택해 유럽의 다른 어떤 지역보다도 빠른 속도로 경제 발전을 이뤘다. 2000년대 들어 계속해 두 자리 숫자의 성장률

을 기록했고 이와 비슷한 수준의 인플레이션을 겪었다. 세 나라 모두 2004년 NATO와 EU에 가입됐다.

이들 세 국가를 구별하기가 쉽지 않다는 사실은 인터넷 동호회인 '발트한국인마당' 카페에 들어가 봐도 명확하다.

"수백 년 동안 외세의 지배를 받았지만 민들레처럼 꿋꿋이 살아남은 발트해의 세 자매."

카페의 초기 화면에는 이런 소개의 글에 이어 세 나라를 다음과 같이 구분해 놓았다.

아름다운 리투아니아
신비로운 라트비아
환상적인 에스토니아

리투아니아 인이 이중에서 가장 명랑하고 에스토니아 인은 가장 과묵하며 라트비아 인은 중간쯤이라고 하는데, 짧게 여행하는 방문객이 실제로 그 차이를 간파하기란 거의 불가능하다. 이방인의 눈에 그들은 모두 러시아 인처럼 보일 뿐이니까.

에스토니아는 발트 3국 중에서 크기가 가장 작은 나라다. 면적은 겨우 4만 5226km². 에스토니아 출신 스포츠 선수가 올림픽 등 세계 대회에서 성과를 거두면 늘 이런 수식어가 따라붙는다.

"이렇게 조그만 나라를 대표하는 아무개 선수가 거인을 물리치고!"

국가의 총인구도 단 130만 명. 그러나 에스토니아는 정보산업의 발달로 발트 3국 중 단연 가장 부유한 국가다. 남쪽에 면한 이웃인 리투아니아와 라트비아보다는 바다 건너 핀란드와 언어적 · 문화적 면에서 더 유사하다고 주장한다.

핀란드를 닮아 과묵하고 냉정한 성격의 에스토니아 인과 비교하면, 발틱 지역 가장 남쪽에 사는 리투아니아 인들은 '발틱의 이탈리아 인'으로 불릴 만큼 외향적인 성품으로 알려져 있다. 그러나 실제로 여행하면서 가장 편안하게 느꼈던 곳, 그래서 일정을 늘려 닷새 동안 머문 나라는 리투아니아와 에스토니아 사이에 낀, 발틱이라는 햄버거의 패티 부분에 해당하는 라트비아였다. 영화 〈백야〉의 발레리노 미하일 바리시니코프Mikhail Baryshnikov의 고향.

버스를 타고 리가에 도착했을 때는 느지막한 오후였다.

값싼 곳을 찾다 보니 하필 시장통 복판에 있는 숙소였다. 주변에는 상인들과 행인들이 북적거리고 채소와 과일, 그리고 꽃이 가득했다.

내가 머문 곳은 너절한 대신 아주 널찍한 방이다. 나무로 대충 만든 침대에 허름하지만 콸콸 수압이 센 화장실. 어쩐지 유럽이 아니라 동남아 어디쯤에 온 듯한 기분이 들었다. 지금껏 묵었던 유럽의 숙소들과는 분위기가 전혀 다르다.

모처럼 넓은 방에 앉아 있자니 어느 순간 소나기가 내린다. 창문이 덜컥거리며 돌풍이 불고, 스콜처럼 강한 비였다. 다 씻어내 버릴 듯 세차게 내리는 비. 잠시 후 하늘이 밝아지면서 꺄옥꺄옥 갈매기 울음이 들렸다.

리가는 엄연한 항구 도시다. 시장에서 바다까지는 거리가 좀 떨어져 있지만 배고픈 갈매기들이 먹잇감을 찾아 여기까지 날아온다.

러시아적인 황량한 느낌은 리투아니아에서부터 이미 풍기기 시작했고 리가 또한 마찬가지다. 길을 걷는 사람들의 체구와 생김새, 표정이 그렇고 부분부분 회색빛이 감도는 거리가 그렇다.

그러나 이 도시에는 생기가 있다. 빌뉴스에는 없던 그것. 초라하고 어지러운 시장 지역을 벗어나 5분쯤 걸어가자 행인들이 점점 많아지면서 현대적인 느낌이 드는 거리가 나타났다.

스토크만Stockman. 북유럽에만 있는 줄 알았던 백화점이 거대한 성처럼 등장한다. 없는 것이 없는 그곳. 반짝거리는 물건들, 지갑을 열어 뭔가를 구매하는 사람들로 넘쳐난다.

중심가는 사람들로 북적거리고 길에는 차들이 씽씽 지나다녔다. 초저녁부터 반쯤 잠이 든 듯 고요하고 모든 게 느릿하던 빌뉴스와는 완전히 다른 모습이다.

더구나 리가의 구시가지. 스토크만 백화점에서 여유로운 걸음으로 10분쯤 더 걸어가면 마치 잘 준비된 연극 무대처럼 장엄한 모습을 드러내는 구시가지는 별 기대를 하지 않고 찾아든 방문객, 우연한 여행자들을 깜짝 놀라게 할 정도로 인상적인 모습이다. 압도적인 건축미를 자랑하는 건물들이 즐비하다.

리가는 19세기 말과 20세기 초에 집중적으로 건설된 아르누보Art Nouveau 양식의 건물들로 명성이 높다. 인간의 얼굴 등 정교한 조각을 붙여 건물을 장식하는 아르누보 양식은 유럽적인 소재에 국한하지 않고 이집트, 이슬람, 자연 등 다양한 요소들을 일반 건물에 과감히 차용, 당시로써는 획기적인 건축 양식이었다. 오늘날 리가는 유럽을 대표하는 아르누보 빌딩들을 다수 보유하고 있다.

이 커다란 도시가 한때 발트해 상업의 중심지로 얼마나 부유했는 가 하는 것은 많은 자금과 노동력을 쏟아부은 대형 건축물들 외에도 이웃나라 리투아니아에 남아 있는 수많은 민요들, 러시아와 폴란드 의 학정을 피해 부유한 리가로 떠난 농민들의 노래에서 추측해 볼 수 있다.

"여보게 자네 우리 할아비들이 어디로 갔는지 알고 있는가.
리가로 갔다네, 보드카 공장에 돈 벌러 말야.
여보게 자네 우리 할망구들이 어디로 갔는지 알고 있는가.
리가로 갔다네, 담배공장에 돈 벌러 말야."

또 이런 노래도 있다.

"형제들이여 리가로 가세.
리가에 가면 살기가 좋다네.
그곳에 가면 개들도 금으로 되어 있고
수탉도 전부 은으로 되어 있다네."

유럽의 이런 고도에서 유유자적 시간을 보내는 것은 쉽고도 즐거 운 일이다. 사실, 한국에 사는 우리가 비행기를 타고 멀고 비싼 유럽 으로 날아오는 것은 바로 이런 시간을 위해서가 아닌가.

멋있는 건물을 구경하며 오래된 길을 걷는 것만으로도 한나절이 후딱 지나간다. 앉아 보고 싶은 카페가 한 집 건너 하나씩이고, 심심해질 만하면 선물상자처럼 화려한 가게나 쇼핑몰이 나타난다. 좀 더 조용한 곳을 원한다면 나무 그늘 아래 벤치가 놓인 작은 공원을 찾아가면 된다.

라트비아는 발트해 국가들 중 한국과 교역량이 가장 많고 리가에는 주재원 등 한국인들이 많이 살고 있다. 구시가를 어슬렁거리며 걷다가 어느 골목 안에서 한국 식당을 발견, 걸음을 멈췄다. 눈에 익은 한글이 반가웠다.

식당 안은 서양인들의 비율이 압도적이다. 기대했던 한국인 주인의 모습은 보이지 않고 다른 한국인 손님도 없었다. 비즈니스맨으로 보이는 현지인들이 서툰 젓가락질을 하고 있었다. 메뉴를 보니 정통 한식당이라기보다는 중국풍에 가까웠다.

웨이트리스가 함박웃음과 함께 나를 맞았다. 기분이 좋아졌다. 사람들이 친절하다고 말할 수 있는 곳이 못 되는 발트 3국을 여행하는 내내 저런 모습이 그리웠던 것 같다.

돌돌 말아 곱게 틀어올린 금발에 알록달록한 개량 한복을 말쑥하게 차려입은 여자다. 조금 어둑한 식당 내부가 사뿐사뿐 그 여자가 움직이는 방향대로 밝아지는 듯 느껴졌다. 런치세트는 중국식과 한식이 뒤섞여 그저 그랬지만 그 미소가 눈부셨다.

"맛있게 드십시오."

"감사합니다!"

식사를 마치고 일어서는 나를 향해 웃으며 말한다. 억양과는 상관없이, 오랜만에 듣는 한국어가 감미롭게 느껴졌다.

사랑에 빠지는 것도 이런 식일 듯하다. 웅장한 건물들로 꽉 채워진 구시가나 유럽 최고의 아르누보 빌딩도 좋지만 건축 관계자가 아닌 나는 그보다 더 보편적인 것에 감동한다. 사람이 만든 것보다도 사람이 더 중요하다.

순간 벌어지는 입술, 깜박거리는 눈썹에 감도는 따뜻한 기색, 말 끝에 묻어나는 다정함. 이렇게 소소하고, 미묘하고, 오래된 건물보다 더 오래오래 내 기억에 남게 될 것들.

발트해에서 가장 아름다운 도시다. 리가.

정확한 맥주잔.
세상에 널리 보급됐으면.

sahm
0,31

마지막 도시

　발트해 국가에서 예정했던 시간이 흘러갈수록, 갈증을 닮은 초조함, 한 시간 뒤보다 내일을, 나아가 이틀 뒤를 생각하게 되는 기대감은 점점 더 커져만 갔다.

　폴란드를 벗어난 지 오래지만 여전히 그 근처에 있다는 생각에서 벗어날 수가 없었다. 생각해 보자. 리투아니아는 지리적으로 폴란드의 사촌이고, 라트비아는 리투아니아의 사촌이며, 에스토니아는 라트비아의 사촌이다. 모두 거대한 한 패밀리란 말이렷다. 내 카메라를 훔쳐간 녀석의 친척의 친척의 친척들, 혹은 친구의 친구의 친구들.

　상황이 달라진 것은 라트비아 국경을 넘어 에스토니아로 들어서면서부터였다. 라트비아의 사촌인 동시에 바다 건너 북유럽 핀란드의 사촌이기도 한 그곳에 마침내 도착했다.

　어서 핀란드에 가고 싶다. 그곳이야말로 폴란드와 대비되는 내 상상 속 이상향인 동시에 이번 여행의 최종 목적지다. 라트비아 국경을 넘어 에스토니아에 입성, 점점 북쪽으로 갈수록 핀란드를 닮은 부분들이 나타나는 것 같아 반갑고 기뻤다.

그렇게 에스토니아의 수도 탈린에 도착했다.

발트해의 꽃-이 수식어는 '진주'나 '파리'란 말만큼이나 흔한 것 같다.-이라고 불리는, 아름답다고 소문난 도시다. 내 눈에는 도시의 아름다움보다도 핀란드에 아주 가까이 왔다는 증거들이 더 뚜렷하게 눈에 들어왔다. 물가가 비싸고 날씨가 싸늘했다.

에스토니아는 작지만 꽤 부유한 나라다. 스카이프Skype와 슈퍼모델 카르멘 카스Carmen Kass의 고국이기도 하다. 휴대전화로 주차요금도 내고 2005년부터는 투표도 휴대전화로 할 만큼 IT 산업이 발달했다.

이곳의 물가는 라트비아보다 확실히 한 단계 더 비쌌고, 거리는 깔끔했다. 사람들은 냉정한 표정에 꼭 할 말만 했다. 모두 매우 바람직하게 느껴지는 특성들이다. 아마 핀란드는 저 비슷하면서 조금 더 정도가 세지 않을까.

덴마크, 스웨덴, 러시아, 그리고 독일로부터 번갈아 점령당했던 이 도시의 고풍스러운 구시가지는 이제 세계 각국에서 몰려든 각양각색의 관광객들이 휩쓸고 다닌다.

'오빠!'를 부르는 한국어가 귀에 들어오고, 미국에서 온 노년의 관광객들이 무리를 지어 비르Viru 거리를 걸어다닌다. 아이들 딸린 대가족을 이끌고 여행 짐을 이고 진 채 호스텔로 향하는 중국인 가장, 혼자 다니는 일본인, 그리고 옆 나라를 놀러 온 유럽 사람들과 러시아인들도 많다.

그중에는 로맨틱한 중세의 느낌을 맛보기 위해, 가격 대비 우수한 호텔과 식사를 즐기기 위해, 돌아가는 길에 면세 쇼핑도 할 겸 겸사겸사 방문한 핀란드 인들도 다수 있을 것이다. 북유럽보다는 모든 것이 저렴한 이곳에서 커트를 하고, 마사지를 받고, 안경을 맞추고, 치과 치료를 받고 있겠지.

관광객들로 북적거리는 도시다. 〈론리플래닛〉에서 추천하는 식당들은 미리 예약을 하지 않으면 식사 시간마다 만석이라 자리가 없었다. 호텔은 저렴한 호스텔에서 비싼 부티크호텔까지 부르는 게 값이었다. 공동 화장실을 써야 하는 구두 상자처럼 좁은 방 가격이 하루 10만 원. 물가로 보면 탈린은 이미 중부 유럽을 넘어 북유럽 수준에 도달했다.

그럼에도 탈린은 아주 매력적인 도시다. 뾰족 탑과 빛깔 고운 건물의 지붕들, 우거진 나무들이 그늘을 드리운 공원, 구불구불한 골목. 낭만적인 중세 도시를 보고 싶은 관광객의 기대를 100% 채워주는 아기자기함이 가득하다.

유럽 여행을 처음 시작한 사람에게, 탈린은 아마 오랫동안 기억될 것이다. 유럽이 상징하는 모든 것, 유구한 역사, 고풍스러운 옛 건물들, 영화에서나 본 로맨틱한 분위기의 카페와 식당들을 한데 모아놓은 초콜릿 상자처럼 느껴진다.

여행이 길어질수록, 방문한 도시의 숫자가 점점 늘어날수록, 기가 막히게 예쁜 도시는 아주 예쁜 도시로, 꽤 예쁜 도시로, 그리고, 그냥 예쁜 도시로 바뀌게 된다. 유럽에서 예쁜 도시가 갖는 의미의 덧없음을 느끼게 되면, 예쁜 도시는 아름다운 남자나 여자만큼이나 많다는 사실을 깨닫게 되면, 그때부터는 중세 도시의 예쁨에 대해 전과는 조금 다른 생각을 하게 된다.

루마니아의 시비우도 예뻤고 라트비아의 리가도 예뻤다. 그러나 그만큼 예쁜 도시는 다른 곳에도 많다. 단지 예쁜 것 하나만으로는 오래오래 기억될 수는 없다. 뇌리에 깊게 각인되기 위해서는 단순한 아름다움 외에 뭔가가 하나 더 필요하다.

비일상적인 어떤 사건의 배경이 된다면 좋을 것이다. 친절한 누군가로부터 기대치 않았던 도움을 받는다거나, 일생일대의 로맨스를 겪는다거나, 길을 걷다가 돈으로 가득 찬 가방을 하나 주워들어도 괜찮겠다.

이와는 반대되는 경험을 할 수도 있다. 크라쿠프! 그곳을 행복하게 기억할 수 없게 된 것은 그 자체로 상당한 고통이다. 사실 크라쿠프야말로 이번 여행을 하며 본 곳 중 가장 아름다운 도시에 등극할 만한 곳이었는데.

그러고 보니 폴란드를 떠난 이후 나는 하기 싫은 숙제처럼 어서 발트 3국을 후딱 끝내고 바다 건너 핀란드로 갈 날만을 내심 기다렸던 것 같다. 세상에서 범죄율이 가장 낮다고 알려진 질서와 안전, 평화와 번영의 땅이여.

탈린은 아름답지만 내 마음이 너무 급했다. 가이드북을 읽고 한 바퀴 도시를 돌며 어떤 건물이 아까 책에서 소개된 그 건물인지 찾아봤다. 중요해 보이는 건물의 사진을 몇 장 팡팡 찍기도 했다. 할까 말까 잠시 망설이다가 그래도 역시 해야만 할 것 같은 마음에 빙글빙글 나선형 계단을 돌고 돌아 100m가 넘는 뾰족탑 위로 올라갔다.

말이 100m지 뛰다시피 걸어서 올라가기엔 너무 높은 건물이다. 다리가 후들거리고 심장이 터질 것 같다. 모처럼 온 여행이라는 생각에다 성실한 여행자로서의 강박관념마저 더해지면 때론 이렇게 생사람 하나 잡고도 남을 만한 일을 거뜬히 해내게 된다.

아래를 내려다보니 정신이 어질할 만큼 높은 탑이다. 유럽의 도시는 예외 없이 이렇게 올라가서 시 전체를 조망할 만한 곳이 한 군데 이상 있다. 올라갔노라, 보았노라, 내려가야겠노라!

헐떡거리며 파노라마처럼 펼쳐진 주변 전경을 굽어보는 것도 잠시, 다시 나선형 계단을 돌고 돌아 뾰족탑을 내려왔다. 어두컴컴한 동굴처럼 좁고 가파른 층계 곳곳에 노인들과 과체중의 여행자들이 헉헉 가쁜 숨을 몰아쉬며 매달려 있었다.

둘러보기를 끝냈으니 다음은 문화 체험을 할 차례다. 숙소의 여직

원이 소개해 준 '내 할머니-할아버지였나-의 가정식 요리'라는 이름
의 식당에 갔다. 관광객들 틈에 끼어 에스토니아식 전통 음식으로 저
녁을 먹었다. 야생멧돼지 고기에 감자, 연어를 곁들인 요리다. 디저
트로 참깨 아이스크림까지 한 그릇 먹고 나자 이 도시에서 해야 할
최소한의 관광을 전부 끝냈다는 생각에 비로소 홀가분해졌다.

그렇게 나는 예쁘기로 소문난 발트해의 꽃, 죄 없는 탈린을 무지막
지하게 해치워버렸다. 공원의 나무 그늘 아래 벤치에 걸터앉아 사색
을 즐기지도, 마음에 드는 카페에 들어가 카푸치노 한 잔을 마시지도
못했다. 다음 장소로 가기 위해서는 반드시 거쳐야만 하는 복도처럼,
그렇게 이 멋진 도시의 여정을 끝내고 말았다.

목표 달성보다 과정이 더 중요하다는 말을 수백 번 들었으면서도,
결과는 곧 과정의 총합이라는 말에 진심으로 동의하면서도, 한시라
도 빨리 최종 목적지에 닿고 싶다는 초조함을 떨칠 수가 없었다.

갈망이란 이루지 못함으로 인해 고통당하고 있다는 뜻이기도 하
다. 여행을 시작한 지 한 달 반이 지난 지금, 어서 핀란드에 가고 싶
어 더 이상 다른 생각을 할 수가 없다. 이제 거의 다 온 것이다.

에스토니아 탈린에서 핀란드 헬싱키로 가는 페리는 두 가지가 있
다. 세상일들이 대개 그러하듯 양자택일을 해야만 한다. 느린 대신
안락하게, 아니면 빠르지만 고통스럽게.

바이킹 등 대형 회사에서 운행하는 크고 편안한 페리는 세 시간 이
상 걸린다. 이보다 더 빨리 가려면 쾌속정을 타야만 했다. 린다라인
Linda Line이라는 이름의 배다.

"헬싱키까지 한 시간 반이면 닿아요."

린다라인의 매표소 여직원은 에스토니아 인답지 않게 싹싹하고 상냥했다. 어쩌면 라트비아에서 건너온 이민자일지도 모르겠다.

"알아두세요. 바람이 부는 날엔 멀미가 좀 날 거예요."

"상관없어요."

내가 대답했다.

"쾌속정은 작은 배라, 바다가 거칠면 선체가 많이 흔들리거든요."

"상관없어요."

"어제부터 바람이 좀 부는데…."

"상관없어요."

쾌속정을 탔다. 매표소의 여직원이 말한 그대로였다. 바람이 불고, 선체가 많이 흔들렸으며, 결국 울렁거리는 속 때문에 항해 내내 괴로웠다. 그래도 상관없었다.

배는 예정대로 한 시간 반 만에 헬싱키에 도착했다.

지금쯤 둘리틀도 이곳으로 날아오고 있을 것이다.

까도 까도 또 나오는 저 인형!
러시아의 영향권이라는 것이 명백하다.

바로크식 건축물로 가득 찬 구시가지, 빌뉴스 (위)
대성당, 빌뉴스 (아래)

호패처럼 가이드북을 늘 테이블에 올려놓았다. 빌뉴스

여름철은 각종 베리의 계절이다. 리가 (위)
시굴다 성의 직원이자 엔터테이너, 라트비아 (아래)

발트해에서 가장 아름다운 도시, 리가 (위)
겨울의 흔적은 여름에도 완전히 지워지지 않는다. 리가 (아래)

국립공원 안의 시굴다 성, 라트비아

구시가지, 리가

러시아의 영향이 뚜렷하다. 탈린 (위)
관광객이 많고, 식당도 잘된다. 탈린 (아래)

비싼 에스토니아에서, 그나마 싼 게 맥주다. 탈린

핀란드!

드디어 도착했다. 핀란드.
하늘이 새파랗고, 태양이 반짝거렸다.
바람이 사각거리며 불었다.
헬싱키 중앙역에서 기차를 타면 북극 가까이 갈 수도 있다.
차가운 바람이 시작되는 곳.

"좋더라, 핀란드. 아주 좋던데."

터키에서 출발해 불가리아와 루마니아, 폴란드, 그리고 발트 3국을 차례로 거쳐 바다 건너편 핀란드 땅에 발을 디딜 무렵, 나 또한 둘리틀의 저 말을 기정사실로 여기게 되었다. 행복한 결말에 대한 막연한 기대가 고달프거나 지루한 일상을 이기게 하는 힘이 되는 것처럼, 여행의 마지막에 놓인 목적지는 아름다워야 했다. 아름다울 것이다. 틀림없이 그렇겠지.

이번 여행의 종점이자 하이라이트로 핀란드보다 더 논리적으로 느껴지는 나라는 지도상에 없었다. 유럽의 북쪽 끝 한 조각. 위치뿐만 아니라 경제적, 정치적, 그리고 자연경관에 있어서도 출발점인 터키와 대척 관계에 있다.

북유럽 중 인기 있는 여행지는 못된다. 스웨덴만큼 친숙하지 않고 노르웨이만큼 압도적인 자연경관을 자랑하는 것도 아니다. 안데르센

도 없고 인어공주도 없다.

따라서 가장 덜 알려졌다. 고요하고 한적한 핀란드. 이 나라가 이제 한국에서 가장 가까운 유럽으로 등극하다니, 아이러니하다. 핀에어Fin Air가 인천국제공항에 취항, 수도인 헬싱키까지 직항편으로 단 8시간 반이면 닿을 수 있다.

헬싱키. 그다지 사랑스러운 어감은 못된다. 무슨 스키 브랜드나 하드웨어 회사, 또는 의료기기를 제작하는 회사의 이름처럼 들린다. 차갑고, 매끄럽고, 어쩐지 하얀색이나 은색일 것 같다.

최근 몇 년간 핀란드의 사례를 연구한 서적들이 붐처럼 쏟아져 나왔다. 주로 이 나라의 경쟁력에 대해 분석한 책들이다. 이런 책에는 다음과 같은 단어들이 반복적으로 등장한다.

호수(40만 개), 사우나(170만 개), 과묵함, 무뚝뚝함, 수줍음, 고요함, 백야, 산타클로스.

리처드 D. 루이스Richard D. Lewis의 저서 〈문화적으로 고독한 늑대, 핀란드Cultural Lone Wolf〉는 핀란드 인의 성격 분석을 위해 지면의 상당 부분을 할애하고 있다. 다음은 핀란드 대학생들이 스스로에 대해 평가한 내용이다.

"전형적인 핀란드 인은 말수가 매우 적고 조용하다. 숫기가 없고 좀처럼 속내를 내보이지 않는다. 붙임성이 없고 극도로 내향적이다. 다소 냉정하고 딱딱한 면이 있다. 사람을 믿지 못하고 매사에 의심이 많다. 고집이 몹시 세고 자기중심적이다."

한마디로 말해 숲 속에 홀로 사는 은둔자 같은 민족이란 말이다. 어느 개인의 특징이 아니라 전체적인 민족성이 저렇다니, 목수들이 살기에 좋은 나라일 것 같다.

〈문화적으로 고독한 늑대, 핀란드〉는 계속해서 다음과 같이 말한다.

"핀란드 인의 전형적인 여름휴가는 깊은 숲 속 호숫가에 지어진 통나무집에 가 장작불을 피워 사우나를 하면서 몸이 더워지면 풍덩 물에 뛰어들고, 어둑한 숲을 헤매며 갖가지 베리와 버섯을 바구니에 따 모으는…."

비현실적이다. 평균 소득 1인당 연간 6만 달러. 한 가구당 평균 2억 원이 넘는 소득을 올리는 국민들이 휴가를 위해 시골로 가서 오두막에 틀어박혀 순록고기 바비큐나 해 먹는다니, 소박한 것을 넘어서 귀엽다.

사실인지 아닌지 확인하기 위해서는 호숫가 오두막에 직접 가 보는 수밖에 없을 것이다.

"미안해서 어쩌나. 그때는 오두막이 모두 예약되고 빈 게 하나도 없는데."

핀란드 오두막 예약 사이트를 뒤져 적당해 보이는 곳에 연락하니 저런 답장들이 날아왔다. 드물게 빈방이 있더라도 예약할 수 없었다. 홈페이지마다 이렇게 나와 있었다.

"여름휴가철에는 최소 예약 단위가 일주일입니다."

핀란드를 여행하고 난 지금 몇 가지에 대해 확신을 갖고 말할 수 있게 됐다. 이 나라에는 호수가 정말, 정말로 많고 오두막도, 사우나도 진짜로 많다.

책에 설명된 것처럼 핀란드 인들이 무뚝뚝하냐고?

그렇지는 않다고 생각한다. 그렇게 느껴진 것은 단 한 명뿐이었고, 그녀는 무뚝뚝한 게 아니라 천성이 심술궂은 여자였던 것 같다. 그런 사람은 핀란드뿐 아니라 세상 어디에나 있다.

그 여자가 누군가 하면 헬싱키 중앙역 근처 소코스바쿠나Sokos Vaakuna 호텔의 리셉셔니스트다. 남자처럼 짧게 자른 자줏빛 머리에 새하얀 피부, 금테 안경 속 눈동자는 무섭도록 새파랗게 빛났다. 그리고 그다지 크지는 않지만 몹시 뾰족한, 한 번 살짝 손가락을 대어 나에겐 없는 그 이국적인 예리함을 직접 느껴보고 싶은, 전형적인 북유럽인의 코.

둘리틀은 서울에서 핀에어를 타고 오기로 되어 있었다.

약속 장소에 내가 먼저 도착했다. 헬싱키 중앙역 바로 옆에 있는 소코스바쿠나 호텔.

소코스바쿠나 호텔의 로비.
어디엔가 '러시아식 호텔'이라는 설명이 있으면
그곳은 피하는 게 좋다.
왜냐고 묻지 말고, 부디 그렇게 하세요.

인상파 그녀

본격적인 핀란드 여행을 시작하기에 앞서 이 나라에 대해 좀 더 이야기할 필요가 있을 것 같다.

〈문화적으로 고독한 늑대, 핀란드〉에서는 핀란드 인의 성품을 말해주는 역사적 사실과 더불어 속담과 일화들이 대거 등장한다.

시르카: 여보, 마르쿠. 당신은 왜 날 사랑한다고 한 번도 말해주지 않수?

마르쿠: 25년 전 우리가 결혼하기 직전에 그렇게 말했잖소. 내 입장에 변화가 생기면 알려주겠소.

또 이런 이야기도 있다.

어떤 형제가 오랜만에 호프집에서 만나 맥주를 마셨다. 조용히 술을 마시던 중 동생이 먼저 입을 열었다.

　　동생: 형님, 그래서 요즘은 어떻게 지냈수?
　　형: 넌 여기 수다 떨려고 왔냐? 맥주 마시려고 왔냐?

이런 농담들이 반복해서 말하고자 하는 것은 핀란드 인들의 극도로 과묵하고 내성적인 성격, 그리고 북쪽 날씨를 똑 닮은 차가움이다. 1년 중 한 달이 훨씬 넘는 시간 동안 어둠에 갇혀 살아가야 하는 사람들.

"핀Finn : 핀란드 인의 약칭들이 말수가 적은 것은 사실이지. 여럿이 모이는 장소도 아주 조용하거든."

스위스 인 줄리안이 핀란드를 여행한 경험에 대해 이야기를 들려

주었다.

"기차를 탔는데 주말이라 승객들로 가득했는데도 마치 도서관처럼 조용했어. 어린아이들도 꽤 많았는데! 이탈리아와는 정반대라고나 할까. 하지만 걱정 마. 핀들은 딱히 친절한 사람들은 아니지만 그렇다고 불친절한 사람들도 아니니까. 말수가 적은 것은 사실이지. 사실, 아주 적어. 아마 네가 먼저 말을 걸기 전에는 입을 열지 않을 걸. 외국인에게만 그런 것은 아니고 핀들 사이에서도 마찬가지야. 여자들 중에는 그래도 좀 수다스러운 사람들이 섞여 있는데 남자들은 완전 과묵 그 자체야. 말 많은 걸 경박하게 보거든."

핀들의 또 다른 특징이라면 확실함과 성실함이라고 했다. 건성건성 일 처리를 해 상대방을 속 터지게 하는 종족은 아닌 것이다.

그렇게 바다 건너 헬싱키에 도착했다.

첫 번째로 느낀 것은 탈린에서보다 확연히 차가워진 날씨다. 두 시간도 안 걸리는 배 여행이었는데 뚜렷하게 체감할 수 있을 만큼 공기가 싸늘해졌다. 파란 하늘에서 내리쬐는 여름 햇볕은 여전히 따가웠지만 팔에 와 닿는 공기의 결이 선득하다.

두 번째로 달라진 것은 비싼 물가다. 한국의 세 배쯤 되는 듯했다. 항구에서 기차역까지 트램을 타기 위해 4000원을 주고 표를 끊었다.

허무하게도 세 정거장 만에 목적지에 도달했다. 2km나 될까 말까 한 거리다. 세 번째 특징. 핀란드의 수도 헬싱키는 매우 작은 도시라는 것. 인구 50만 명.

"저기, 저쪽으로 가면 기차역이에요."

내가 최초로 말을 건 핀란드 인은 영어를 전혀 하지 못했다. 소박하게 차려입은 작고 뚱뚱한 백발의 할머니였는데, 기차역의 방향을 묻는 내 앞에서 당황해 하다가 어디선가 손녀뻘 되는 여자를 한 명 데리고 왔다.

큰 덩치에 찰싹 달라붙는 짤막한 조깅복을 입은 금발 여자다. 유창한 미국식 영어를 썼다. 유럽 인이 아니라 미시간이나 아이오와 주 어디쯤에 사는 주민처럼 보였다. 기차역을 찾아가는 방법을 아주 상세히 알려주었다.

기차역에 도착한 내가 두 번째로 만난 핀란드 인 또한 젊은 여자다. 은발에 가까운 백금발에 예쁘장한 얼굴. 아주 친절했다. 역시 완벽한 미국식 억양의 영어를 구사했다.

"소코스바쿠나 호텔이라면 저쪽으로 가야 해요. 소코스 백화점이랑은 입구가 다르니까 주의하세요."

여자가 알려준 대로 건물을 찾았다. 나와 말을 하게 된 세 번째 핀란드 인은 앞선 두 사람과는 사뭇 태도가 달랐다.

소코스바쿠나 호텔의 리셉셔니스트다. 키가 크고 바짝 여윈 여자였는데, 남자처럼 짧게 친 머리를 자줏빛이 감도는 붉은색으로 염색하고 금테 안경을 썼다. 스칸디나비아 인같기도 하지만 러시아 인처럼 보이기도 한다. 어쩌면 러시아 인일지도 모른다. 헬싱키에서 러시아까지는 버스로 예닐곱 시간이면 오가는 거리다.

"이왕이면 기차역이 보이는 방을 주면 좋겠는데요."

내 말에 모니터로 객실 상황을 조회하던 여자는 고개를 들어 나를 힐끔 쳐다봤다.

"그런 방은 지금 없어요."

그녀는 사무적인 태도로 말했다.

"오후 2시 이후까지 기다리면 방이 나는데, 기다리려면 기다리고, 지금 체크인하길 원한다면 전망 없는 방뿐이에요."

"오후 2시라고요? 하지만 지금은 겨우 정오밖에 안 됐잖아요. 오후 2시까지는 두 시간이나 남았는데, 아, 물론 원래 호텔들의 체크인이 오후 2시부터라는 걸 잘 알지만, 난 지금 너무 피곤하고, 배도 고프고, 에스토니아에서 배를 타고 이제 막 도착했거든요."

초승달처럼 가늘게 그린 여자의 한쪽 눈썹이 치켜 올라간 것은 바로 그때였다. 그 얼굴에 순간적으로나마 혐오의 빛이 떠올랐다. 아마 이렇게 말하고 싶은 것이겠지.

"넌 체크인하러 왔냐? 수다 떨러 왔냐?"

순순히 방 키를 받아들었다. 전망이 없어도 좋다. 아무 방이라도 좋으니 어서 좀 푹 쉬고 싶었다.

그러나 그로부터 5분 후, 리셉션의 그 쌀쌀 맞은 빨강 머리 여성과 다시 한 번 얼굴을 마주해야 한다는 것을 깨달았다. 여기가 러시아식 호텔이라는 것을 깜박 잊은 게 실수다.

러시아식 호텔이 무엇이냐고? 앞서 잠깐 언급했지만 그런 게 있다. 불초소생의 말을 다시 한 번 명심하시라. 앞으로 어디선가 '러시아식 호텔'이라는 말을 듣거든 다른 생각 말고 다른 호텔을 알아보시라. 투숙객 친화적인 호텔의 반대말쯤 되는 용어니까.

이 호텔의 복도는 건물 외관을 보고 생각했던 것보다 어처구니없을 만큼 길었다. 무거운 트렁크를 이고 끌며 아무리 걸어도 복도의 끝이 나오지 않았다.

어떻게 이런 식으로 건물을 설계할 생각을 했을까. 끝났으면 하는 시점에서 결코 끝나지 않고 계속해서 이어진다는 점에서, 이 호텔의 복도는 마치 악몽과도 같았다. 어떻게 이렇게 길고 길 수 있는지 믿어지지 않을 정도였다. 4차원의 세계에 빠져드는 것처럼. 100m도 더 걸었다고 생각될 무렵 모퉁이를 도니 다시 한 번, 끝이 보이지 않는 마술적인 복도가 펼쳐진다.

게다가 하필 복도의 맨 끝 방이었다. 다시 100m를 걸어 마침내 도달, 문을 열고 안으로 들어갔다.

꽤 넓은 방이다. 그런데 커다란 유리창 전체가 옆 건물로 인해 시야가 완전히 막혀 있다. 이렇다면 창문이 아예 없는 것과 별 차이가 없다.

"마음이 변했어요."

다시 200m를 되짚어 1층으로 내려왔다. 녹초가 된 나를 빨강 머리가 짜증스럽다는 표정으로 쳐다본다.

"엘리베이터에서 너무 멀어요. 전망도 없고."

"멀긴 멀죠."

여자는 감정이 섞이지 않은 목소리로 대꾸했다. 냉전 시대의 러시아 어디쯤에서 오가는 대화처럼 느껴졌다.

'빨강 머리 동무, 방을 좀 바꿔주시라요.'

"가이드북에서 읽었는데 이 호텔에서 보는 중앙역 전망이 아주 뷰티풀하다고. 그러니까 아까 말한 대로 오후 2시까지 방이 나길 기다리면…."

"오후 2시 이후."

여자가 정정했다.

"그래요. 오후 2시 이후까지 기다리면 전망 좋은 객실에서 묵을 수 있다고 했죠? 그게 확실하긴 한가요? 어디서 봤는데 이 호텔의 전망 좋은 방은 경치가 아주 기가 막히다고, 내가 헬싱키에 언제 또 올지 모르는데 이왕이면 멋진 전망을 가진 방에 묵고 싶어요."

여자는 모니터를 들여다볼 뿐 들은 척도 하지 않았다. 무반응에 당황한 나는 점점 더 떠들어대고 있었다. 내가 언제 다시 헬싱키에 올지 모르는데 이왕이면 전망이 좋아야….

여자는 침묵을 지켰고 할 말을 찾던 나는 호텔 안내 책자를 한 부 집어들었다.

"아, 여기 보니까 이 호텔엔 사우나도 있네요. 집 떠난 후 한 번도 사우나를 못했는데, 핀란드는 사우나로 유명하다고 들었는데 오늘 밤에 해보면 좋은지 어쩐지 알게 되겠…."

빨강 머리 여자는 마침내 고개를 들었다.

"오후 2시 이후까지 기다리겠어요? 아님 말겠어요?"

여자가 이를 악문 것이 느껴졌다.

"Yes? or no?"

"Yes."

"가방 보관 룸은 저쪽에 있고, 여기 키가 있어요."

짐을 보관하는 곳은 창고처럼 어둑했다. 문 위에 붙은 종이에 이렇게 적혀 있었다.

'짐이 분실될 경우 호텔은 일체 책임 없음'

이곳이 러시아식 호텔이라는 것은 1층 로비의 모습에서부터 명백하다. 인간의 등이나 엉덩이에 대해서는 전혀 생각하지 않고 만든 듯한 기묘한 의자와 테이블, 1950년대에 〈스타워즈〉를 촬영했더라면 우주선 속을 이렇게 표현하지 않았을까 싶은 가구들이 한 무더기 놓여 있다.

지루한 시간이 가고, 마침내 오후 2시가 됐다.

"방은 아직 준비가 안 됐어요."

여자는 모니터에서 고개도 들지 않고 사무적으로 말한다.

"오후 2시가 아니라 오후 2시 이후라고 말했잖아요."

"나도 알아요. 혹시나 해서 한 번 와본 것뿐이에요. 기다리는 거야 좀 더 기다린다고 치고, 뭣 좀 하나 물어나 봅시다."

이왕 수다쟁이로 찍혔으니 될 대로 되라는 심정으로 내가 말했다. 제 돈 주고 묵는 호텔, 러시아가 아닌 핀란드에서, 이렇게 러시아스러운 호텔과 직원을 마주하게 될 줄은 생각지 못했다.

"전망 좋다는 방 말이요. 내가 지금 무려 두 시간 넘게 기다리고 있는 바로 그 방. 그게 설마 아까 나한테 줬던 첫 번째 방보다 크기가 형편없이 작거나 그런 것은 아니겠지요? 왜냐하면 내가 인터넷에 올라온 어떤 리뷰에서 읽었는데, 당신네 호텔은 방 크기가 제각각이라 어떤 방은 크고 다른 방은 아주 작다던데? 아까 내가 본 첫 번째 방은 엘리베이터에서 무지하게 멀고 전망이 볼품없긴 해도 넓기는 상당히 넓었거든요. 침대 네 개는 너끈히 들어가고도 남을 정도로 넓습디다. 그런데 내가 지금 기다리고 있는 방, 기차역이 내려다보인다는 그 방도 아까 그 첫 번째 방과 넓이가 똑같겠지요? 만일 훨씬 좁거나 하면 난 기다린 보람이 없어 크게 실망할 것이고, 아무리 전망이 좋다고 해도 그런 좁은 방에서는 내가 헬싱키에 언제 또 와 본다고 쩍 쩍 멍멍 왈왈 꿀꿀…."

"크기는 똑. 같.아.요."

여자의 눈동자가 새파랗게 이글거린다. 핀란드해협에서 출렁거리는 바닷물을 똑 닮은, 얼음처럼 차디찰 것만 같은 그 눈동자.

한참을 더 기다린 끝에 오후 3시가 다 되어서야 겨우 체크인을 할 수 있었다. 기대를 가득 안고 문을 열고 들어선 그 방은 처음 방의 절반보다 약간 작은 크기였다.

결국 핀란드 인은 과묵할 뿐 일처리가 딱히 확실한 사람들은 아닌 것 같다.

핀란드 식당에 들어가 메뉴를 펼친다.
구운 멧돼지, 구운 연어, 구운 산딸기.
순록은 핀란드 어로 '뽀로' 라고 한다.

핀란드 여행의
동반자를 소개합니다

소코스^{Sokos}는 핀란드 전역에서 흔히 보는 체인 호텔이다. 헬싱키에만도 10여 개가 있다. 소코스토르니, 소코스프레지덴티, 소코스앨버트, 소코스헬싱키, 소코스타피올라가든….

그중 위치로 말하자면 최고는 단연 소코스바쿠나 호텔이다. 헬싱키 중앙역 바로 옆에 자리한다. 이 호텔을 고른 것은 순전히 둘리틀을 위해서였다.

"헬싱키공항에서 나오면 바로 앞에 핀에어에서 운행하는 공항버스가 있을 거야. 20분에 한 대 있고 요금은 6유로야. 택시는 35유로니까 꼭 버스를 타도록 해요. 그 버스의 종점이 바로 헬싱키 중앙역이야. 소코스바쿠나 호텔은 그곳에 내려서 길만 건너면 있어. 소코스백화점과 붙어 있으니까 찾기 쉬울 거야. 소코스바쿠나야. 체인이라 다른 소코스 호텔도 많은데 바쿠나가 붙는 것은 거기 한 곳뿐이야.

구글에서 지도를 출력해 한 부 두고 갈 테니까 참고하도록 해."

둘리틀이 오기로 했다. 그의 여름휴가에 맞춰 헬싱키에서 랑데부, 함께 핀란드를 여행하고 귀국하는 것은 이번 여행의 결말이자 하이라이트가 될 예정이었다.

태양이 이글거리는 8월. 관광객들로 붐비는 유럽의 나머지와는 달리 핀란드는 여행자들이 적고 날씨가 서늘해 좋았다. 둘리틀은 이 나라를 여행한 적이 있으니 안내자 역할을 할 수도 있을 것이다.

그는 예정된 시간에 제대로 나타났다. 소코스바쿠나 호텔의 로비에서, 우리는 다시 만났다. 두 달 만의 일이었다.

"잘 찾아왔네. 소코스바쿠나를 찾느라 힘들진 않았어?"

"뭘. 공항에서 택시 타니까 금방이던데."

"택시? 공항버스 타고 오라고 했잖아. 그래서 일부러 이 호텔을 고른 것인데."

"그랬나? 깜박 잊어버렸지!"

그는 환한 얼굴이다. 어깨에는 낡아빠진 작은 배낭, 한눈에도 거의 비었음이 분명한 홀쭉한 배낭을 메고 있었다. 양말과 속옷이나 몇 벌 들어 있으리라.

원래 그렇다. 오래전 어느 열대 나라로 가는 여행에서, 그는 수영복과 반바지 대신 위아래 속옷 일곱 벌과 두꺼운 겨울 양말 다섯 켤레, 그리고 사전처럼 두꺼운 책 너덧 권을 가방에 넣어 왔었다.

"더운 곳에서 입을 만한 얇은 옷을 한 벌이라도 가져가면 어떨까 하는 생각은 안 했어?"

"…!"

센스가 뛰어난 동반자는 아니다. 나보다 더 길눈이 어둡다면 말 다 했다. 돈 계산에 서툴고, 환전할 때에는 환율이 제일 낮거나 커미션이 제일 높은 환전소를 귀신처럼 골라 들어갔다. 어쩌다 잔돈을 덜 받는 일이 생겨도 수줍음이 너무 많아 따지지도 못했다. 왜 가만히 있느냐, 어서 가서 항의하라고 재촉하면 처음에는 못 들은 척하다가 결국 벌컥 화를 냈다. 거스름돈 덜 준 사람이 아니라 바로 나에게.

"잔돈 맞나 세어보며 짧은 휴가를 보내고 싶진 않아! 내 돈이니 내가 날리든 말든 상관 말라고!"

헬싱키에 왔으니 관광을 합시다. 이 도시를 검색해 나오는 한국의 블로그 포스팅은 대동소이한 내용을 담고 있다.

하얀 교회와 빨간 교회를 구경하고,

항구 근처의 시장을 돌아보며 뭔가 좀 사먹고,
'참 작은 도시구나' 생각하며 숙소로 귀환한다.

우리도 그렇게 했다. 구름 한 점 없이 맑게 갠 오후다. 햇살은 뜨겁고, 차가운 바람은 습기라곤 없이 바삭거렸다. 부자 나라 수도답게 아주 깨끗하고 질서정연했다. 거지도 없고, 호객꾼도 없고, 개똥도 없었다.

항구까지는 금방이다. 1km도 걷지 않은 것 같다. 가는 길에 하얀 교회(헬싱키 대성당)와 빨간 교회(우스펜스키 교회)를 구경했다. 파란 하늘을 배경으로 희고 무표정하게 생긴 갈매기들이 훨훨 날아다니면서 꺄옥꺄옥 귀에 거슬리는 소리를 내는 것이 가장 큰 소음이었다.

항구의 시장은 일국의 수도에서 가장 유명한 장터라고 하기에는 놀랄 만큼 조촐한 규모다. 철판에 볶아 파는 해산물 요리를 한 접시 사서 나눠 먹었다.

날씨는 좋고, 풍광은 아름답다. 우리는 계획한 대로, 약속한 대로 핀란드 헬싱키에 와 있다. 행복하지 않을 수 없는 순간이다.

우리 두 사람 모두 얼굴에 미소가 끊이지 않았다. 누군가의 일생에서 이렇게 순수하게 행복하기만 한 순간, 크고 작은 근심 걱정은 결이 고운 채로 몇 번이나 거른 듯 한 톨도 섞여 있지 않은 순정한 기쁨의 시간만을 모으면 모두 얼마나 될까. 며칠? 몇 시간?

터키에서 에스토니아까지, 먼 길이었다. 친구도, 강도도 만났고 술도, 고독도 맛봤다. 둘리틀이 핀란드에 왔고, 곧 자동차도 빌릴 예정이었다. 호숫가 마을 사본린나에 가서 오페라도 구경할 것이다. 티켓을 미리 구입한 것은 물론 그 마을의 위치 좋은 숙소에 이미 하룻밤 예약도 해 두었다. 아무 걱정이 없다.

"이런 게 바로 여행이지!"

스위스 인 줄리안의 마음을 이제야 알겠다. 우리는 팔짱을 끼고 음이 맞지 않는 노래를 큰소리로 부르면서 호텔로 돌아왔다.

그리고, 그것으로 행복 끝이었다.

무슨 뜻이냐고?

말 그대로다. 오랜만에 만난 둘리틀과 헬싱키 항구까지 천천히 걸어갔다 돌아오며 시내를 구경한 것. 그 두 시간이 이번 여행에서 내내 고대하던 가장 행복한 시간이었다.

그 다음날 빌린 렌터카는 운 좋게도 업그레이드를 받아 원래 우리가 예약한 등급의 자동차보다 훨씬 크고 좋은 고성능 차였고, 핀란드의 서부 해안에 들어선 마을들은 매혹적인 분위기를 뿜어냈다. 푼카하리유에서 빌린 호숫가 통나무집은 내가 상상하던 핀란드식 오두막의 전형 그 자체였다. 사본린나의 오페라는 처음부터 끝까지 한 번도 졸지 않고 감상한 내 평생 첫 번째 클래식 음악 공연으로 기억될 것이다.

그러나 렌터카나 호텔, 멋진 풍경과 공연이 여행의 전부는 아니다. 인생의 전부는 더욱 아니다. 간헐적인 이벤트성 행복보다 더 중요한 것은 그 사이를 채우는 거대한 공간이다. 화려한 꽃다발을 기다리기보다는 내 방 창가 화분 속 풀꽃이 죽지 않고 오래 피기를 더 간절히 바라게 된다. 일상의 평온함 말이다.

"별일 없는 거지?"

이런 인사말을 하는 것은 어른들뿐이다. 쾌활하고 용감한, 순진한 아이는 그런 재미없는 안부의 말을 묻지 않는다. 아직 불행의 무서움을 모르는 나이이기 때문에.

사실 이건 그 정도 사건은 아니다. 시내 구경을 마치고 오후 6시쯤 호텔로 돌아왔다. 둘리틀은 저녁 먹으러 가기 전까지 잠깐 눈을 붙이겠다고 말하고는 침대에 조용히 드러누웠다. 7시가 지나고 8시가 지났지만, 결국 밤 10시가 지나도록 그는 일어나지 않았다.

몇 번 눈을 뜨긴 했다. 악마처럼 붉게 핏발이 선 눈동자. 아이구, 무서워!

"잠 좀 자게 내버려 두란 말이야!"

내가 흔들어 깨울 때마다 그는 광기에 사로잡힌 표정으로 저렇게 고함을 쳤다. 회사 생활로 피곤이 쌓인 데다가 서울과의 시차 때문에 쏟아지는 잠을 참지 못하는 것이다.

"여행이고 뭐고, 난 잠이나 잘 거란 말이야!"

고래고래 소리를 지른 그는 곧 드르렁드르렁 다시 코를 골았다. 아까 갈매기 끼룩거리는 항구에서 행복하다고 속삭이던 것은 까맣게 잊은 채.

식당 정보에 밑줄을 그어놓은 가이드북을 덮었다. 혼자 나가 호텔 사우나를 다녀왔다. 둘리틀은 여전히 깊이 잠들어 있다. 어쩌면 이미 정신이 돌아왔지만 아까 소리친 것 때문에 자는 척하고 있는지도 모르겠다. 발바닥이라도 간질여 볼까 하다 말았다.

우리 두 사람 사이에는 두 달이란 시간과 공간이 놓여 있다. 헬싱키에서 만나는 순간 공간적 차이는 사라져 버렸지만 시간적 거리는 여전했다. 나는 유럽의 시간에, 그는 한국의 시간에 조율되어 있다.

지금, 한국은 새벽녘이다. 묵직하고 달콤한 잠에 사로잡혀 있을 시간. 졸음은 둘리틀을 그의 육체가 여덟 시간 반의 비행 끝에 간신히 빠져나온 고향의 시간대, 익숙한 예전 시간의 영역으로 도로 데려가 버렸다. 그의 절반쯤은 아직도 서울에 그대로 있다.

기다려야 한다. 잠에서 깨어나면 다시 헬싱키로 돌아올 것이다. 다음 잠이 밀려오는 그 순간까지.

소코스바쿠나 호텔. 작고 단순한 방이다. 침대와 의자 하나, 책상이 가구의 전부다. 시끄러울까 봐 TV를 켤 수가 없었다. 창문으로 다가가 바깥을 내려다보니 파랗게 빛나는 어둠이 엷게 내려앉아 있었다.

헬싱키 중앙역의 노란 조명, 그 주변을 레이싱 트랙처럼 빙글빙글 돌고 있는 전차와 자동차들의 헤드라이트 불빛이 현란했다. 어딘지 홀리는 데가 있는, 한참 바라봐도 질리지 않는 풍경이다. 야경의 불빛은 늘 그렇다. 겹겹이 쌓인 기억을 자극, 나풀나풀 날아다니는 나비들 사이에 앉아 있는 것처럼 정신을 혼미하게 한다.

결국 몇 시간이나 기다려 기차역이 내려다보이는 방으로 바꾼 것은 현명한 선택이었다.

핀란드 여행의 장벽은 두 가지다.
가는 사람 없는 것과 비싼 물가.
헬싱키 항구 시장에서 파는 해산물 식사.
파장 때 가면 반값.

헬싱키의 상징, 우스펜스키 교회

헬싱키 항에 입항한 해군들

수도의 필수 요건은 분수, 헬싱키 (위)
금발에 푸른 눈, 햇살에 대한 열망, 헬싱키 (아래)

헬싱키에서 가장 요란한 소음, 갈매기 울음

암석을 뚫어 만든 템펠리아우키오 교회. 경이롭다. 헬싱키

핀란드에서 운전하기

자동차를 빌렸다. 랄랄라.
투명한 호수들을 지나, 하얀 자작나무숲을 뚫고
달리고 달려도 날이 어두워지지 않는다.
여름엔 해가 지지 않고,
겨울엔 해가 뜨지 않는다.
누군가의 극단적인 상상력.

　　심리적 거리는 물리적 거리에 대체로 비례하지만, 핀란드의 경우 한국에서 가장 가까운 유럽이라는 실제 거리에 비해 심리적으로는 훨씬 멀리 놓인 것 같다. 스웨덴과 노르웨이에 여행 가는 사람은 많아도 핀란드에 관심을 두는 여행자는 적다. 호세 카레라스.

　　핀란드를 생각하는 것은 하얀 안개가 짙게 낀 너른 벌판을 바라보는 것과도 같다. 차가운 느낌이 풍기는 아득한 공간이다. 그 속에 군데군데 희미하게 보이는 것들이 몇 개 있다. 자작나무와 호수, 노키아와 자일리톨….

　　초현실적이다. 생각해 보라. 여름에는 해가 지지 않은 날―엄밀히 따지면 완전한 백야는 북극선인 북위 66.5도 위에서만 나타나는 현상이다.―들이 한참이나 계속되고 겨울이면 어둠이 그 자리를 대신한다. 동화 속에나 나오는 줄 알고 있던 오로라를 직접 목격할 수도 있다. 더 북쪽으로 올라가면 공식(!) 산타 마을도 버젓이 존재한다.

사람들은 금발에 연한 색깔의 눈동자를 가지고 있고, 독일어와 러시아 어 중간쯤에 놓인 언어를 구사한다. 태어나는 순간부터 죽을 때까지, 국가에서 이들을 알뜰살뜰 돌봐준다. 엄청나게 부자이며 극도로 진화된 사회 체계를 가지고 있지만 한국의 미디어에서는 어지간해서는 등장하는 일이 없다.

핀들은 실존하는가.

물론. 많지는 않지만 진짜로 거기 살고 있다. 희끄무레하고 수더분해 보이는 겉모습과는 달리 절대 만만하지 않은 사람들이다.

만만한 것은 둘리틀과 나였다. 헬싱키를 떠나 첫 번째 목적지인 피스카스로 향하면서, 상당히 주의를 기울였는데도 속도위반을-그것도 세 번이나 네 번쯤-저지르고 만 것 같았다.

'찌빠로봇'을 닮은, 동그란 눈 두 개가 달린 조잡한 금속 직육면체가 길가에 놓여 있기에 저게 뭘까 의아했는데, 그러고 보니 아까 카메라가 그려진 노란색 과속 경고 표지판을 본 기억이 났다.

"그게 과속 단속 기계였나 봐! 좀 천천히 가!"

"쉽지 않아!"

"뭐라고?"

"천천히 운전하는 게 생각만큼 쉽지 않다고!"

둘리틀의 말이 맞았다. 과속하지 않기가 어려운 상황이다. 가는 길도 하나, 오는 길도 하나인 왕복 2차선 도로였는데 차가 워낙 없다 보니 속도감이 잘 느껴지지 않았다. 느리게 운전하려고 의식적으로 주의를 기울여도 어느 순간 퍼뜩 속도계를 보면 제한 속도-구간에 따라 50~100km 사이다.-보다 훨씬 빨리 달리고 있었다. 게다가 한국과는 너무 차이가 나는 핀란드 특유의 단속 시스템 때문에 과속 기계에 자꾸만 걸리고 말았다. 과속을 경고하는 안내판이 나오고 나서 1~2분쯤 지나 과속 단속기가 나타나는 한국과는 달리 핀란드는 표지판이 나온 후 길게는 무려 15분쯤 시간을 끌고서야 단속기가 등장했다. 심리학자나 의학자의 자문을 받아 만든 단속 시스템 같다. 느리게 달려야만 한다는 기억이 가물가물해질 무렵 흉측한 찌빠로봇이 돌연 등장, 마음을 놓고 있던 운전자의 뒤통수를 치는 것이다. 걸렸지롱!

"물가가 비싸니 교통 범칙금도 엄청날 거야. 이러다간 렌트비보다 더 나오겠다."

핀란드를 포함, 북유럽 국가들에 대해 우리가 확실히 알고 있는 사실은 다음의 두 가지다.

첫째, 춥다는 것. 둘째, 비싸다는 것.

전자가 위도 때문이라면 후자는 높은 GNP와 더불어 너무 적은 인구 때문이다. 커다란 땅덩어리는 대부분 텅 비어 있다. 핀란드의 면적은 한반도의 1.5배가 넘지만 총인구는 우리나라 10분의 1에도 못 미치는 500만 명. 수도 헬싱키의 인구라고 해봐야 귀엽게도(?) 50만 명이다.

적은 인력만으로 시스템이 무리 없이 돌아가도록 정교하게 고안된 사회다. 어떤 호텔에 가더라도 동남아처럼 손님만큼 많은 숫자의 종업원들로 북적거리는 모습은 볼 수가 없다. 꼭 필요한 자리에 한 명. 많아야 두 명. 어떤 곳은 아예 무인으로 운영된다.

무인으로 운영되는 호텔 사우나도 있다. 사우나의 출입구에 키카

드를 꽂자 문이 열린다. 안에 들어가 옷을 벗고 텅 빈 사우나에 들어
간다. 다시 옷을 입고 나와 문을 닫자 철컥 자동으로 잠긴다. 직원은
아주 가끔 들어와 타월을 갈 뿐이다.

아침을 먹는 사람들로 가득 찬 식당에도 직원은 바닥난 음식을 채
워넣는 한두 명뿐이다. 식당으로 들어서는 사람들을 자리로 안내하
지도, 커피를 따라주는 일도 없다. 웬만한 일은 스스로, 그렇지 않으
면 그에 따르는 추가 비용을 감수해야 한다. 실용적이고, 독립적이
고, 철저하다.

이런 시스템이 보편화된 것은 높은 인건비와 적은 인구 문제뿐 아
니라 핀란드 인의 성격에서도 찾아볼 수 있다. 핀란드의 백화점이나
상점은 계산대로 일부러 찾아가야만 직원과 이야기를 할 수 있을 정
도로 손님에 대한 간섭이 없다. 스칸디나비아적 고독은 백야의 하늘
아래 대자연에서만 흐르는 것이 아니라 도시 곳곳에서도 느껴진다.

차를 렌트하기로 예약한 허츠Hertz 사무실도 텅 빈 공간에 여직원
혼자 우두커니 앉아 업무를 보고 있었다. 극점에 가까운 나라다운 풍
경이다. 단 한 사람.

"원래 예약했던 볼보 S40보다 상급 모델인 XC60입니다."

짧지만 실속 있는 한마디였다.

헬싱키를 빠져나갈 때에는 수많은 차들이 복잡하게 뒤엉켜 몸부
림을 치는 듯 혼란스럽더니 곧 아주 한적한 길이 펼쳐진다. 하얀 자
작나무와 불그스름한 소나무가 높은 벽을 이룬 듯 도로 양쪽으로 계
속해서 늘어서 있는 시골길이다.

땅은 아주 평평하다. 동북쪽을 제외한 핀란드 국토의 대부분이 이

런 평지로 이루어져 있다. 언덕이 없고 숲과 호수가 많은 지형이다.

"핀란드에는 오두막이 170만 개가 있대. 젊은이들이 사회에 나가서 자동차보다도 더 먼저 장만하고 싶어하는 게 숲 속의 오두막이라는 거야. 오두막을 성공적으로 지으려면 먼저 완벽한 자리를 찾는 게 중요하대. 완벽한 자리가 어떤 것이냐 하면 호수가 훤히 보이고 이웃 오두막들은 하나도 안 보이면 그게 바로 좋은 집터를 찾아낸 거래."

슈퍼마켓에 들러 생수를 한 병 샀다. 물, 채소, 고기, 휴지, 맥주, 모든 게 하나도 빠짐없이 골고루 비싸다. 화장실 이용료도 1유로다. 발트 3국에서보다 세 배에 달하는 금액이다. 이렇게 해서 부국이 됐나. 숙소에 도착할 때까지 꾹 참아볼 충분한 이유가 됐다. 아껴야 잘 살지요.

단조로운 숲길이 이어지더니 푸른 들판이 펼쳐진다. 풀을 뜯는 갈색 말들, 지붕이 빨간 나무집들, 하얀 펜스. 그림책에나 나올 법한 평화로운 시골 풍경이다.

보이지 않는 것은 사람뿐이다. 어디에도, 아무도 없다. 이 거대한 초원 자체가 무인 시스템으로 운영되고 있는 것처럼.

"어디 적당한 곳에 차를 좀 세워 봐."

운전하는 둘리틀에게 말했다.

이런 시골에 공중 화장실이 있을 리 없다. 온통 허허벌판이다. 드넓은 들판에 사람은 없다. 은밀하게 일을 보기에 적당한 환경이다. 덤불과 나무들로 아늑하게 그늘진 천연의 화장실이 어디쯤 있을까.

"뭐해? 빨리 아무 데나 으슥한 곳에 차를 좀 세워보라니까. 더 이상 못 참겠어."

"세우기가 힘들어!"

핀란드에서 운전하는 또 다른 어려움은 갓길의 부재다. 어찌 된 일일까. 잠깐 세울 만한 곳이 눈에 띄지 않았다. 한적한 길이지만 세울 곳을 찾기 위해 속도를 줄이다 보면 뒤에서 귀신처럼 다른 차가 나타났다. 아니면 버스정류장임을 알리는 표지가 세워져 있거나.

"지나다니는 사람 한 명 없는데, 설마 버스가 그렇게 쉽게 오겠어? 한 시간에 한 대쯤 다니는 버스일 거야. 급하다. 저기 정류장 표시 있는 곳에 그냥 세워 봐!"

내 말대로 둘리틀이 차를 세우려는 순간, 마술처럼 백미러에 버스가 한 대 나타났다. 급히 액셀을 밟아 그곳을 떠날 수밖에.

"인적 없는 시골인데 잠깐 일을 볼 만한 곳을 하나도 찾을 수가 없다니, 세상에 어떻게 이럴 수가 있지?"

더욱 놀라운 것은 모처럼 샛길이 눈에 띄어 들어가 보면 덤불 너머에 아담한 오두막이나 주택이 초소처럼 세워져 있었다. 신비롭다. 바깥에서는 전혀 보이지 않는데 들어가 보면 여지없이 인가가 있다. 이것이 바로 핀란드의 집짓는 방식인가.

"하나 더 가서, 그래, 저 길, 저 길로 들어가 봐! 어서!"

"하지만 집이 있는데? 저쪽에, 농장 같은 집이 있어."

"더 이상 못 참겠어. 농장이 있든 아파트가 있든, 이젠 못 참겠다고. 어서 들어가!"

어느 덤불 옆 샛길 가장자리에 마침내 차를 세웠다. 농장은 약 100m 이상 떨어져 있었다. 이런 거리에서 육안으로 뭔가를 식별하기란 불가능하다. 봐도 할 수 없다. 사정이 급해진 나는 덤불로 총알처럼 뛰어들었다.

"야, 야! 트럭 들어온다!"

단 몇 초도 마음 놓을 틈을 안 주는 동네였다. 둘리틀의 다급한 고함소리가 들리는가 싶더니 곧 자욱한 흙먼지를 일으키며 거대한 덤프트럭이 좁은 길을 비집고 들어왔다. 완벽한 타이밍이다. 나는 바지춤을 움켜쥔 채 덤불 속으로 넙죽 엎드렸고 둘리틀이 팔을 쩍 벌린 채 내 앞을 막아섰다.

덤프트럭 운전사는 창문 너머로 고개를 내밀고 의아한 표정을 지었다. 이내 우리를 지나쳐 농장으로 향했다.

"진짜, 지독한 나라구만."

누가 먼저라고 할 것도 없이 탄식한 말이다.

노상방뇨 한 번 마음 놓고 못하는 곳이라니, 만만치 않다. 순찰 도는 경찰이나 경고 표지판 하나 없는데도 은밀한 욕구를 해결할 주인 없는 땅 한 조각 찾기 힘든 광활한 벌판이여.

핀란드의 인구는 겨우 500만 명이지만 그들이 이 나라에서 각각 둥지를 틀고 앉은 위치와 방식은 너무나도 절묘해 설령 서로의 모습이 보이지 않는다고 해도 한 명은 다른 한 명으로부터 그다지 멀리 떨어져 있지 않다. 핀들은 적은 인원으로 큰 땅을 사수하는 방법에 도통한 민족이다. 나머지들과 너무 멀리 떨어지면 언젠가는 바깥으로 통 튕겨 나가 다시는 궤도에 진입할 수 없음을 잘 알고 있는 사람들.

당신이 혼자라고?

음.

핀란드에서, 그것은 아마 착각일 가능성이 높다.

호수의 나라 핀란드.
작은 오리가 살기 좋은 곳이라면
사람도 그럴 수 있을 것 같다.

311 *Suomi*

은밀한 마을들

"아."
마을을 구경할 때마다 이런 소리가 나왔다.
이런 곳이 다 있었군, 이 세상에는.
평범함이 추구할 수 있는 아름다움의 극점에 도달한 마을들.

핀란드 서쪽 해안의 작은 마을들을 가 보기로 했다.

첫 번째는 피스카스.

작은 마을 중에서도 작은, 초미니 마을이다. 인구 200명.

피스카스는 특유의 오렌지색 손잡이가 달린 가위를 만들어 국제적인 명성을 얻은 회사이자 곧 마을의 이름이다. 빌리지라기보다는 공원에 가깝다. 관광객을 상대로 하는 산뜻한 가게와 갤러리, 식당과 카페 서너 곳이 모여 있는 녹색 공간이다. 잔디밭과 풀숲 사이로 가느다란 시냇물이 졸졸 시원한 소리를 내며 흘러갔다.

마을은 아침저녁으로 싹싹 물청소라도 하는 듯 아주 말끔했다. 잘 가꾼 정원처럼 세련됐지만 도시에서 적당히 떨어져 있다는 것이 느껴질 만큼 충분히 목가적인 느낌을 풍겼다.

그곳에 도착한 것은 맑게 갠 정오쯤이다. 투명한 황금빛 햇살이 대지를 온통 뒤덮어 명암의 경계가 사라져 버린, 눈을 두는 곳마다 초

록빛이 반짝였다.

전부 아름답다. 푸른 잔디밭에 청록색 호수, 아름드리나무에 농담처럼 매달린 조그만 잎사귀들, 물에 동동 떠서 헤엄치는 엄마 오리와 아가들, 빨간 티셔츠를 입고 통통 튀듯 달려가는 금발의 꼬마….

공원의 느낌은 비슷하지만 피스카스 다음으로 방문한 한코는 제법 규모가 있는 마을이다. 등대와 교회도 있다.

한코는 바닷가 마을이다. 여유로운 느낌이 솔솔 풍겼다. 식료품점 등 생활의 냄새가 묻어나는 가게들은 마을 외곽에 모여 있고 중심가에는 산책길과 정원, 예쁜 집들이 있었다.

도시의 상류층이 휴가를 위해 찾아오는 분위기의 마을이다. 실제로 한코는 과거 제정 시대 러시아 귀족들을 위한 여름 휴양지였다. 그들이 소유했던 목조 빌라들이 지금도 다수 남아 마을의 상징이 되고 있다.

어느 순간 기묘한 느낌이 든 것은 이 아름다운 곳의 적막감 때문이었다. 사실 이런 고요함은 한코의 아름다움을 이루는 결정적인 하나의 요소였다. 실제로도 조용했지만 실제보다도 더욱 조용하게 느껴졌다. 사람 사는 곳에서 이런 고요를 느낀 적이 또 있었나. 자동차 엔진 소리와 경적, 그리고, 사람들의 목소리가 없다. 대신 바람과 햇살, 나무와 꽃향기가 있다.

어여쁜 한코는 피서철인데도 극도로 조용했다. 인간이 만든 소리를 듣기 힘든 것은 넓은 땅에 비해 적은 인구가 사는 스칸디나비아의 특징이기도 하다. 여기도 이렇게 조용한데 숲 속의 호숫가는 어느 정도일까.

사람이 아예 없는 것은 아니다. 어린아이들이 몇 명 모래사장에서 놀고 있고 머리 하얀 노인들이 벤치에 걸터앉아 바다를 보고 있었다. 누군가 소리도 없이 스르르 자전거를 타고 우리 곁을 지나갔다. 통통하게 살이 찐 하얀 갈매기 한 마리가 높다란 뾰족 기념탑 위에서 꼼짝도 하지 않고 몇십 분이 넘도록 조각처럼 앉아 있었다. 아무 소리도 내지 않고.

"이런 곳은 처음이야."

내가 살던 곳과 완전히 다른 세상에 도착했음을 알았다.

여기는 어디일까. 내가 손목에 차고 있는 시계의 시간과는 다른 속도가 적용되는 마을이 틀림없다. 이곳의 일부가 되기 위해서는 내가 알던 시간을 잊어버려야만 하는 그런 장소. 내가 떠나온 곳과는 양립할 수 없는 마을.

"여기서 사는 것은 어떨까?"

둘리틀이 문득 말했고, 한코에 대해 이런 말을 한 사람이 그가 처음은 아니었을 것이다. 100년 전 휴가를 위해 찾아온 상트페테스부르크의 귀족이라고 해도.

"여기서 사는 것도 괜찮겠다."

한코에 이어 에케나스, 흔히 타미사리^{Tammisaari}라고 불리는 또 다른 마을에 도착했을 때, 둘리틀은 다시 한 번 이렇게 말했다.

"좋은 마을 같아. 살면 행복해질 것 같은."

피스카스가 아담한 공원이고 한코가 귀족들의 여름 휴양지라면, 에케나스는 앞선 두 마을보다 한결 일상적인 느낌을 풍겼다. 가족들과 함께 밥해 먹고 산책하며 그럭저럭 살아가는 평범한 마을.

한코처럼 바닷가에 있지만 훨씬 소박하다. 평범함이 추구할 수 있는 궁극적인 아름다움을 보여주는 동네다. 길가에는 아이스크림 트럭이 서 있고, 젊은 부부가 쌍둥이가 탄 유모차를 밀면서 산책을 즐겼다. 금발 소년들 몇 명이 모여 심각한 얼굴로 미니골프를 치고 있었다.

바닷가 앞 어느 집 문이 열리더니 비키니를 입은 10대 소녀 두 명이 걸어나왔다. 우리 옆을 스치고 지나가 호숫가 모래사장에 타월을 깔고 드러눕는다. 그 너머로 멀리, 파란 호수 가운데 설치한 다이빙대에서 풍덩 물에 뛰어드는 아이들이 보였다.

항구 옆에는 스트라이프 차양막을 친 맥주 가게가 장사를 하고 있다. 흰 수영복을 입은 뚱뚱한 노부인이 선탠을 너무 해 빨갛게 익은 몸으로 요트 가장자리에 걸터앉아 꾸벅거리며 졸고 있었다.

네 번째로 찾아간 마을은 서해안이 아니라 헬싱키의 동쪽 해안에 있었다. 핀란드를 방문한 사람이라면 누구나 찾아가는 유명 관광지다. 이름하여 포르보.

"아, 포르보는 완전 관광지예요. 관광버스로 사람들을 실어나르는 그런 곳이요."

헬싱키 관광안내소의 친절한 직원이 말했다. 헬싱키에서 당일치기 투어도 있다고 했다. 그렇다면 그리 매력적으로 들리지 않는다. 사람 많고 시끄러울 것 같다.

나중에 깨닫게 된 사실이지만 핀란드에서, 그런 걱정은 할 필요가 없다. 이 고요하고 소박한 나라에서 '관광지'라는 단어가 갖는 의미는 이탈리아의 피렌체나 스위스 융프라우에서 말할 때와는 차원이

다르다. 핀란드의 관광지는 다른 곳보다 좀 더 사람이 많고, 식당이나 카페가 좀 더 붐비며, 한결 더 아름답다는 뜻이다.

포르보가 꼭 그렇다. 유명세에 비해 아주 아담한 동네다. 관광화됐다는 이유로 추천하지 않는다는 관광안내소 직원의 말을 들었더라면 후회했을 것이다.

"생전 처음 보는 사람 말을 믿냐? 아님 내 말을 믿냐?"

오래전에 홀로 포르보를 방문, 좋은 기억을 간직하고 있는 둘리틀의 강력한 주장으로 가게 되었다.

핀란드적인 마을이다. 더 적당하게 설명할 길이 없다. 예쁘고, 한적하고, 커피 향처럼 고요함이 떠돌았다. 소리가 없이 산뜻한 색채만 환히 빛나는, 세상의 근심걱정 바깥에 놓인 듯 태풍이 아무리 세차게 몰아쳐도 나뭇잎 하나 까딱하지 않을 듯한 그곳.

핀란드의 마을이 다른 유럽의 마을들과 구별되는 미학적 특징들은 너무나 미묘해서, 그러니까 공기의 결, 햇살의 바삭거리는 정도, 건물들을 칠한 페인트의 채도처럼 아주 소소한 것들이라 그날 날씨가 어떠했는가, 몇 시에 방문했는가, 바로 직전에 들른 목적지가 어디였는가 등에 따라 쉽게 변할 수 있는 그런 종류의 섬세한 아름다움이다. 마치 온도나 냄새처럼, 현장에서 그 존재를 선명하게 느낄 수는 있지만 말과 글로 설명하기는 어려운 개성.

과묵한 핀들은 세상의 북쪽 끝 은밀한 곳에 이렇게 어여쁜 마을들을 차려놓고 외부에는 절대 소문내지 않은 채 자기들끼리만 재미보고 있었던 것이다.

"모르는 게 더 나았을까? 세상에는 이런 곳도 있다는 것을?"

"글쎄. 사람 사는 곳이 거의 다 비슷하지 뭐. 여기서 살려면 아마 엄청나게 돈이 들 거야. 집세도 그렇고 생활비도 그렇고, 뭐든 아주 비쌀걸."

"맞아. 그리고 평화로운 것도 하루이틀이지, 계속해서 살면 심심할 걸. 100년이 지나도 옆집 사람 늙어 죽는 것 말고는 어떤 사건도 벌어지지 않을 것 같아."

신포도가 맛없다고 주장하는 여우들처럼, 우리는 이런 말을 주고받았다.

하얀 건물들이 많아서일까. 워낙 거리가 깨끗하기 때문일까. 아니면 극도로 쾌청한 날씨 때문인지도 모르겠다. 포르보는 아주 하얗게 느껴졌다. 가로수의 초록빛 잎사귀에 노랗고 바삭한 햇살이 부딪혀 반짝거렸다.

그동안 우리 인생에서 이렇게 아름답다고 느낀 날들이 며칠이나 있었을까. 사실 많았지만 제대로 느끼지 못한 것뿐일까. 숲의 모습을 보기 위해서는 숲을 빠져나와야만 하는 것처럼, 행복했던 날들로부터 이렇게 멀어진 후에야, 너무 아득하게 지나와 후회조차 의미를 잃게 되는 시간이 되고서야 그때 그 순간이 얼마나 괜찮았는지 깨닫게 되는 것일까.

먼 미래가 아니라 바로 지금, 나를 스치자마자 과거로 변해 버리는 이 순간의 모든 것들을 충분히 맛보고 싶었다.

우리가 서 있는 곳은 핀란드의 포르보였다. 1346년 생겨난 포르보 강 기슭의 작은 마을. 이곳의 상징이기도 한 검은 지붕의 빨간 목조 건물들이 강가를 따라 늘어서 있다. 발길 닿는 대로 거닐어 보았다.

마지막으로 맑은 공기를 한껏 들이마셨다. 부르릉, 차에 시동을 걸고는 뒤도 안 돌아보고 부랴부랴 그곳을 떠났다.

누가 보면 이 어여쁜 마을에 일말의 미련도 없는 사람들처럼.

핀란드는 나머지 스칸디나비아 3국과 다르다.
언어가, 문화가, 그리고 사람들의 키도.
네 나라 중에서 가장 작은 편이다.

TAKOPAJA
SAPELI
ANTTILA
FERROSO

세 미남자의 날

"카모메 식당 찾아가 볼 거지?"
핀란드에 간다고 하니 다들 그 영화 이야기를 했다.
찾아가고 싶은 것은 호수였다.
하늘의 한 조각이 지상에 내린 듯 평화로운 동그라미.
그 끝에 지어진 오두막에서 자고 싶었다.

둘리틀이 이번 핀란드 여행을 통틀어 가장 기대하는 것은 사본린나에서의 오페라 공연 감상이었다. 호수 한가운데에 우뚝 솟은 수백 년 된 고성old castle에서 오페라 감상하기.

나의 바람은 이보다 소박했다.

핀란드를 여행하며 가장 하고 싶은 일이 무엇이냐면, 호숫가 오두막에 묵기. 고요한 호숫가 하얀 자작나무 숲 속에 지어진 통나무집에서 하룻밤 묵으며 잠시나마 핀이 된 듯 유유자적 지내기였다.

이런 오두막 숙박이야말로 이 나라의 특징이라고 할 수 있는 몇 가지, 호수와 숲, 사우나, 고독을 동시에 즐기는 최고의 방법이라 할 만했다.

핀란드 전역의 수많은 오두막을 중개하는 예약 사이트로 Huvila. net이 있다. 지역별, 규모별, 가격대별로 오두막에 대한 정보가 사진과 함께 상세히 나열되어 있다.

예를 들면 이런 식이다.

"이 오두막은 100m². 가스오븐, 냉장고, 마이크로웨이브 있음. 바깥에 재래식 화장실, 집 안에 현대식 화장실 있음. 침대 4개, 간이침대를 펼치면 최대 6명까지 숙박 가능. 호수까지 20m 떨어져 있음. 호수의 지름은 50m, 부드러운 진흙이 깔려 있는 얕고 안전한 호수. 어린아이들에게 특히 적당함. 보트와 도크 딸려 있음. 퇴실 시 청소는 투숙객 소관. 주최 측에 맡길 경우 비용 100유로."

현대적인 오두막은 평면 TV와 DVD는 물론 인터넷 시설까지 완비되어 있지만 전통적인 형태의 구식 오두막은 전기조차 들어오지 않는 곳도 많다고 했다. 식수는 주인이 길어다 주고 화장실은 바깥에만 있는, 밤이 되면 성냥을 그어 램프를 켜야 하고 목욕하기 위해서는 펌프질로 얼음같이 차가운 지하수를 퍼서 데워야만 하는 시스템이다.

그런 오두막의 경우, 인터넷에 올라온 사진 아래 대개 이런 홍보문구가 들어가 있다.

"어머니 자연의 품에서 당신은 결코 많은 것을 가질 필요가 없다. 적게 소유할수록 삶이 가벼워진다. 적당한 노동과 사우나로 노곤해진 몸으로 깊은 밤 오두막 밖 의자에 앉아 조용히 타오르는 기름호롱 속 불빛을 응시하고 있노라면 세상만사 시름이 잊혀지고…"

오두막에 공통적으로 있는 것은 사우나, 전용 보트, 그리고 보트를 묶는 도크다. 오두막을 한 채 빌리면 사우나는 물론 그 오두막이 세워진 호숫가의 일정 부분을 완전히 점유할 수 있도록 허락되는 셈이다.

"미안. 하루만은 못 빌려줘요. 이미 예약이 끝나 방도 없고."

문의 메일을 보낼 때마다 이런 답장이 돌아왔다. 결국 오두막을 구하지 못한 상태에서 푼카하리유에 도착했다. 사본린나로 가는 길목에 있는, 호수와 호수를 잇는 소나무길로 유명한 작은 마을이다.

핀란드에서 느끼는 특유의 비현실적인 느낌은 주로 높은 위도와 연관이 있다. 밤이 아예 없는 것처럼, 여름철 핀란드는 어지간해서는 어두워지지 않는다. 새벽 4시에 떠오른 태양은 밤 11시나 되어야 간신히 땅 아래로 가라앉아 빛을 잃는다. 훤한 대낮인데 배가 몹시 고파 시계를 들여다보면 어느새 저녁식사 시간이 훌쩍 지나 있기 일쑤다. 어두워지지 않으니 안전 운전에는 큰 도움이 됐다.

"벌써 저녁 7시야. 오늘밤은 이 근처 농장에서 자는 게 좋겠다."

팜스테이 숙소 한 곳에 대해 정보를 가지고 있었다. 근처까지 온 듯한데 찾을 수가 없다. 한국의 정교한 GPS에 비하면 원시적으로 느껴질 만큼 단순한 항법 장치다. 결국 숲 속에서 길을 잃고 말았다.

"잠깐 세워 봐. 저기 사람이 있다. 내가 가서 물어보고 올게."

덤불 너머로, 마침 허름한 오두막이 하나 보였다. 수염이 덥수룩한 남자가 상반신을 벗은 채 도끼로 나무를 패고 있다. 멍멍, 옆에서 개가 짖기 시작했다. 왈왈!

내가 차에서 내려 다가가자 남자는 도끼를 내려놓았다.

오호. 내 눈이 커졌는데, 아마 그 상황에서라면 누구라도 그랬을 것 같다. 그대가 여자라면.

웃통을 벗은 남자는 머리와 턱수염이 모두 덥수룩해 부랑자 몰골이지만 금빛 털로 뒤덮인 갸름한 얼굴은 조각처럼 정교한 굉장한 미남이다.

게다가 매우 어렸다. 많아야 20대 초반.

그는 빙글거리며 나를 쳐다봤다. 즐거움 반 호기심 반 뒤섞인, 쾌활한 표정이다.

"무슨 일이신지?"

"푸티콘호비Putikon Hovi로 가는데, 길을 잃었어요."

"푸티콘호비요? 그 농장이라면 바로 요 옆인데."

헬싱키에서 자동차로 다섯 시간 떨어진 깊은 산속, 멍멍 짖는 개 혼자 지키는 낡아빠진 오두막, 거기서 자작나무를 쪼개 장작을 만들고 있는 나무꾼, 그 인물이 중년의 배 나온 거한이 아니라 스물이 갓 지났을까 말까 싶은 금발 미남이라니.

북유럽, 핀란드가 아니고서는 불가능한 일일 것이다. 헬싱키의 힙한 클럽에나 가야 만날 수 있을 것 같은 젊디젊은 미남자가 여자도, 문명도 없는 이런 숲 속에서 땀투성이로 장작을 패고 있다니. 순수한 자유 의지에 의해!

"헬로!"

그는 성큼성큼 자동차로 다가가 창문 너머 둘리틀에게 인사를 던졌다. 나이가 믿어지지 않는 능숙함이다. 이런 일을 수만 번 해본 사람처럼. 그의 눈은 호수처럼 파랗고 영어는 완벽했다. 배역을 맡아

연기하는 영화배우 같았다. 단역으로 끝나기엔 너무 잘생긴.

"자, 그러니까 저리로 요리로 조리로 가서 두 바퀴 뱅그르르 돌아 다시 오른쪽으로 한 번, 왼쪽으로 두 번 가면 거기가 바로 푸티콘호비예요."

덕분에 이내 농장에 도착했다.

리셉션으로 쓰이는 창고 건물에 들어가니 어린 청년이 우리를 맞아주었다. 약간 들창코다. 아까 그 나무꾼 같은 야성미는 없지만 매우 귀염성 있는 청년이다.

얼마나 귀여운가 하면 한 15년 전으로 시곗바늘을 거꾸로 돌려 교환 학생 자격으로 핀란드를 방문, 방학을 맞아 푼카하리유에 며칠 놀러 왔다가 우연히 만나 한눈에 사랑에 빠지고 싶은 그런 남자다.

"이제야 여행이 좀 흥미진진해지네."

둘리틀에게 말했다.

"핀란드의 이런 면을 선전한다면 이 나라 관광산업에 획기적인 도움이 될 텐데 말이야. 책마다 핀들의 과묵함과 효율성, 사우나와 노키아 이야기만 잔뜩 있지, 방글방글 잘 웃는 젊은 미남들에 대한 언급은 한마디도 없었거든."

북유럽 각국에 대해 가지고 있는 선입견이 있다. 스웨덴 인은 떠벌이에 모양내기 좋아하는 뺀질이, 노르웨이 인은 머리카락이고 눈썹이고 모두 하얀 알비노, 덴마크 인은 어쩐지 좀 동화적이고 순박한 사람들일 것 같다. 핀란드 인에 대해서는 말수 적은 것 외에는 딱히 떠오르는 것이 없다.

그날의 대미를 장식한 세 번째 미남자는 저녁거리를 사려고 찾아간 슈퍼마켓에서 마주쳤다.

농장에 딸린 부엌에서 순록고기를 구워 먹고 싶었는데 정육 코너를 다 뒤져도 없다. 물어보려고 했지만 영어를 하지 못하는 노인들뿐이다. 세계 최고 수준이라 평가되는 핀란드 교육 시스템의 혜택을 받기 이전 세대, 더 나은 내일을 위해 오늘의 고통을 참으며 이 나라 발전의 초석 역할을 한 구세대 핀들이다.

"무슨 일이세요? 도와드릴까요?"

돌아보니 키가 크고 덩치가 좋은 훤칠한 남자가 한 명 서 있다. 앞선 두 미남들과 마찬가지로 소년에서 청년으로 가는 길목에 있는, 북유럽 특유의 맵시 있게 휘어져 올라간 작은 코에 앳된 얼굴과는 걸맞지 않은 근육질 몸을 가졌다. 만화 〈드래곤볼〉에 등장하는 손오공과 꼭 닮았다. 앞선 두 청년과 쌍둥이처럼 닮은 아주 환한 미소를 짓고 있었다. 세 사람이 모두 똑같다. 학교 수업 시간에 그렇게 웃는 모습을 배우기라도 하는 것일까.

더 인상적인 것은 물 흐르는 듯 자연스러운 태도다. 앞선 두 남자도 꼭 그랬다. 우연히 마주친 이웃사람이라도 대하듯 아무렇지도 않게 묻는다. 어디서 왔어요? 언제 도착했어요? 여기서 얼마나 오래 머물 거예요?

"순록은 핀란드 어로 '뽀로Poro'라고 해요. 여기쯤에 있을 법한데 안 보이네…."

"핀란드 인들은 순록이나 사슴을 삼시세끼 먹고 사는 줄 알았는데, 아닌가?"

"아니요! 우린 안 그래요!"

내 농담에 청년은 펄쩍 뛴다.

푼카하리유에서 만난 세 남자가 아니더라도, 핀란드 여행 중 마주친 젊은 애들은 하나같이 비슷한 모습이었다. 완벽한 미국식 영어에 몸에 밴 듯 일상화된 상냥함, 그리고 어떤 편견도 없는 듯 맑고 천진스러운 눈동자.

어떻게 저럴 수 있을까. 뭔가 숨기고 있는 것이 있지 않을까. 맑은 눈을 쳐다봤지만 의심에 찬 내 표정만 비칠 뿐이다. 이방인에 대한 의심이나 공포, 일말의 편협함도 느껴지지 않는, 태어난 이래 줄곧 바르고 아름다운 것만 보고 들으며 20년쯤 자라면 저렇게 되지 않을까 싶은 그런 얼굴이다.

몇 번의 전쟁이 가져온 폐허와 궁핍 속에서 고난을 이기고 성장을 이루어야만 했던 이전 세대와는 달리 핀란드의 젊은 세대는 물질적, 정신적 풍요로움을 바탕으로 선진적인 교육 제도가 일궈낸 오늘날 이 북쪽 조용한 나라에서 가장 볼 만한 자랑거리다.

"여기! 잠깐만요!"

순록고기를 포기하고 마켓을 떠나려는데 누군가 뒤에서 나를 부른다. 아까 그 청년이다. 뭔가를 손에 들고 헐레벌떡 달려왔다.

"찾았어요! 냉동 순록고기 팩이에요. 숙소에 냉장고 있어요?"

"응, 있어."

"가자마자 냉장고에 넣어요. 아니면 얼른 먹어버리든가요. 녹았다 다시 얼리면 맛이 없어지니까."

반지라도 받는 기분으로 청년이 내민 냉동고기 팩을 받아들었다. 포장지 위에는 펄펄 눈이 내리는 새하얀 벌판에 멋진 뿔을 머리에 인

순록 한 마리가 그려져 있다.

그날 밤 프라이팬에 슬쩍 구워 먹었다. 순록고기 맛이 어땠느냐고?

음.

기름기 없는 쇠고기와 흡사한, 건강에 바람직할 것 같은 느낌이 강하게 드는 담백한 맛이었다.

푸티콘호비는 핀란드 여행을 준비하다 우연히 발견한 홈스테이 농장이다. 홈페이지 www.putikonhovi.fi에 이렇게 적어 놓았다.

"액티비티를 원하는 손님은 농장 근처 숲에서 직접 베리를 따셔도 되고, 가까운 호수에 가서 수영을 하시든지, 하이킹할 만한 곳도 주변에 많고, 원하면 말도 타시고, 젖도 짜시고…."

세워진 지 100년이 넘은 농장이다. 너른 부지 곳곳에 세월의 흔적이 뚜렷한 목조 건물들이 그대로 남아 있고 한쪽 구석에 커다란 물레방아가 천천히 돌아가는 작은 호수도 있다. 밤 10시가 돼도 어두워지지 않는 숲 속, 커다란 나무들 틈을 오랫동안 걸어다녔다.

처음 들어와 보는 핀란드 숲이다. 쌉쌀하면서도 상쾌한 냄새가 풍겼다. 땅속 깊은 곳, 지구의 근원에 우리보다 더 가까이 뿌리를 박고 살아가는 거대한 생명체가 내뿜는 숨결.

키가 큰 나무들 아래 검은 양탄자처럼 두텁게 깔린 부엽토가 푹신했다. 노랗게 피어난 우산처럼 넓적한 버섯들이 지천이고 새빨간 산딸기가 푸른 덤불 사이사이 알알이 보석처럼 박혀 있었다.

오두막은 요리하기 좋은 곳이다.
부엌이 잘 갖춰져 있고, 반경 25km 내에 식당이 없다.
파스타를 삶고, 샐러드를 만들고, 와인도 마셨다.
디저트로는 밭에서 딴 작은 딸기를 먹었다.
여태 먹어본 딸기 중 가장 달았다.

한코는 제정러시아 시대 귀족들의 여름 피서지였다. (위)
너무나 한적한 인기 휴양지, 한코 (아래)

한코의 상징 빨간 등대

포르보 시내 전경. 핀란드치고는 붐빈다. (위)
1345년에 세워졌다. 포르보 (아래)

꽃이 많고 쓰레기는 없고, 포르보 (위)
포르보의 유명한 식당 겸 숙소 (아래)

13세기에 하얀 돌로 지어진 대성당, 포르보

호숫가 오두막에서 하룻밤

그 오두막은 완벽했다. 안팎이 모두.

"비어 있어요. 하루 80유로예요."

오두막 주인인 히오우헤넨 여사는 자신이 말한 가격을 비싸다고 여기면 어쩌나 근심하는 눈치였다.

시골 호숫가에 사는 핀란드 인이 아니라 마이애미 주민처럼 보이는 60대 여인이다. 선탠을 심하게 한 듯한 갈색 피부에 빽빽한 백발, 주먹코에 짙은 눈화장, 그리고 이 모든 것을 압도하는 거대한 가슴을 가졌다. 이방인에게 다정하게 대하고 싶은 마음과 선천적인 핀란드적 과묵함 사이에서 갈가리 찢기는 듯 난처한 표정으로 우리를 바라본다.

"나는 이 근처 호숫가에 오두막을 모두 일곱 채 갖고 있다우."

우리가 묵게 될 오두막은 그녀의 집에서 가까운 자작나무 숲 속에 있었다.

아기 돼지처럼 분홍빛을 띤 통나무집이다. 바깥에 사우나도 딸려 있다.

"장작 몇 개비 집어넣으면 금세 뜨거워질 거예요."

완벽하다. 이런 곳을 우연히 찾았다는 것이 믿어지지 않는 한편, 이런 행운은 우연을 통해서만 가능하다는 생각이 들었다. 분홍빛 색깔만 빼면 몹시 전형적인, 누군가 우리 두 사람의 머릿속을 샅샅이 뒤져 '핀란드'라고 적힌 폴더를 발견해 그중 오두막에 대해 그려놓은 희미한 밑그림을 바탕으로 구체화한 것 같은 모습의 통나무집이다.

히오우헤넨 씨 부부는 이곳에서 숙박업뿐 아니라 너른 밭도 경작하고 있었다. 한여름 중천에 뜬 태양 아래에서 물이 한껏 오른 녹색 채소들이 밝게 빛났다. 양파, 딜, 로즈메리, 양상추, 케일, 양배추, 호박, 감자….

"필요한 것 있으면 어서 뽑아가요!"

인심 좋게 말하지만 공짜는 아니다. 핀란드 인은 성실할 뿐 딱히 기분파 기질은 없는 것 같다. 흥청망청하는 사람들은 아니다. 뿌린 만큼 거두고, 준 만큼 받는 것을 당연하게 생각한다. 핀란드에 있는 동안 단 한 번도 거지나 부랑자 등 경제적으로 소외된 사람들을 보지 못했다.

핀란드는 전 세계에서 가장 짧은 시간에 전쟁 부담금-거대 이웃 러시아를 상대로 혹독한 대가를 치렀다.-을 지불한 나라다. 전 유럽에서 채무 이행 기간이 가장 짧은 국가이기도 하다. 한마디로, 빚지고는 못 사는 사람들이란 뜻이렷다.

"이거면 될까요?"

채소를 뽑은 즉시 10유로짜리 지폐 한 장을 히오우헤넨 여사에게 건넸다.

"이 딸기 좀 먹어 봐요. 뒷마당에서 키운 것인데."

모든 것이 유기농이다. 핀란드 슈퍼마켓의 채소 코너에 따로 유기농 표시가 없는 것은 유기농이 아닌 채소가 아예 없기 때문이다.

그녀가 내민 유리그릇 가득한 딸기, 루비처럼 새빨갛게 무르익었다. 먹기 전에 씻어야 하지 않을까 생각이 든 순간, 집주인은 내 마음을 알아차린 듯 딸기를 얼른 입 안에 넣고 우물거린다.

나도 그렇게 했다. 뒷마당의 검고 부슬거리는 흙에서 자라난 딸기는 설탕덩어리인 양 엄청나게 달았다. 신맛이 전혀 없다. 붉고, 큼직하고, 코에 대니 달착지근한 냄새가 뭉클거리며 풍겼다. 핀란드의 1년 중 가장 뜨거운 8월의 태양, 밤이 불과 몇 시간 되지도 않는, 길고 긴 낮의 에너지가 담뿍 응축된 천상의 맛이다. "아아, 맛있어!" 이 말이 저절로 나왔다.

채소도 훌륭하다. 인근 동유럽에서 값싼 채소를 대량으로 수입하면 사는 쪽이나 파는 쪽이나 경제적으로 이득을 보겠지만 핀란드의 시장을 채우고 있는 채소는 대개 국내산이다.

인구가 적은 나라에서 이렇게 자급자족적인 생활방식은 약간의 추가 비용을 내고서라도 서로 공생을 도모하는 가장 현명한 방법이다. 싸다는 이유로 폴란드 등 노동력이 싼 지역에서 농산물을 수입한다면 얼마 되지도 않는 이 나라 인구 중 상당 부분을 차지하는 농부들은 전업 말고는 길이 없을 테니까.

　　연두색 로메인을 몇 포기나 뽑았다. 서울에서 먹던 로메인과는 맛이 다르다. 밝은 초록빛 잎사귀가 연하면서도 기분 좋을 만큼 아삭거린다. 검은 흙을 툭툭 털어 비닐봉지에 집어넣었다.

　　"이걸로는 호박전 부쳐 먹자!"

　　동그란 호박은 한국의 그것과 비슷하다. 채 썰어 밀가루 반죽에 넣어 부쳐 호박전을 만들 수 있다.

　　"감자와 함께 삶으면 맛이 좋아요."

　　히오우헤넨 여사는 딜도 한 포기 뽑아서 내 팔목에 건 비닐봉지에 넣어주었다.

　　오두막에 돌아와 우리가 가진 식량을 점검하니 방금 구해온 채소 외에 작은 감자 서너 개, 먹다 남은 순록고기 약간, 소시지 한 팩, 치즈, 토마토, 그리고 마늘이 있다.

　　"이것 좀 봐. 설탕, 소금, 후추는 기본이고 각종 소스, 스파게티, 커피, 과자, 밀가루, 전분, 튀김가루, 뭐든 다 있어. 파티를 열어도 되겠다."

　　오두막을 거쳐 간 사람들은 인심이 후했다. 쓰고 남은 요리 재료들을 고스란히 두고 갔다. 커피가 종류별로 서너 봉지, 쿠키와 크래커, 말린 국수, 가루수프, 소금과 후추도 몇 통씩, 웬만한 고난도 요리도 거뜬히 해낼 수 있을 만큼 완벽하게 갖춰진 부엌이다.

"와인도 있다!"

찬장 위에서 발견한 화이트 와인 한 병은 완벽한 저녁식사를 위한 선물과도 같은 마무리였다. 가게에 가려면 가장 가까운 마을까지 왕복 50km 이상 운전해야 하기 때문에 알코올은 진작 포기하고 있던 참이었다.

핀란드의 여름밤. 바깥의 햇살은 오후 4시쯤으로 느껴졌지만 시곗바늘은 어느새 저녁 8시를 향해 가고 있었다.

둘리틀이 벽난로에 불을 피우는 동안 나는 파스타를 삶았다. 빨간 토마토를 데쳐 으깨고, 순록고기를 볶고, 양파와 마늘을 듬뿍 넣어 소스를 만들었다.

호리호리 여성스러운 하얀 자작나무들이 빽빽하게 늘어선 뒤뜰을 내다보며 요리하는 기분은 썩 괜찮다. 토마토의 달착지근한 냄새 속으로 마늘의 자극적인 매운 향이 섞여들었다. 커다란 냄비 속에서 하얀 김이 무럭무럭 오르며 링귀니가 익어 갔다. 프라이팬에 감자와 양파, 소시지를 구웠다. 밭에서 뽑아온 채소에 묻어 있던 검은 흙은 물에 한 번 헹구자 녹듯이 사라졌다. 손으로 뚝뚝 뜯어 접시에 수북이 담고 페타치즈와 올리브오일, 소금과 후추를 뿌렸다.

소녀적인 감성이 느껴지는 로맨틱한 코티지다. 디테일 면에서, 이보다 더 세심하게 주의를 기울인 숙소를 여태 본 적이 없는 것 같다. 구석구석

숨어 있는 양초를 모두 합치면 100개도 넘을 듯했다. 하얀 레이스 커튼과 수많은 놋쇠 장식품들, 아기 천사와 사슴의 모티프로 아기자기하게 꾸며 놓았다.

한 달을 묵어도 부족함이 없을 듯 부엌은 물론 거실과 침실에도 모든 살림살이가 구비되어 있다. 휴지, 물티슈, 키친타월은 물론 칼갈이, 성냥, 일회용 장갑, 손도끼, 심지어 호수에서 물놀이할 때 쓸 크록스 신발과 모자, 장화, 피크닉 바구니, 낚싯대와 구명조끼까지 갖춰 놓았다.

1층은 거실 겸 식당, 주방, 그리고 침실, 2층은 여러 명이 잘 수 있는 커다란 침실이다. 어디에나 삼나무 향기가 배어 있다.

호수는 오두막에서 50m쯤 떨어져 있었다. 그 사이는 자작나무와 소나무 숲이다. 나뭇가지 사이로 파란 호수가 조각조각 바라다보였다. 가시거리에 오두막은 여기 하나뿐이다. 혹시 다른 오두막이 있다고 해도 서로 절대 보이지 않는 위치에 절묘하게 숨어 있겠지. 이제 우리는 그 사실을 확신했다.

둥근 식탁에 촛불을 켜고 마주앉았다.

"어쩐지 기도라도 해야 할 것 같은 분위긴데."

무신론자에게도 종교적인 경외심이 밀려드는 순간이 있다. 지금이다. 무릎이라도 꿇고 싶어지는 순간. 일용할 양식에 감사하고, 선물처럼 주어진 와인 한 병에 감사하고, 지금 여기 핀란드의 호숫가 오두막에 있는 것을 감사한다. 살아 있음이, 바로 이 순간이, 나를 둘러싼 모든 사물이 경건하게 느껴진다.

전부 소중하다. 창문 밖으로 보이는, 태양의 모습은 더 이상 찾아볼 수 없지만 아직도 빛으로 가득 차 어둡지 않은 하늘. 그 아래 거울처럼 고요히 놓여 있는 호수. 통나무집에서 풍기는 삼나무 냄새에 달착지근한 토마토소스 냄새가 섞여 들어 훈훈한 공기. 벽난로에서 타닥거리며 장작이 타들어가는 소리.

바로 앞에는 내가 만든 저녁밥이 놓여 있고 옆에는 둘리틀이 천진난만한 표정으로 앉아 있다.

우연과 의지가 합쳐져 멀고 먼 북유럽, 어린 시절 동화에서 '수오미'라고 읽은 곳에 진짜로 와 있다는 것이 신기했다. 그때에는 집을 떠나는 것이 두렵기만 했는데 이제 이런 이국에서 내 집인 양 편안히 앉아 따뜻한 음식을 먹으려 하다니. 감사 기도를 하고 싶다. 누구에게라도.

목소리마저 낮추게 된다. 오랫동안 나를 가두고 있던 시공간, 그곳에서 완벽하게 빠져나왔다는 안도감 때문에. 자칫 뭔가 하나 톡 쳐서 와장창 깨뜨렸다가는 이 모든 좋은 것들이 한순간 연기처럼 사라지고 눈 깜박할 사이에 도로 본래 있던 장소로 돌아가게 될지도 모른다는 불안감 때문에.

돌아가기 전까지 아직 시간이 남아 있다.

자정이 가까워져서야 힘센 무언가가 뒤에서 억지로 잡아끌기라도 하듯 하늘 저편으로 푸른 빛이 사라져 갔다. 몇 시간 가지 않아 다시 해가 떠오를 것이다.

자작나무 장작으로 불을 지펴 사우나를 한 후 선선한 바람 불어오는 호숫가에 오랫동안 앉아 있었다.

온종일 호숫가에 나가 있다.
그렇게 편안해 하는 모습을 본 적이 없다.
오두막을 들락거리며 좋다는 말을 몇 번이나 한다.
그런 모습도 처음이다.
그것으로 됐다
하필 세상 끝이 가장 마음에 든다니 어쩔 수 없지

한밤의 오페라

핀란드까지 가기로 했어.
호수 위에 떠 있는 오래된 성에서 오페라를 하는데,
그걸 들으러 가는 거야.
요 몇 년간 내가 한 것 중에서 가장 멋진 일이 될 거야.

호수를 빼고 핀란드를 말할 수는 없다. 스위스가 산의 나라, 사우디가 석유의 나라, 일본이 온천의 나라인 것처럼, 핀란드는 40만 개의 호수를 가진 호수의 나라다. 말 그대로 수오미. 그중에서도 특히 유명한 것은 동쪽의 '호수지역lake district'이다. 유럽 최대의 민물 호수인 사이마Saaima를 끼고 있다.

사본린나는 이 지역에서 가장 인기 있는 관광지 마을이다. 최대의 구경거리는 호수 속에 축조된 오래된 성 올라빈린나Olavinlinna. 우리가 여행하는 시기에 이 마을에서 특별한 오페라 축제가 열린다는 사실을 우연히 알게 됐다.

이름하여 '사본린나 오페라 페스티벌'. 1912년 처음 개최된 이래 여름철 한 달간 열리는 국제적인 행사로 발전했다. 인터넷 홈페이지에서 공연 일정을 살펴보니 레퍼토리 중에 오페라 〈카발레리아 루스티카나Cavalleria Rusticana〉가 들어 있다.

계시적인 상황이 아닐 수 없다. 이탈리안 음악가 P. 마스카니^{Pietro} Mascagni의 출세작이자 대표작인 이 곡은 둘리틀이 가장 좋아하는 오페라이자 내 평생 처음부터 끝까지 졸지 않고 들어본 유일한 오페라다. 웹사이트에서 표를 구입, 자리를 예약하고 신용카드로 결제를 하니 바코드가 찍힌 티켓이 즉시 이메일로 날아왔다.

멋진 세상이다. 인터넷이 있으니 강원도 산골에 앉아서도 핀란드의 시골 마을에서 열리는 음악 축제의 공연장 모습을 3D로 살펴보며 좌석 상황을 실시간으로 조회, 구입할 수 있다. 티켓을 프린터로 출력, 여행 내내 여권과 함께 소중하게 간직했다. 무슨 부적처럼.

음악을 사랑하는 둘리틀과는 달리 나는 청각적 자극에 대해 귀머거리에 가깝다. 중학생 시절 늦은 밤 라디오를 틀면 흘러나오는 음악을 듣던 것이 정기적으로 음악을 경청한 마지막 경험이다. 취향이 정반대인 우리 두 사람이 공유하는 취미는 영화 감상 정도인데, 나는 액션 영화, SF 영화, 공포 영화, 코미디를 좋아했고, 그는 역사극이나 추리물, 흑백 영화를 좋아했다. 요약하자면 〈텍사스 전기톱 연쇄살인 사건〉 대 〈닥터 지바고〉의 대결이 되겠다.

〈대부〉 시리즈는 나를 매혹시키기에 충분한 피와 액션이 있는 데다가 3부작으로 이어지면서 둘리틀에게 어필할 만한 역사성까지 갖추게 됐다. 순진한 젊은 청년이 운명과 의지에 의해 냉혹한 보스로 변신해 가는 모습을 둘리틀은 적들을 제거하고 영역을 확장해 나가는 비즈니스맨의 관점에서, 나는 알 파치노의 팬으로서 흥미롭게 감상했다.

3부작치고 졸작 아닌 것 없다는 통례를 깬 이 영화의 완결편은 참

멋지다. 〈대부 3〉에서, 대부 마이클 콜레오네는 적들을 모두 암살하기로 계획을 세우고 부하들을 시켜 은밀하게 그 일을 수행한다. 그 시간 마이클 자신은 고향인 시칠리아 팔레르모 대극장Theatro Massimo에서 아들이 〈카발레리아 루스티카나〉의 바람둥이 투리두 역을 열연하는 것을 유유히 지켜본다.

애초에 영화 관계자들은 오페라를 다 보고 극장 밖으로 나오던 마이클이 암살당하는 것으로 대단원을 맺을까 생각했다고 한다. 그러나 너무 심플한 엔딩이다. 그들은 좀 더 잔인한 결말을 택했다. 대부의 딸, 마이클이 가장 사랑하는 젊은 딸, 아버지와는 달리 아무 죄가 없는 그 애는 오페라를 보고 극장 충계를 내려오다가 아버지가 보는 앞에서, 아버지 대신 암살자의 총에 맞는다.

"아빠!"

가련한 딸은 초록빛 실크 드레스 차림으로 가슴이 피투성이가 된 채 마지막 순간 이렇게 부르짖는다. 이탈리아식 비극에 절묘하게 어울리는 극적인 곡조의 오페라. 〈카발레리아 루스티카나〉가 흘러나온다. 일명, '시골의 기사'.

사본린나는 이름처럼 어여쁜 마을이다. 너무 흔한 표현이지만 달리 할 말이 없다. 유럽의 작은 마을들을 서너 개 이상 방문해 본 사람들은 이 말에 동감할 것이다. 예쁘고, 아담하고, 들어가 보고 싶은 카페와 식당, 앙증맞은 물건을 파는 가게들이 즐비하다.

꽤 큰 축제라고 해서 사람들로 몹시 붐빌 줄 알았는데 거리는 한산했다. 핀란드답다.

오페라 시작은 저녁 7시 반.

그 시간이 다가오자 놀라운 일이 벌어졌다. 마술피리 소리에 홀려 집 밖으로 이끌린 것처럼, 어디 있었는지 모를 만큼 깊숙이 숨어 있던 사람들이 삼삼오오 나타나기 시작했다.

3000석이 모두 매진된 공연이다. 호수로 향하는 길은 곧 재킷과 드레스를 차려입은 덩치 큰 노인들-유럽의 많은 축제들은 노인이 주 대상이다. 젊은이들은 여름에는 바다, 겨울에는 스키 타러 가고 노인만 남는다.-로 가득 찼다. 꼬리에 꼬리를 물고 행렬이 이어진다. 파란 호수 속에 우뚝 솟은 육중한 외관의 고성을 향해 앞으로 앞으로 나아간다.

바로 그 성에서 오페라가 열린다. 1475년 스웨덴에 의해 세워진 커다란 성. 자칫 소박하고 평범했을 사본린나 오페라 페스티벌을 특별한 것으로 만들어 주는 근사한 배경이다.

덤덤하고 내성적인 핀란드와 뽐내기 좋아하고 극적인 이탈리아의 오페라는 언뜻 어울리지 않는 듯 들린다. 사실 이 나라에는 그동안 외부에 알려진 핀란드의 이미지와는 거리가 먼 축제들이 많이 있다. 짧은 여름은 추운 겨우내 핀란드 인들이 억누르고 산 본능을 마음껏 발산하는 시기다. '아내 업고 달리기', '휴대전화 멀리 던지기', '사우나에서 오래 버티기', '에어기타Air Guitar 연주대회', '진흙탕 축구대회' 등등. 과묵한 핀들의 숨은 유머 본능이 엿보이는 행사들이다.

이보다 무난한 축제들도 많다. 사본린나 오페라 페스티벌은 그중에서도 가장 유명하고 로맨틱한 축제로 알려져 있다.

오래 기다리던 공연이다. 핀란드 여행의, 나아가 이번 여행의 하이라이트라고 할 만한 밤이다. 덜컹거리는 밤기차 속에서, 폴란드의 경찰서 의자에 앉아서, 무뚝뚝한 거인들로 넘쳐나는 발트 3국을 따라 북상하면서, 행복이 필요하다고 느낄 때마다 이 시간을 상상했다.

그 시간이 진짜로 왔다.

바로 지금.

세상의 모든 행복한 순간이 그런 것처럼, 한밤의 오페라 공연은 꿈처럼 흘러가고 이윽고 끝이 났다. 박수를 치다가 자리에서 일어났다.

북적이는 인파 틈에 끼어 다시 다리를 건너 호수 밖으로, 숙소로 돌아왔다.

"이제 뭘 하지?"

"글쎄, 할 게 많진 않잖아?"

자작나무를 지펴 사우나를 했다.

한국 기준으로 보면 헬싱키를 제외한 핀란드는 어디나 시골이다. 그런데다가 겨울까지 길고 기니 더욱 집 안에서 보내는 시간이 많다. 그런 맥락에서 발달한 것이 바로 음주 습관-핀란드 인은 러시아 인 못지않게 술을 많이 마시는 사람들로 악명 높다.-과 커피, 그리고 사우나다.

핀란드의 사우나는 간단한 구조에 비해 신기하리만큼 성능이 뛰어나다. 나무로 만들어진 창고처럼 좁은 방에 들어가면 구석에 무쇠 난로 비슷하게 생긴 사우나가 놓여 있다. 달걀만 한 회색 돌이 가득 담겨 있고, 그 아래 불을 피워 돌을 달구는 구조다. 전기로 작동할 수도 있지만 진짜는 역시 장작을 때는 사우나다.

장작을 두어 개비 넣고 획 성냥을 긋는다. 불꽃이 춤을 추고 불길이 점점 커진다 싶더니 이내 사우나의 돌이 달아오른다. 국자처럼 생긴 도구로 물을 퍼서 빨갛게 뜨거워진 돌 위에 끼얹는다.

치익, 날카로운 소리와 함께 하얀 수증기가 확 피어난다. 숨이 막힐 때까지 꾹 참고 앉아 있다가 어느 순간 와락 문을 열고 뛰어나가 가까운 호수에 풍덩! 이것이 정통 핀란드식이다. 휘바 휘바!

검푸른 호수. 하얀 별빛을 받으며 서 있는 영화 세트장 같은 고성. 아직도 귀에 들리는 듯 생생한 아리아의 선율. 상쾌한 여름밤은 아직도 반 이상 남아 있었다.

즐거워야 할 이 순간 그렇지 못하다면 이유는 한 가지다.

내 여행이 끝났다.

인터미션에 샴페인 한 잔.
비싸서 그런가, 맛있다.

조용한 엔딩

그렇게 여행이 끝났다.

헬싱키에서의 일정이 이틀 더 남아 있지만 실질적인 여행을 마무리한 것은 사본린나에서였다. 여행이 끝난 장소뿐 아니라 시간까지 정확히 기억한다. 오페라를 본 다음날 아침, 숙소의 정원에 앉아 아침밥을 먹는 도중 문득 그 사실을 깨달았다.

바로 그때 나의 여행은 이미 끝이 나 있었다. 정말 그랬다. over. the end. finis. finale. fin. 쫑.

아름다운 아침이다. 정원이 꽤 넓었다. 테이블에 앉아 건너편에 펼쳐진 호수와 성을 바라봤다. 핀란드의 풍경들이 모두 그러하듯 그림을 보듯 정적인 느낌이 풍기는 고요한 경치다. 어젯밤 오페라 공연의 화려함과 시끌벅적함, 성 안으로 모여든 3000명의 인파 속에 끼어 2시간 동안 무아지경에 빠져 있던 것이 꿈처럼 느껴졌다.

꿈에서 깨어나니 현실이었다. 빵과 햄 약간, 커피, 그리고 산딸기로 이루어진 간단한 아침식사다. 먹는 내내 아무 생각도 들지 않았다. 우적우적 빵을 씹었고, 검붉은 산딸기를 먹으면서 많이 시다고 느꼈다. 다른 생각은 하지 않았다. 머릿속이 텅 비어버린 것처럼.

"에스프레소 한 잔 뽑아다 드릴까요?"

어린 여직원이 상냥하게 물었을 때 무의식적으로 고개를 끄덕였다. 잠시 후 작은 찻잔이 내 앞에 놓이자 그제서야 아까 그녀가 건넨 말이 무슨 뜻이었는지 깨달았다. 커피를 가져다주겠다는 뜻이었군.

헬싱키로 돌아가야 한다는 것을 알고 있었지만 가는 길에 어디에 들러 무엇을 볼지 떠오르지 않았다. 조사해 온 정보는 충분히 있었지만 찾아갈 의욕이 더 이상 나지 않았다. 일정은 모두 마쳤고 그동안의 긴장도 끈이 끊어지듯 풀려버리고 말았다.

확실한 것은 이제 집으로 돌아가야 한다는 한 가지였다. 산란을 앞둔 연어처럼, 집으로 돌아가야겠다는 생각만 있었다.

헬싱키에서의 마지막 2박은 시내에 몇 없는, 소위 ‘디자인 호텔’에서 묵기로 했다. 리셉션의 통통한 남자 직원은 코와 입술에 은구슬을 꿰매어 넣고 백금발의 한쪽은 꽃분홍으로 물들여 사자처럼 세운 평키한 모습이다. 1층은 전부 어두컴컴한 술집이고 객실은 몹시 모던했다.

TV를 틀자 호텔 안내 방송이 흘러나왔다. 원하는 사람에게는 물감과 붓 등 그림 도구와 전자기타, 바이올린도 빌려준다고 했다.

“컬러풀한 인생을 마음껏 즐기세요. 저희 호텔이 최선을 다해 돕겠습니다.”

도시적인 문화생활을 맛보고 싶었던 헬싱키에서의 이틀간은 조금 무덤덤하게 흘러갔다. 쇼핑을 하고 싶었지만 뭐든 너무 비쌌고 딱히 살 만한 것도 마땅치 않았다. 이 나라 최고라는 스토크만 백화점은 한국보다 족히 4~5년은 뒤진 듯 구닥다리 느낌이 났다. 이 나라의 국민 소득을 생각할 때 충격적일 만큼 소박한 모습이다. 아껴야 잘산다고, 이래서 부자 나라가 됐나.

헬싱키는 언뜻 보면 ‘디자인 캐피탈’이라는 명칭과는 그리 어울리지 않는 외관을 지녔다. 이웃인 스웨덴의 스톡홀름과 비교하면 아주 조촐하고 수줍게 느껴지는 수도다. 도심에는 기대했던 컨템퍼러리 건축보다는 네오클래식에 가까운 건물들이 주류를 이룬다.

북유럽 디자인은 세계적이다. 컨템퍼러리 디자인이라는 단어에 날파리도 미끄러질 듯 반들거리는 표피에 아찔한 굴곡, 거침없는 선과 면으로 조합된 이탈리아식 현대성을 기대했다면 헬싱키는 이와는 방향이 상당히 다른, 실용을 내세우며 겸손함을 잃지 않는 현대성을 보여준다.

핀란드 디자인이 갖는 최대의 가치는 멀리서부터 눈을 홀리는 섹시한 겉모습이 아니라 사용자 중심의 실용주의다. 오래 써도 질리지 않는 수수한 모습들.

사실 핀란드 디자인은 현대 건축사에서 빼놓을 수 없는 이름인 이 나라의 대표적 건축가 알바 알토^{Alvar Aalto}가 디자인한 그릇 몇 개만 봐도 대단하게 느껴지지 않는다. 우리가 이미 너무 많이 봐서 익숙해진 모습이기 때문이다. 원형을 두고 베끼고 또 베껴, 이제 세상은 이전보다 매우 현대적인 디자인의 식기와 생활용품들로 넘쳐나게 된 듯하다. 핀란드 이딸라^{Ittala}나 아라비아^{Arabia} 숍에서 파는 유리그릇이나 사기 접시들은 서울의 카페나 식당에서 흔히 사용하는 깔끔하고 무던한 그릇들과 별 차이가 없어 보인다.

차이점이 하나 있긴 하다. 바로 전자가 후자의 원형이 됐다는 사실이다. 우리가 사용하기 시작한 지 얼마 되지 않은 평범한 그릇들은 핀란드에서 무려 40년 전에 고안된 형태들이다. 한국의 1960년대 생활상을 돌이켜보면 이 나라에서 지금껏 애용되는 실용적인 제품들이 얼마나 시대를 앞서 간 것인지 통감할 수 있다.

앞선 것은 디자인뿐만이 아니다. 88 서울올림픽을 개최하며 이를 선진국으로 진입하기 위한 필요충분조건처럼 선전한 한국 정부의 견지에서 보면 핀란드는 우리보다 꼭 36년 앞섰다. 헬싱키 올림픽이 개최된 것이 1952년이었으니까.

우리가 전쟁으로 고통당할 때, 이들은 근대에 들어 세 차례나 겪은 전쟁의 상처-핀란드는 2차 세계대전 패전국 중 전쟁 부담금을 완납한 유일한 국가다.-를 회복하고 발 빠른 산업화를 이룩, 당초 1940년으로 예정됐으나 전쟁으로 취소됐던 올림픽을 그로부터 12년 후 늦게나마 훌륭하게 개최해 냈다.

헬싱키에서 첫날밤 묵었던 소코스바쿠나 호텔은 1952년 헬싱키올림픽을 위해 선수들의 숙소로 지어진 건물이다. 기묘한 느낌 물씬 풍기던 1층 로비는 진실로 1950년대 디자인이었던 것이다!

〈핀란드, 문화적으로 고독한 늑대〉는 이렇게 말하고 있다.

"핀란드 인들은 한편으론 매우 검소하고 소박해 보이지만 그들은 사실 당신보다 더 안락한 집에서, 더 건강한 음식을 먹으며, 더 많은 독서를 하고 있을 확률이 높다. 말이 통 없고 대중 앞에 나서길 싫어하지만 그들은 아마도 당신보다 훨씬 우수한 교육을 받았고, 그들의 은행 잔고는 필시 당신의 그것을 몇 배 능가할 것이다. 핀란드에서 50년간 살아온 외국인으로서, 내가 장담할 수 있다."

이 나라 여행을 망설이게 하는 난관 중 하나는 높은 물가다.

"보다시피 시내에 위치한 호텔이라 자체 주차장이 없습니다."

호텔 직원이 체크인을 시켜주며 말했다.

"근처에 유료 주차장이 있으니 거기다 세우세요. 하루에 25유로입니다."

25유로면 하루 4만 원이다. 너무 비싸다는 생각에 갓길 주차할 곳을 찾다가 한 자리 발견, 운 좋게 세우고 의기양양 호텔로 돌아왔다.

다음날 아침 렌터카를 반납하기 위해 자동차로 가 보니 주차위반 딱지가 붙어 있다. 우리 바로 앞자리까지가 노상 주차 허용 지역이고 그 다음, 그러니까 우리가 차를 세운 곳부터는 주차 금지 지역이었던 것이다. 돈 얼마 아끼려는 마음에 눈이 멀어 제대로 보지 못했다. 아이고.

"어떻게 하면 좋죠? 이게 대체 얼마를 내라는 소리죠?"

주유소에 딸린 편의점에 들러 상냥한 여직원-핀란드 젊은이들은 정말 하나같이 친절했다.-에게 물어보니 딱하다는 표정으로 내가 내민 고지서를 받아든다.

"보통 이런 것은 40유로 내라고 하거든요."

그녀는 밀봉된 고지서 끝을 맵시 있게 잘랐다. 얇은 종이 한 장이 바스락거리며 튀어나왔다.

"그런데, 이건 50유로네요."

"그냥 내지 마요."

옆에서 이야기를 들었는지 테니스복 차림의 남자가 못 참겠다는 얼굴로 대화에 끼어들었다.

"만일 안 냈다가 핀란드 정부에서 우릴 차후에 유럽에 입국을 못 하게 하거나 하면 어떡해요?"

"아, 절대 안 그런다니까요. 그냥 내지 마요. 그걸 왜 내요? 핀란드에서 사는 사람도 아닌데, 나라면 안 내겠어요!"

남자는 강력하게 말한다. 책에서 읽은 철저하고 냉정한 국민성을 생각한다면 의외의 반응이다. 물론 이론과 실제는 다르다. 이론이 어떻든 벌금 내길 좋아하는 사람은 아무도 없다.

"나라도 안 낼래요. 그냥 내지 마요."

이야기를 듣고 있던 주유소 여직원도 웃으면서 테니스복 입은 남자의 말을 거든다.

마침 토요일이다. 은행 문이 굳게 닫혔으니 벌금을 내고 싶어도 낼 도리가 없다.

그래서 우리는 그냥 서울로 돌아왔다.

그 후 아무 연락도 없느냐고?

아직은.

"난 말이야. 핀란드 정부가 우리를 봐주거나 잊어버릴 거라고는 절대 생각 안 해."

헬싱키에서의 마지막 날, 저녁식사를 위해 몇 군데 식당들을 찾아갔다. 하나같이 문이 닫혀 있고 이런 종이가 붙어 있었다.

"미안. 2주간 여름휴가를 떠나게 돼 휴업합니다."

핀란드에서 뭔가 먹거나 사기는 쉽지 않다. 영업시간이 짧은 편인데다 휴식과 휴일을 철저히 지키기 때문이다. 이렇게 개인의 권리가 중요시되는 나라의 예외 없는 특징이라면 높은 준법정신과 더불어 철저한 법 적용이다. 법을 어긴 자는 예외 없이 대가를 치른다. 교통 위반도 마찬가지다.

"이 나라는 국무총리가 국회연설에서 애매한 표현-거짓말이 아니라 애매한 표현이다.-을 했다는 이유로 단번에 쫓겨나는 것이 전혀 이상하지 않은 나라야. 교통국에서 닷컴 재벌에게 6000만 원짜리 스피드 티켓을 발부하는 것을 서슴지 않는 나라라고. 우리가 외국인이라고 한 번 너그러이 봐줄 것 같아? 언제가 됐든 반드시 벌금 고지서가 날아올걸. 그동안의 이자까지 정확하게 쳐서 말이야. 심판의 날이 오듯 그날은 결국 오고야 말 거라고.”

만만치 않은 나라다. 그래서 우리는 헬싱키 중앙역, 기차역보다는 도서관을 닮은, 세상의 기차역들 중 가장 조용하고 청결하지 않을까 싶은 그곳 어느 으슥한 구석에서 예기치 않게 코를 찌르는 오줌냄새에 진귀한 꽃향기라도 맡은 듯 회심의 미소를 지었던 것이다. 휘바 휘바!

한국으로 돌아온 지도 한참 시간이 지났다.

핀란드가 간절하게 그립거나 한 것은 아니다. 수오미는 그렇게 강렬한 매력을 발산하는 나라가 아니다. 앞으로도 마찬가지일 것이다. 이탈리아처럼, 타히티처럼, 뉴욕처럼, 도쿄처럼, 붉고 뜨겁고 왁자지껄하고 번쩍거리고 매끈하고 여러모로 끝내주는 그런 곳들과는 거리가 멀다.

핀란드는 지구의 북쪽 끝에 있다. 춥고 매우 조용하다. 여태 추우면서 조용하지 않은 곳을 한 번이라도 본 적이 있나.

그 나라를 생각하면 떠오르는 것은 가이드북에 나와 있지 않은 소소한 것들, 설명하고 싶지만 불가능한 것들, 직접 가서 보지 않고서는 완전히 이해할 수 없는 미묘한 몇 가지다. 글이나 사진이 아니라 오직 스스로의 눈과 귀, 피부를 통해서만 느낄 수 있는 특징들.

바싹 말라 보기보다 아주 쉽게 불이 붙고 놀랄 만큼 화력이 세던 자작나무 장작.

서늘한 바람이 불어오는, 푸른 빛은 물론 잔잔한 정도 또한 하늘과 구별할 수 없을 정도로 비슷하던 호수와 물풀, 들꽃, 덤불.

하늘을 향해 똑바로 뻗은 채 가느다란 가지에 앙증맞은 초록 잎사귀를 가득 달고 있던 하얀 숲.

평화 속에 어쩐지 우울함이 느껴지는 도시의 인적 드문 거리.

언제 들어가도 붐비는 일이 절대 없던 슈퍼마켓.

한밤중에도 파르스름하게 빛나던 청색 하늘.

아무리 어려운 질문이라고 해도 술술 대답할 준비를 마친 듯 환하게 웃으면서 다가오던 젊은이들.

그리고 우리는 아직도, 어느 날 갑자기 세상의 북쪽에서 날아들 메일 한 통, 조금 낯선 형상과 배열의 알파벳으로 발신인이 찍혀 있을 그 희고 바삭한 편지봉투를 기다리는 중이다.

첫눈 소식처럼 반갑지는 않을지라도.

겨울이 긴 핀란드.
어둠에 묻혀 자라나면 어떤 사람이 될까.
내가 만난 그들은 친절하고 쾌활했다.
그 이상은 알 수 없었다.
헬싱키의 디저트 카페 팻저.

365 *Suomi*

에필로그

서울행 핀에어는 만석이었다.

헬싱키를 경유해 유럽 어딘가로 날아갔던 사람들이 귀국편 비행기를 가득 채우고 있다. 다른 곳을 여행하고 같은 곳으로 돌아가는 사람들. 떠날 때와는 다르게 깊은 잠에 빠져 있었다. 무슨 꿈을 꾸고 있을까.

시골집에 도착하니 내내 나만 기다리고 있던 것처럼 옆집 할머니가 급히 찾아왔다.

"큰일 났소! 이 일을 어쩌면 좋단 말이요!"

내 인사를 듣는 둥 마는 둥 다급하게 손을 내젓는 노인의 얼굴에는 근심이 가득했다.

"며칠 전 밥을 주다가 어쩌다 닭들이 풀려났는데, 아무리 잡으려고 해도 안 잡히지 뭐요. 밤에는 오동나무 아주 높은 곳에 올라가는 바람에 도저히 잡을 수가 없었소. 그중 세 마리가 안 돌아오고 자기들끼리 돌아다니다 결국 영영 사라지고 말았다오. 들짐승한테 잡혀먹혔는지, 아님 누가 몰래 훔쳐갔는지, 여하튼 없어졌소. 할 일을 제대로 못 한 것 같으니 이 일을 어쩌면 좋소!"

"괜찮아요. 세 마리 아니라 전부 없어져도 상관없어요."

"그래도, 하기로 약속한 일을 제대로 못 했으니!"

"다 끝난 일이에요. 이제 제가 돌아왔으니 걱정 마세요."

할머니의 작고 여윈 몸을 힘껏 껴안았다. 폴란드산 보드카 한 병을 선사했다. 노인에게 큰 부담을 지우고 너무 오랫동안 집을 비우고 말았다.

다행히도 나머지 닭들은 무사히 잘 있었다. 밥을 퍼주자 꼬꼬거리며 모여들어 신나게 먹어치웠다.

여름 내내 강원도에 비가 많이 내렸다고 했다. 땅이 질척해지고, 모기가 들끓고, 사람 못지않게 동물들에게도 고생스러운 시간이었을 것이다.

돌보는 사람 없이 뜨거운 여름을 그대로 통과한 마당은 정글을 방불케 했다. 채소밭은 웃자라 엉망으로 우거졌고 떠나기 전에 탐스럽게 봉오리가 맺혀 있던 백합은 초록빛 대 아래 꽃잎이 떨어져 누렇게 말라붙어 있었다. 따지 않은 호박은 뻥튀기라도 한 듯 슈퍼 사이즈로 커져 있고 마당 잔디는 너무 자라 사바나 초원처럼 되고 말았다. 땀을 뻘뻘 흘리며 온종일 베어냈지만 반도 끝내지 못했다.

"그래서, 잘 다녀왔느냐?"

엄마의 전화가 걸려왔다. 별일 없었느냐. 여행은 어땠느냐. 아프진 않았느냐.

카메라를 도둑맞았고, 그 덕에 마음이 너무 아팠고, 그래서 여행도 엉망이 됐어요.

이런 대답은 떠오르지 않았다.

"좋았어요, 좋았어."

늘 하는 말이지만 사실이다. 도둑을 맞든, 동행과 싸웠든, 기대보다 별로였든, 돌아와서 생각하니 좋지 않았던 여행은 없었다. 세상은 넓고, 아름답고, 내일을 기대하며 살아갈 가치가 충분한 곳임을 깨닫게 된다. 그래서 누구나, 나도, 여행을 좋아한다.

풀을 베다 말고 데크에 앉아 파란 잔디밭과 그 건너편으로 멀리 보이는 마을의 논 풍경을 보고 있었다. 푸르름, 그리고 아직도 따가운 햇볕에 공간적 감각이 희미해졌다. 유럽 생각이 났다.

마침 정원에는 자작나무가 세 그루 심어져 있다. 호리호리한 하얀 가지에 잎사귀들이 조롱조롱 매달려 초록빛으로 밝게 빛났다.

"여름내 집 비우고 어딜 그렇게 갔다 왔소?"

마주치는 이웃들이 물었다.

"그냥, 좀 멀리요."

터키에서 불가리아와 루마니아, 폴란드를 거쳐 발트 3국을 차례대로 지나 바다 건너 핀란드까지. 몇 마디로 설명하기에는 너무 먼 여정이다.

한번에 돌이켜 생각하기에도 조금 먼 여정이다. 식물이라면 그런 여행이 불가능했겠지. 여행하며 붙은 관성이 사라지지 말고 부디 이 집 마당, 이글거리는 태양 아래 마당일을 해치우는 동력으로 이어지길 바랐다. 풀을 베고, 잡초를 뽑고, 괴물처럼 커진 호박을 따고, 닭들에게 오랜만에 영양식을 먹였다.

부지런해졌네, 저 여자.

덜덜거리는 경운기를 타고 지나가던 이웃들이 마당에서 왔다 갔다 하는 나를 보고 이렇게 생각했을지도 모르겠다.

그러나 늘 움직일 수는 없으니까. 아무리 힘센 동물도 그렇게 할 수는 없는 법이니까. 일을 마치면 쉬어야 한다. 마당의 단풍나무 그늘 밑 의자에 앉아서, 마루의 소파에 파묻힌 채, 그리고, 스탠드 불을 끄고 어두운 방 침대에 누워서.

다시 식물화의 위험이 느껴지는 순간이 올 때가 있다. 누구도 계속해서 움직일 수는 없는 일이니까. 반복적인 무언가로 인해 지치고 나른해진 순간, 어딘가에 편안히 앉거나 누운 나는 두 번 다시 일어나고 싶지 않다는 생각이 들기도 한다.

그 틈으로 꿈이 스며든다. 그림자처럼 가볍지만 도저히 뿌리칠 수 없는 망상. 상상인지 기억인지 구별할 수 없고 그러고 싶지도 않은 겹겹의 환영.

이왕이면 백일홍 거칠게 피어난 내 집 정원과는 달리 이국적인 꿈. 세력이 바뀔 때마다 무너지고 다시 세워진 오래된 왕국, 한때 견고했던, 이제는

다 허물어진 성벽을 돌아보며 아득한 시작에 대해 상상하는 꿈. 불빛이 영롱한 중세 거리, 울퉁불퉁 포석 깔린 비탈길을 나 혼자 맨발로 터벅터벅 내려가는 꿈.

기차 타고 벌판과 산, 마을을 가로질러 바다가 보이는 역에 닿는 꿈. 낯선 도시에서 오늘밤 잠들 곳을 찾아 초조하게 모퉁이를 돌아서는 꿈.

끝이 아니다. 바벨 성 아래 펼쳐진 정원의 푸른 잔디밭에 누워 있는 꿈. 까마득한 뾰족탑 위에 올라가 발 아래 놓인 도시를 내려다보는 꿈.

육중한 성은 다리 건너 호수 위에 거짓말처럼 둥실 떠 있고 서쪽 밤하늘은 태양의 잔영으로 어두워지지 않는다. 검은 호수 수면을 스치고 날아오느라 차가워진 바람결에 이탈리안 아리아가 들린다.

그 꿈이 마음에 들어 게으른 누군가는 반쯤 드러누워 지금 이 자리만 알고 사는 나무나 풀, 덤불이 아니라 지느러미와 날개, 다리가 달려 내키면 얼마든지 일어서고 앞으로 나아가는, 마음 흔들리는 날이면 세상 구석 어디든지 찾아갈 수 있는 물고기나 새, 짐승, 그중에서도, 호기심 많은 한 명의 인간이 되어 아직 알지 못하는 먼 곳으로 어느 날 훌쩍 떠날 생각을 하는 것이다.

핀들의 아이스크림 소비량은 세계적이다.

이딸라 테이블웨어로 차린 점심식사 (위)
푸티콘호비 농장의 방. 순록고기를 구워 먹었다. (아래)

사본린나의 상징 올라빈린나 성 (위)
오페라 페스티벌은 2년마다 열린다. 사본린나 (아래)

오후 7시 공연. 성으로 간다. 사본린나 (위)
이탈리아 팔레르모에서 날아온 가수들. 사본린나 (아래)

시골 풍경 예쁜 것이 선진국의 특징이다. (위)
핀란드는 산타클로스의 공식 거주지 (아래)

이딸라, 아라비아, 마리메코, 노키아. 핀란드 대표 브랜드.

노인과 임산부, 아이들이 살기 좋은 나라가 선진국이다.

에트나스 부둣가

거대한 나무는 거대한 동물을 볼 때처럼 감동적이다.

핀란드에서 단 하루만 보낸다면 호숫가 오두막에 가야 한다. (위)
간단하지만 화력 좋은 핀란드식 사우나 (아래)

아름답다.
이런 순간이 더 많았으면 좋겠다.
굉장한 풍경일 필요는 없다.
분노나 쾌감처럼 몸을 꿰뚫을 듯 통렬한 감정 말고,
작고 사소한, 부드럽고 미묘한 떨림들.
스무 살에는 알 수 없던 의미들.

화내지 않고 핀란드까지

2011년 5월 27일 초판 1쇄 발행
2014년 4월 11일 초판 3쇄 발행

지은이 | 박정석
발행인 | 이원주

발행처 | (주)시공사
출판등록 | 1989년 5월 10일 (제3-248호)

주소 | 서울시 서초구 사임당로 82 (우편번호 137-879)
전화 | 편집 (02)2046-2863 · 영업 (02)2046-2800
팩스 | 편집 (02)585-1755 · 영업 (02)588-0835
홈페이지 | www.sigongsa.com

ISBN 978-89-527-6159-0 13810